Para sempre Alice

Lisa Genova

Para sempre Alice

TRADUÇÃO
Vera Ribeiro

Rio de Janeiro, 2019

Copyright © 2007, 2009 by Lisa Genova. All rights reserved.
Título original: Still Alice

Todos os direitos desta publicação são reservados à Casa dos Livros Editora LTDA.
Nenhuma parte desta obra pode ser apropriada e estocada em sistema de banco
de dados ou processo similar, em qualquer forma ou meio, seja eletrônico, de
fotocópia, gravação etc., sem a permissão do detentor do copyright.

Diretora editorial: *Raquel Cozer*

Gerente editorial: *Alice Mello*

Editor: *Ulisses Teixeira*

Revisão de tradução: *Mariana Gouvêa*

Revisão: *Fernanda Cosenza, Isabela Fraga* e *Anna Beatriz Seilhe*

Capa e projeto gráfico: *Túlio Cerquize*

Diagramação: *Abreu's System*

CIP-Brasil. Catalogação na Publicação
Sindicato Nacional dos Editores de Livros, RJ

G293p

    Genova, Lisa, 1970-
      Para sempre Alice / Lisa Genova; tradução Vera Ribei-
ro. – 1. ed. – Rio de Janeiro: Harper Collins, 2019.
      320 p. ; 20,8 cm.

      Tradução de: Still Alice
      ISBN 978-85-9508-458-2
      1. Romance americano. I. Ribeiro, Vera. II. Título.

19-55262
                      CDD: 813
                      CDU: 82-31(73)

Vanessa Mafra Xavier Salgado - Bibliotecária - CRB-7/6644

Os pontos de vista desta obra são de responsabilidade de seu autor, não refletindo
necessariamente a posição da HarperCollins Brasil, da HarperCollins Publishers
ou de sua equipe editorial.

HarperCollins Brasil é uma marca licenciada à Casa dos Livros Editora LTDA.
Todos os direitos reservados à Casa dos Livros Editora LTDA.
Rua da Quitanda, 86, sala 218 — Centro
Rio de Janeiro, RJ — CEP 20091-005
Tel.: (21) 3175-1030
www.harpercollins.com.br

Em memória de Angie
Para Alena

Agradecimentos

Sou imensamente grata às pessoas com quem travei conhecimento por meio da Dementia Advocacy and Support Network International [Rede Internacional de Apoio e Defesa da Demência] e da DementiaUSA, em especial a Peter Ashley, Alan Benson, Christine Bryden, Bill Carey, Lynne Culipher, Morris Friedell, Shirley Garnett, Candy Harrison, Chuck Jackson, Lynn Jackson, Sylvia Johnston, Jenny Knauss, Jaye Lander, Jeanne Lee, Mary Lockhart, Mary McKinlay, Tracey Mobley, Don Moyer, Carole Mulliken, Jean Opalka, Charley Schneider, James Smith, Jay Smith, Ben Stevens, Richard Taylor, Diane Thornton e John Willis. Sua inteligência, coragem, bom humor, empatia e disposição de compartilhar o que, individualmente, era vulnerável, assustador, esperançoso e informativo me ensinaram muito. O retrato que fiz de Alice é mais rico e mais humano graças às histórias de vocês.

Em especial, eu gostaria de agradecer a James e Jay, que me deram algo que vai muito além dos limites do mal de Alzheimer e deste livro. Foi uma verdadeira bênção conhecê-los.

Também quero agradecer aos seguintes profissionais da medicina, que ofereceram generosamente seu tempo, seu conhecimento e sua imaginação, ajudando-me a ter uma ideia verdadeira e específica de como se desenrolariam os acontecimentos a partir da descoberta e durante a progressão da demência de Alice:

» Dr. Rudy Tanzi e dr. Dennis Selkoe, por sua profunda compreensão da biologia molecular dessa doença.

» Dr. Alireza Atri, por permitir que eu o acompanhasse como uma sombra durante dois dias pela Unidade de Distúrbios da Memória do Hospital Geral de Massachusetts, e por me mostrar seu brilhantismo e compaixão.

» Dr. Doug Cole e dr. Martin Samuels, pela compreensão adicional do diagnóstico e tratamento da doença de Alzheimer.

» Sara Smith, por permitir que eu assistisse aos testes neuropsicológicos.

» Barbara Hawley Maxam, por me explicar o papel dos assistentes sociais e do Grupo de Apoio aos Cuidadores do Hospital Geral de Massachusetts.

» Erin Linnenbringer, por ser a orientadora genética de Alice.

» Dr. Joe Maloney e dra. Jessica Wieselquist, por desempenharem o papel de clínicos gerais de Alice.

Agradeço ao dr. Steven Pinker por me proporcionar uma visão privilegiada de sua vida como professor de psicologia de Harvard, e ao dr. Ned Sahin e à dra. Elizabeth Chua por me oferecerem uma visão similar, do ponto de vista dos estudantes.

Obrigada aos drs. Steve Hyman, John Kelsey e Todd Kahan por responderem minhas perguntas sobre Harvard e a vida dos professores titulares.

Obrigada a você, Doug Coupe, por compartilhar comigo alguns detalhes sobre a profissão de ator e sobre a cidade de Los Angeles.

Obrigada a Martha Brown, Anne Carey, Laurel Daly, Kim Howland, Mary MacGregor e Chris O'Connor por lerem cada capítulo, bem como por seus comentários, seu incentivo e seu fantástico entusiasmo.

Obrigada a Diane Bartoli, Lyralen Kaye, Rose O'Donnell e Richard Pepp pela orientação editorial.

Obrigada a você, Jocelyn Kelley, da Kelley & Hall, por ser uma agente publicitária fenomenal.

Um enorme agradecimento a você, Beverly Beckham, por ter escrito a melhor resenha com que poderia sonhar qualquer autor que publicasse um livro independente. E você me apontou o caminho para Julia Fox Garrison.

Julia, não tenho palavras para lhe agradecer. Sua generosidade mudou minha vida.

Obrigada a você, Vicky Bijur, por me representar e ter insistido em que eu mudasse o final. Você é brilhante.

Obrigada a vocês, Louise Burke, John Hardy, Kathy Sagan e Anthony Ziccardi, por terem apostado nesta história.

Preciso agradecer à enorme e animada família Genova por ter recomendado a todos os seus conhecidos, sem a menor vergonha, que comprassem o livro de sua filha/sobrinha/prima/irmã. Vocês são o melhor bando de marqueteiros do mundo!

Também preciso agradecer à família Seufert, não tão grande, mas de igual empolgação, por ter divulgado o livro.

Por último, quero agradecer a Christopher Seufert pelo apoio técnico e na internet, pelo desenho original da capa, por me ajudar a tornar tangível o abstrato e por muitas outras coisas, mas, acima de tudo, por ter me dado borboletas.

Já naquela época, mais de um ano antes, havia na cabeça dela, não muito longe das orelhas, neurônios que vinham sendo estrangulados até a morte, em demasiado silêncio para que ela os ouvisse. Alguns diriam que as coisas corriam tão insidiosamente mal que os próprios neurônios desencadearam os acontecimentos que levariam a sua própria destruição. Se foi um assassinato molecular ou um suicídio celular, eles não puderam alertá-la para o que estava acontecendo antes de morrerem.

Setembro de 2003

Alice sentou-se à escrivaninha no quarto do casal, distraída pelos sons de John correndo por todos os cômodos do térreo. Ela precisava terminar sua revisão de um artigo submetido ao *Journal of Cognitive Psychology* antes de pegar o avião, e acabara de ler a mesma frase três vezes, sem compreendê-la. Eram 7h30, de acordo com o despertador, que ela calculou estar uns dez minutos adiantado. Pelo horário aproximado e pelo volume crescente da correria de John, Alice sabia que ele estava tentando sair, mas havia esquecido alguma coisa e não conseguia encontrá-la. Deu batidinhas com a caneta vermelha no lábio inferior enquanto observava o mostrador digital do relógio, à escuta do que sabia que iria acontecer.

— Ali?

Jogou a caneta na escrivaninha e deu um suspiro. No térreo, encontrou-o de joelhos na sala de estar, tateando em busca de alguma coisa sob as almofadas do sofá.

— Chaves? — perguntou ela.

— Óculos. Por favor, nada de sermão, estou atrasado.

Alice acompanhou a olhadela frenética do marido para o console da lareira, onde o antigo relógio Waltham, famoso por sua precisão, declarava serem 8h. John já deveria saber que não convinha confiar nele. Os relógios da casa raramente sabiam a hora certa. No passado, Alice fora enganada muitas vezes por seus mostradores aparentemente honestos, e aprendera desde longa data a confiar somente em seu relógio de pulso. E, dito e feito, recuou no tempo ao entrar na cozinha, onde o micro-ondas insistia em que eram apenas 6h52.

Deu uma olhada pela superfície lisa e desobstruída da bancada de granito e lá estavam eles, junto à tigela funda em formato de cogumelo, repleta de correspondência não aberta. Os óculos não estavam embaixo ou atrás de algo, nem escondidos de alguma forma, e sim plenamente à vista. Como é que ele, um homem tão inteligente, um cientista, podia não enxergar o que estava bem diante dos olhos?

É claro, muitos objetos da própria Alice também tinham dado para se esconder em lugarezinhos irritantes, mas isso ela não admitia para John, e tampouco o envolvia na caçada. Ainda um dia desses, felizmente sem o conhecimento do marido, ela passara uma manhã enlouquecida, primeiro procurando pela casa toda, depois no escritório, o carregador de seu BlackBerry. Perplexa, rendera-se e comprara outro numa loja, e qual não fora sua surpresa ao descobrir à noite que ele estava ligado na tomada junto ao seu lado da cama, onde deveria tê-lo procurado. Provavelmente, Alice poderia atribuir esses episódios, no caso de ambos, ao excesso de tarefas simultâneas e ao fato de andarem ocupados demais. E de estarem envelhecendo.

John parou no vão da porta, olhando para os óculos na mão da esposa, mas não para ela.

— Da próxima vez, tente imaginar que você é mulher quando for procurar — disse Alice, sorrindo.

— Usarei uma das suas saias. Por favor, Ali, estou atrasado mesmo.

— O micro-ondas diz que você tem tempo de sobra — respondeu ela, entregando-lhe os óculos.

— Obrigado.

John pegou-os como se fosse um corredor de revezamento recebendo o bastão numa corrida e se encaminhou para a porta da frente.

— Você vai estar em casa quando eu voltar, no sábado? — perguntou ela às costas do marido, seguindo-o pelo corredor.

— Não sei, sábado vai ser um dia cheio lá no laboratório.

John pegou a maleta, o celular e as chaves na mesa do vestíbulo.

— Faça boa viagem e dê um abraço e um beijo na Lydia por mim — disse ele. — E procure não entrar em guerra com ela.

Alice captou o reflexo dos dois no espelho do corredor — um homem alto, de aparência distinta, com o cabelo castanho salpicado de fios grisalhos e usando óculos, e uma mulher miúda de cabelo cacheado e braços cruzados, ambos se preparando para mergulhar na mesma discussão sem fim. Trincou os dentes e engoliu em seco, preferindo não entrar na briga.

— Já faz tempo que não ficamos juntos... Volte pra casa logo, sim?

— Eu sei. Vou tentar.

John a beijou e, embora estivesse desesperado para sair, prolongou esse beijo por alguns segundos quase imperceptíveis. Se não o conhecesse tão bem, Alice poderia ter romanceado a carícia. Poderia ter ficado ali, esperançosa, achando que o beijo significava "Eu a amo, vou sentir saudade". Mas, ao ver o marido apressar-se rua afora, sozinho, teve bastante certeza de que ele acabara de lhe dizer: "Amo você, mas, por favor, não fique fula da vida quando eu não estiver em casa no sábado."

Nos velhos tempos, toda manhã os dois tinham o hábito de caminhar juntos até o parque de Harvard. Dentre as muitas coisas que Alice adorava no fato de trabalharem a menos de um quilômetro de casa e na mesma universidade, essa ida e volta em comum era aquilo de que mais gostava. O casal sempre fazia uma parada no Jerri's — um café preto para ele, um chá com limão para ela, gelado ou quente, dependendo da estação — e seguia para a praça Harvard, conversando sobre suas pesquisas e suas turmas, os problemas de seus respectivos departamentos, os filhos ou os programas para a noite. Quando recém-casados, até andavam de mãos dadas. Alice saboreava a intimidade descontraída daquelas caminhadas matinais com o marido, antes que as exigências diárias de seus respectivos cargos e ambições os deixassem tensos e exaustos.

Agora, no entanto, fazia algum tempo que iam separados para Harvard. Alice passara o verão inteiro vivendo do que carregava na mala, indo a conferências sobre psicologia em Roma, Nova Orleans e Miami e participando da banca examinadora de uma defesa de tese em Princeton. Na primavera, as culturas celulares de John haviam requerido uma atenção especial num horário absurdo, todas as manhãs, mas ele não confiava no comparecimento regular de nenhum de seus alunos. Assim, ia pessoalmente. Alice não se lembrava de quais tinham sido as razões anteriores à primavera, mas sabia que, em todas as ocasiões, elas haviam parecido sensatas e apenas temporárias.

Voltou para o artigo na escrivaninha, ainda distraída, agora desejando a briga que não tivera com John por causa da filha caçula, Lydia. Será que ele morreria se a apoiasse, uma vez na vida? Alice dedicou um esforço superficial ao resto do artigo, em vez do seu padrão típico de excelência, mas isso teria que bastar, dados o seu estado mental fragmentado e a sua falta de tempo. Terminados os comentários e sugestões para a revisão, ela pôs o artigo num envelope e o lacrou, consciente, com um sentimento de culpa, de talvez ter deixado escapar algum erro na concepção ou na interpretação do estudo, e xingando John por ter comprometido a integridade de seu trabalho.

Refez a mala, que ainda nem fora totalmente desfeita desde a viagem anterior. Aguardava com ansiedade poder reduzir o número de viagens nos meses seguintes. Havia apenas um punhado de convites para palestras, assinalados a lápis em sua agenda do segundo semestre, e ela havia marcado a maioria para as sextas-feiras, dia em que não dava aulas. Como o dia seguinte. No dia seguinte, seria a oradora convidada para dar início à série de colóquios de outono sobre psicologia cognitiva em Stanford. E depois disso, visitaria Lydia. Tentaria não entrar em guerra com ela, mas não garantia nada.

ENCONTROU SEM DIFICULDADE O CAMINHO para o salão Cordura, em Stanford, na esquina da alameda Oeste do campus com a alameda Panamá. Para seus olhos da Costa Leste, o exterior de concreto e estuque branco, o telhado de terracota e a vegetação exuberante mais pareciam um *resort* numa praia do Caribe do que um prédio acadêmico. Alice chegou adiantada, mas se aventurou a entrar assim mesmo, calculando que poderia aproveitar o tempo extra para se sentar no auditório silencioso e dar uma olhada em seu discurso.

Para sua grande surpresa, entrou num salão já lotado. Uma multidão entusiasmada se aglomerava ao redor de uma mesa de bufê, atacando a comida como gaivotas numa praia de cidade grande. Antes que conseguisse entrar discretamente, ela deparou com Josh, um ex-colega de turma de Harvard e um respeitável egocêntrico, parado em seu caminho, com as pernas firmemente plantadas e um pouco afastadas demais, como se estivesse pronto para pular em cima dela.

— Tudo isso aí é para mim? — perguntou Alice, com um sorriso brincalhão.

— Que nada, nós comemos assim todo dia. É para um dos nossos psicólogos do desenvolvimento, que assumiu o cargo de titular ontem. E Harvard, como está tratando você?

— Bem.

— Nem acredito que você ainda está lá, depois desses anos todos. Se um dia ficar muito entediada por aquelas bandas, deve pensar em vir para cá.

— Pode deixar que eu aviso. E como vão as coisas com você?

— Fantásticas. Você precisa dar uma passada no meu gabinete depois da palestra, para ver os últimos dados que usamos como modelo. Vão deixá-la de queixo caído.

— Lamento, mas não posso. Tenho que pegar um voo para Los Angeles logo depois daqui — respondeu ela, grata por dispor de uma desculpa pronta.

— Ah, que pena. A última vez que a vi foi no ano passado, eu acho, na Conferência de Psiconomia. Infelizmente, perdi a sua apresentação.

— Bem, você vai ouvir boa parte dela hoje.

— Anda reciclando as suas palestras, é?

Antes que Alice pudesse responder, Gordon Miller, o chefe do departamento e seu novo herói, surgiu num voo rasante e a salvou, pedindo a Josh que ajudasse a servir o champanhe. Tal como em Harvard, o brinde com champanhe era uma tradição no Departamento de Psicologia de Stanford para todos os membros docentes que alcançavam o cobiçado marco profissional de se tornarem titulares da cátedra. Não havia muitas trombetas para anunciar o avanço de um ponto para outro na carreira de um professor, mas tornar-se catedrático era uma grande trombeta, alta e clara.

Quando todos já seguravam suas taças, Gordon subiu à tribuna e deu uma batidinha no microfone.

— Posso pedir a atenção de todos por um minuto?

A risada de Josh, excessivamente alta e entrecortada, reverberou sozinha pelo auditório antes de Gordon prosseguir.

— Hoje damos os parabéns ao Mark por ter se tornado titular. Tenho certeza de que ele está radiante por ter conquistado mais essa etapa. Um brinde às muitas realizações empolgantes que ainda estão por vir. Ao Mark!

— Ao Mark!

Alice tocou sua taça nas dos vizinhos e todos recomeçaram prontamente a beber, comer e conversar. Liquidada toda a comida das bandejas e esvaziadas as últimas gotas de champanhe da última garrafa, Gordon tornou a pedir a palavra.

— Se todos fizerem a gentileza de se sentar, poderemos dar início à palestra de hoje.

Esperou alguns instantes para que a plateia de umas setenta e cinco pessoas se acomodasse e fizesse silêncio.

— Hoje eu tenho a honra de lhes apresentar nossa primeira oradora do colóquio deste ano. A dra. Alice Howland é a ilustre titular da cátedra William James de psicologia da Universidade Harvard. Nos últimos vinte e cinco anos, sua carreira eminente produziu muitos dos principais cânones da psicolinguística. Ela foi pioneira e continua a liderar uma abordagem multidisciplinar e integrada do estudo dos mecanismos da linguagem. É um privilégio para nós contar com sua presença aqui, hoje, para nos falar da organização conceitual e neural da linguagem.

Alice trocou de lugar com Gordon e fitou a plateia que a olhava. Enquanto esperava o término dos aplausos, pensou na estatística que dizia que as pessoas tinham mais medo de falar em público que da morte. Mas ela adorava fazê-lo. Sentia prazer em todo tipo de exposição de ideias concatenadas diante de uma plateia atenta — ensinar, encenar, contar uma história, dar início a um debate acalorado. Também gostava da carga de adrenalina. Quanto maior o risco, quanto mais sofisticada ou hostil era a plateia, mais ela vibrava com toda a experiência. John era um orador excelente, mas era comum ele vivenciar o sofrimento e o pavor de discursar, e ficava maravilhado com a verve de Alice. Era provável que ele não preferisse a morte, mas aranhas e cobras, com certeza.

— Obrigada, Gordon. Hoje pretendo falar de alguns processos mentais subjacentes à aquisição, à organização e ao uso da linguagem.

Alice já apresentara o grosso dessa palestra específica inúmeras vezes, mas não chamaria isso de reciclagem. A essência do texto concentrava-se nos preceitos fundamentais da linguística, muitos dos quais ela havia descoberto, e fazia anos que usava quase os mesmos *slides*. Mas se sentia orgulhosa, e não envergonhada ou preguiçosa, pelo fato de essa parte de sua palestra, essas descobertas suas, continuarem válidas, resistindo à prova do tempo. Suas contribuições eram importantes e impulsionavam descobertas futuras. Além disso, ela certamente participava dessas descobertas futuras.

Falou sem precisar consultar suas anotações, descontraída e animada, enunciando as palavras sem esforço. E então, decorridos cerca de quarenta minutos da apresentação programada para cinquenta, embatucou de repente.

— Os dados revelam que os verbos irregulares requerem o acesso ao... ao...

Simplesmente não conseguiu encontrar a palavra. Tinha uma vaga ideia do que queria dizer, mas a palavra em si lhe escapou. Sumiu. Alice não saberia dizer qual era a primeira letra, ou que som tinha a palavra, ou de quantas sílabas se compunha. Não a tinha na ponta da língua.

Talvez tivesse sido o champanhe. Normalmente, ela não tomava nenhuma bebida alcoólica antes de se apresentar. Mesmo conhecendo a palestra de cor, mesmo nos ambientes mais informais, sempre queria estar com a mente tão afiada quanto possível, sobretudo para a sessão de perguntas e respostas do final, que podia ter um caráter de confronto e ser repleta de debates enriquecedores e não ensaiados. Mas ela não quisera ofender ninguém, e era provável que tivesse bebido um pouquinho além do que devia, ao se ver novamente presa naquela conversa de uma agressividade latente com Josh.

Talvez fosse a diferença de fuso horário. Enquanto vasculhava os cantos do cérebro em busca da palavra que escapara e de uma explicação racional para ela a haver perdido, seu coração se acelerou e o rosto ficou quente. Era a primeira vez que uma palavra lhe fugia na frente de uma plateia. Mas Alice também nunca havia entrado em pânico defronte de uma plateia, e já estivera diante de várias muito maiores e mais intimidantes do que essa. Assim, disse a si mesma para respirar fundo, esquecer o assunto e ir em frente.

Substituiu a palavra ainda bloqueada por um "negócio" vago e impróprio, abandonou qualquer ideia que estivesse pretendendo frisar e prosseguiu, passando para o *slide* seguinte. A pausa lhe parecera uma eternidade óbvia e embaraçosa, mas, ao examinar os rostos da plateia, para ver se alguém havia detectado seu engasgo mental, ela percebeu que ninguém parecia espantado, constrangido nem perturbado em nenhum sentido. E então, viu Josh cochichando alguma coisa com a mulher a seu lado, com o cenho franzido e um leve sorriso no rosto.

Já estava no avião, pousando no aeroporto de Los Angeles, quando a palavra finalmente lhe voltou.

"Léxico." Léxico mental.

* * *

Fazia três anos que Lydia estava morando em Los Angeles. Se houvesse ingressado na universidade logo depois do ensino médio, teria concluído o bacharelado na primavera anterior. Alice teria ficado orgulhosíssima. Era provável que Lydia fosse mais inteligente que os dois irmãos mais velhos, e ambos haviam feito curso superior. Cursado a faculdade de direito. E a faculdade de medicina.

Em vez da universidade, Lydia fora primeiro à Europa. Alice havia alimentado a esperança de que a filha voltasse com uma ideia mais clara do que queria estudar e do tipo de faculdade para a qual gostaria de ir. Na volta, em vez disso, ela dissera aos pais que tinha feito alguns trabalhos como atriz em Dublin e que se havia apaixonado. Ia mudar-se imediatamente para Los Angeles.

Por pouco Alice não perdera a cabeça. Para aumentar sua frustração, reconhecia que tinha contribuído para esse problema. Como Lydia era a mais nova dos três, filha de pais que trabalhavam muito e viajavam com regularidade, e visto que sempre fora boa aluna, Alice e John a haviam ignorado em larga medida. Tinham criado a menina muito solta, deixando-a livre para pensar por si e livre do tipo de vigilância constante imposta a muitas crianças da sua idade. A vida profissional dos pais servia de exemplo luminoso do que era possível conquistar quando se estabeleciam metas elevadas e bem específicas, e quando essas metas eram buscadas com paixão e trabalho árduo. Lydia havia compreendido os conselhos da mãe sobre a importância de fazer uma formação, mas tivera confiança e audácia para rejeitá-los.

E, além disso, não estivera inteiramente sozinha. A briga mais explosiva que Alice tivera com John tinha se seguido ao palpite dele sobre o assunto: "Acho que é maravilhoso, e ela sempre pode ir para a faculdade depois, se decidir que é isso que quer."

Alice consultou o endereço no BlackBerry, tocou a campainha do apartamento número sete e esperou. Estava prestes a apertá-la de novo quando Lydia abriu a porta.

— Mamãe, você está adiantada.

Alice consultou o relógio.

— Cheguei bem na hora.

— Você disse que seu voo chegaria às oito.

— Eu disse cinco.

— Anotei oito horas na minha agenda.

— Lydia, são 5h45 e eu estou aqui.

Lydia pareceu indecisa e em pânico, feito um esquilo surpreendido por um carro no meio da estrada.

— Desculpe, entre.

As duas hesitaram antes de se abraçar, como se estivessem prestes a executar uma dança recém-aprendida e não se sentissem muito confiantes quanto ao primeiro passo ou quanto a quem deveria conduzir. Ou talvez fosse uma dança antiga, mas não praticada por elas durante tanto tempo, que ambas se descobriam inseguras da coreografia.

Alice sentiu os contornos da espinha e das costelas de Lydia por baixo da blusa. Ela parecia magra demais, com uns bons cinco quilos a menos do que a mãe se lembrava. Torceu para que aquilo fosse mais o resultado de muito trabalho do que de uma dieta radical. Loura e com 1,68m, quase oito centímetros mais alta do que Alice, Lydia se destacara em meio à predominância de italianas e asiáticas baixotas de Cambridge, mas, em Los Angeles, as salas de espera de qualquer local em que fizessem testes para atores pareciam estar repletas de mulheres exatamente com a aparência dela.

— Fiz uma reserva para as nove horas. Espere aqui, eu já volto.

Espichando o pescoço no vestíbulo, Alice inspecionou a cozinha e a sala. Os móveis, muito provavelmente grandes achados obtidos em vendas de usados e peças de segunda mão herdadas dos pais, pareciam muito charmosos em conjunto — um sofá modulado laranja, uma mesinha de centro de inspiração retrô, mesa e cadeiras de cozinha coloridas no estilo de um antigo seriado de tevê. As paredes brancas eram nuas, exceto por um pôster de Marlon Brando pendurado acima do sofá. No ar havia um cheiro forte de limpa-vidros, o que indicava as prováveis providências de última hora tomadas por Lydia para limpar o apartamento antes da chegada da mãe.

Na verdade, o lugar era meio despojado demais. Nada de DVDs nem CDs espalhados, nenhum livro ou revista jogado na mesa de centro, nenhuma fotografia presa na porta da geladeira, nenhum indício dos interesses ou das preferências estéticas de Lydia em parte alguma. Qualquer outra pessoa poderia morar ali. Então, Alice reparou na pilha de sapatos masculinos no chão, à esquerda da porta atrás dela.

— Fale-me dos seus colegas de apartamento — pediu, quando Lydia voltou do quarto com o celular na mão.

— Eles estão no trabalho.

— Que tipo de trabalho?

— Um é *barman* e o outro é entregador.

— Pensei que os dois fossem atores.

— E são.

— Sei. Como é mesmo o nome deles?

— Doug e Malcolm.

Foi apenas um clarão momentâneo, mas Alice o viu e Lydia percebeu que ela o vira. O rosto da jovem enrubesceu quando ela disse o nome de Malcolm, e seus olhos se desviaram dos da mãe, nervosos.

— Por que não vamos andando? Eles disseram que podemos chegar um pouco antes — disse Lydia.

— Está bem, só preciso ir ao banheiro um instante.

Ao lavar as mãos, Alice deu uma espiada nos produtos da mesa ao lado da pia — sabonete líquido e hidratante facial Neutrogena, pasta de dentes sabor hortelã, desodorante masculino, uma caixa de absorventes internos. Parou um instante para pensar. Não havia menstruado durante todo o verão. Teria menstruado em maio? Ia fazer cinquenta anos no mês seguinte, e por isso não ficou alarmada. Ainda não tivera nenhuma onda de calor nem suores noturnos, mas nem todas as mulheres os experimentavam na menopausa. E para ela estaria ótimo assim.

Ao enxugar as mãos, avistou a caixa de camisinhas Trojan atrás dos produtos para cabelo de Lydia. Teria de saber mais sobre os tais colegas de apartamento. Sobre Malcolm, em especial.

Sentaram-se a uma mesa no pátio externo do Ivy, um restaurante da moda no centro de Los Angeles, e pediram duas bebidas — um martíni expresso para Lydia e um *merlot* para Alice.

— E então, como vai o artigo do papai para a *Science*?

Ela devia ter falado com o pai em data recente. Alice não tinha notícias da filha desde o Dia das Mães, quando Lydia lhe telefonara.

— Está pronto. Ele está muito orgulhoso.

— E como vão a Anna e o Tom?

— Bem, ocupados, trabalhando muito. E você, como conheceu o Doug e o Malcolm?

— Eles entraram na Starbucks uma noite, quando eu estava trabalhando.

O garçom apareceu e ambas pediram o jantar e outro drinque. Alice torceu para que o álcool diluísse a tensão entre as duas, que parecia pesada e densa, cercando aquela conversa fina feito papel vegetal.

— E então, como você conheceu o Doug e o Malcolm? — perguntou Alice.

— Acabei de lhe dizer. Por que você nunca ouve nada do que eu digo? Eles entraram na Starbucks uma noite, conversando sobre procurar uma pessoa para dividir o apartamento, quando eu estava trabalhando.

— Pensei que você fosse garçonete de um restaurante.

— E sou. Trabalho na Starbucks durante a semana e como garçonete nas noites de sábado.

— Isso não deve deixar muito tempo para o trabalho de atriz.

— Não estou com nenhum trabalho no momento, mas venho fazendo umas oficinas e participando de vários testes.

— Que tipo de oficinas?

— Sobre a técnica Meisner.

— E você tem feito testes para quê?

— Televisão e trabalhos fotográficos.

Alice girou o vinho na taça, bebeu o último grande gole e lambeu os lábios.

— Lydia, quais são os seus planos reais aqui?

— Não estou planejando desistir, se é isso que você quer saber.

Os drinques começavam a surtir efeito, mas não no sentido que Alice havia esperado. Ao contrário, serviram como o combustível que incendiou aquele pedacinho de papel vegetal, deixando totalmente exposta a tensão entre as duas, no rumo de uma conversa perigosamente conhecida.

— Você não pode viver assim para sempre. Vai continuar trabalhando na Starbucks quando tiver trinta anos?

— Ainda faltam oito anos até lá! Por acaso você sabe o que estará fazendo daqui a oito anos?

— Sim, eu sei. Em algum momento, você precisa ser responsável, precisa poder arcar com despesas como um seguro de saúde, um financiamento de casa própria, uma poupança para a aposentadoria...

— Eu tenho seguro de saúde. E talvez dê certo como atriz. Há pessoas que conseguem, sabe? E ganham muito mais do que você e o papai juntos.

— Não se trata só de dinheiro.

— Então, trata-se de quê? De eu não ter virado você?

— Fale baixo.

— Não me diga o que fazer.

— Não quero que você se transforme em mim, Lydia. Só não quero que limite as suas opções.

— Você quer fazer as minhas escolhas por mim.

— Não.

— Eu sou assim, e é isso que eu quero fazer.

— O quê? Servir café? Você devia estar na faculdade. Devia estar gastando esse tempo da sua vida para aprender alguma coisa.

— Eu *estou* aprendendo alguma coisa! Só não estou sentada numa sala de aula em Harvard, me matando para tirar dez em ciência política. Faço um curso sério de teatro, com quinze horas de aula semanais. Quantas horas de aula os seus alunos têm por semana: doze?

— Não é a mesma coisa.

— Bom, o papai acha que é. É ele que está pagando.

Alice apertou os lados da saia e comprimiu os lábios. O que teve vontade de dizer em seguida não se dirigia a Lydia.

— Você nunca nem me viu no palco — disse a filha.

John a vira. Fora até lá sozinho, no inverno anterior, para vê-la apresentar-se numa peça. Atolada em inúmeras tarefas urgentes na ocasião, Alice não arranjara uma folga para ir. Agora, ao ver o olhar sofrido de Lydia, não conseguiu lembrar quais tinham sido essas tarefas urgentes. Ela não tinha nada contra a carreira teatral em si, mas achava que a maneira singular de Lydia buscá-la, sem instrução formal, beirava a inconsequência. Se não fosse para a faculdade agora, se não adquirisse uma base de conhecimentos ou não obtivesse educação formal em alguma área, se não tirasse um diploma, o que faria ela, caso a carreira de atriz não desse certo?

Alice pensou nas camisinhas no banheiro. E se Lydia engravidasse? Teve medo de que um dia a filha se descobrisse aprisionada numa vida sem realização, cheia de arrependimentos. Olhou para ela e viu um enorme potencial desperdiçado, um grande tempo perdido.

— Você não vai ficar jovem para sempre, Lydia. A vida passa muito depressa.

— Concordo.

Chegou a comida, mas nenhuma das duas pegou no garfo. Lydia secou de leve os olhos com o guardanapo de linho bordado a mão. Elas sempre entravam na mesma briga e, para Alice, era como tentar derrubar um muro de concreto com a cabeça. Aquilo nunca seria produtivo e o único resultado era magoá-las, causando estragos por muito tempo. Ela desejou que Lydia pudesse enxergar o amor e a sensatez que havia no que, como mãe, desejava para sua vida. Desejou poder estender os braços por cima da mesa e abraçá-la, mas havia entre as duas pratos, copos e anos demais de distância.

Um burburinho repentino a poucas mesas desviou-lhes a atenção delas mesmas. Vários flashes fotográficos espocaram e uma pequena multidão de fregueses e empregados do restaurante se aglomerou, todos concentrados numa mulher meio parecida com Lydia.

— Quem é aquela? — perguntou Alice.

— Mamãe — disse Lydia, num tom a um tempo constrangido e superior, já aperfeiçoado por ela aos treze anos de idade —, aquela é a Jennifer Aniston.

As duas jantaram e falaram apenas de assuntos seguros, como a comida e o tempo. Alice queria descobrir mais sobre a relação de Lydia com Malcolm, mas as brasas das emoções da filha ainda brilhavam, incandescentes, e ela teve medo de provocar outra briga. Pagou a conta e saíram do restaurante, ambas saciadas, mas insatisfeitas.

— Com licença, madame!

Era o garçom, que as alcançou na calçada.

— A senhora esqueceu isto.

Alice parou para pensar, tentando entender como o garçom poderia estar com seu BlackBerry. Ela não tinha verificado os e-mails nem a agenda no restaurante. Apalpou o interior da bolsa. Nada de BlackBerry. Devia tê-lo tirado ao procurar a carteira para pagar a conta.

— Obrigada.

Lydia fitou-a com ar intrigado, como se quisesse dizer algo sobre outra coisa que não a comida ou o tempo, mas desistiu. As duas voltaram a pé para o apartamento, em silêncio.

* * *

— John?

Alice esperou em suspenso no vestíbulo, segurando a alça da mala. A *Harvard Magazine* estava no alto de uma pilha de correspondência não recolhida, espalhada pelo chão à sua frente. O relógio da sala de estar tique-taqueava e a geladeira zumbia. Com um fim de tarde morno e ensolarado às costas, ela achou o ar do lado de dentro frio, sombrio e rançoso. Desabitado.

Pegou a correspondência e entrou na cozinha, com a mala de rodinhas a acompanhá-la feito um cãozinho fiel. O voo sofrera um atraso e ela havia chegado tarde, até para o que dizia o micro-ondas. John dispusera de um dia inteiro, um sábado inteiro para trabalhar.

A luz vermelha dos recados da secretária eletrônica fitou-a com desdém, sem piscar. Alice verificou a geladeira. Nenhum bilhete na porta. Nada.

Ainda segurando a alça da mala, ficou parada na cozinha escura, vendo vários minutos avançarem no micro-ondas. A voz em sua cabeça, decepcionada mas cheia de perdão, diluiu-se num sussurro, enquanto o volume de uma voz mais primitiva começou a crescer e se espalhar. Alice pensou em telefonar para o marido, mas a voz em expansão rejeitou de pronto essa sugestão e recusou todas as desculpas. Pensou em apenas não se importar, mas a voz, já se infiltrando por seu corpo, ecoando em sua barriga e vibrando na ponta de todos os seus dedos, era potente e penetrante demais para ser ignorada.

Por que aquilo a incomodava tanto? John estava no meio de um experimento e não podia deixá-lo para voltar para casa. Sem sombra de dúvida, ela estivera na mesma situação do marido inúmeras vezes. Era o que ambos faziam. Era assim que eles eram. A voz a chamou de idiota.

Avistou os tênis de corrida no chão, perto da porta dos fundos. Uma corrida a faria sentir-se melhor. Era disso que precisava.

Em princípio ela corria todos os dias. Já fazia muitos anos que considerava a corrida como comer ou dormir, uma necessidade diária vital, e era conhecida por encaixar uma corridinha à meia--noite ou em plena e ofuscante tempestade de neve. Mas havia negligenciado essa necessidade básica nos últimos meses. Estivera ocupada demais. Enquanto amarrava os cadarços dos tênis, disse a si mesma que não se dera o trabalho de levá-los para a Califórnia por saber que não teria tempo para isso. Na verdade, simplesmente se esquecera de pô-los na mala.

Ao sair de casa, na rua dos Choupos, ela fazia invariavelmente o mesmo trajeto — ia pela avenida Massachusetts, passando pela praça Harvard, depois pela alameda do Memorial e pela margem do rio Charles até a ponte de Harvard, perto do MIT, e voltava — pouco mais de oito quilômetros, uma corrida de quarenta e cinco minutos, ida e volta. Fazia muito que se sentia atraída pela ideia de participar da Maratona de Boston, mas, todo ano, decidia com realismo que não tinha tempo de se preparar para aquele tipo de percurso. Talvez o fizesse, um dia. Em excelentes condições físicas para uma mulher da sua idade, imaginava-se correndo a pleno vapor pela casa dos sessenta afora.

O trânsito dos pedestres que apinhavam as calçadas e as dificuldades intermitentes com o trânsito de automóveis, nos cruzamentos das ruas, atrapalharam a primeira parte da corrida pela avenida Massachusetts e pela praça Harvard. O movimento era grande e cheio de expectativas naquele horário de sábado, com aglomerações se formando e zanzando pelas esquinas à espera do sinal verde para atravessar, gente parada do lado de fora de restaurantes à espera de mesas, ou nas filas dos cinemas à espera de ingressos, ou em carros estacionados em fila dupla, aguardando uma vaga improvável nos estacionamentos controlados por medidores. Os primeiros dez minutos da corrida exigiram uma boa dose de concentração no exterior para lidar com aquilo tudo, mas, depois de cruzar a alameda do Memorial para chegar ao rio Charles, Alice ficou livre para correr a passos largos, inteiramente focada.

A noite agradável e sem nuvens convidava a inúmeras atividades ao longo do rio Charles, mas parecia menos congestionado ali do que nas ruas de Cambridge. Apesar do fluxo regular de corredores, cães com seus donos, gente caminhando, patinadores, ciclistas e mulheres empurrando carrinhos de bebê, Alice reteve apenas uma vaga ideia do que acontecia a seu redor, como um motorista experiente num trecho de estrada habitualmente percorrido. Ao correr pela margem do rio, não atentou para nada além do som dos tênis Nike batendo na calçada, num ritmo sincopado, em sintonia com o de sua respiração. Não rememorou a discussão com Lydia. Não deu atenção ao ronco no estômago. Não pensou em John. Apenas correu.

Como era sua rotina, parou de correr ao voltar para o parque John Fitzgerald Kennedy, um bolsão de jardins bem-cuidados que desembocava na alameda do Memorial. Com a cabeça desanuviada e o corpo relaxado e rejuvenescido, começou a caminhar para casa. O parque JFK afunilava-se até a praça Harvard por um corredor aprazível, ladeado por bancos, entre o hotel Charles e a escola Kennedy de Governo.

Depois de passar por esse corredor, Alice estava parada no cruzamento entre as ruas Eliot e Brattle, pronta para atravessar, quando uma mulher a segurou pelo braço com uma força espantosa e perguntou:

— Você já pensou no paraíso hoje?

A mulher fitou-a com um olhar penetrante e resoluto. Tinha cabelos compridos, da cor e da textura de uma esponja de aço, e usava um cartaz feito à mão pendurado no peito, com os dizeres ARREPENDE-TE, AMÉRICA, E VOLTA-TE DOS PECADOS PARA JESUS. Sempre havia alguém vendendo Deus na praça Harvard, mas Alice nunca fora abordada de maneira tão próxima e direta até então.

— Desculpe-me — disse, e, notando uma brecha no fluxo do tráfego, fugiu para o outro lado da rua.

Queria continuar a andar, mas ficou imóvel. Não sabia onde estava. Virou-se para trás e contemplou a rua. A mulher de cabelo de bombril estava perseguindo outra pecadora pelo corredor. O corredor, o hotel, as lojas, as ruas com seus meandros ilógicos. Alice sabia que estava na praça Harvard, mas não sabia o caminho de casa.

Tentou de novo, de maneira mais específica. O hotel Harvard, a loja de artigos esportivos Eastern Mountain, a loja de ferragens Dickson Brothers, a rua Mount Auburn. Ela conhecia todos aqueles lugares — fazia mais de vinte e cinco anos que corria por essa praça —, mas, por algum motivo, os locais não se enquadravam num mapa mental que lhe dissesse onde ficava sua casa em relação a eles. Uma placa de sinalização circular com um "T" em preto e branco, bem defronte dela, marcava uma entrada da Linha Vermelha de trens e ônibus subterrâneos, mas havia três dessas entradas na praça Harvard, e Alice não conseguiu decifrar qual das três era essa.

Seu coração disparou. Ela começou a transpirar. Disse a si mesma que os batimentos cardíacos acelerados e a transpiração eram parte de uma reação orquestrada e apropriada à corrida. Mas, parada ali na calçada, a sensação foi de pânico.

Obrigou-se a andar mais um quarteirão, depois outro, as pernas bambas parecendo prestes a desmoronar a cada passo confuso. A livraria Coop, o restaurante Cardullo's, a banca de revistas na esquina, o Centro de Visitantes de Cambridge do outro lado da rua e, mais adiante, o parque de Harvard. Alice disse a si mesma que ainda sabia ler e reconhecer. De nada adiantou. Faltava um contexto.

Gente, carros, ônibus e toda sorte de ruídos insuportáveis entremearam-se às pressas a seu redor e passaram por ela. Alice fechou os olhos. Ficou ouvindo o sangue correr e pulsar atrás das orelhas.

— Pare com isso, por favor — murmurou.

Abriu os olhos. Com a mesma subitaneidade com que a havia abandonado, a paisagem tornou a se encaixar num estalo. A Coop, o Cardullo's, a banca de jornais Nini's Corner, o parque de Harvard. Ela entendeu automaticamente que devia dobrar à esquerda na esquina e seguir para oeste na avenida Massachusetts. Começou a respirar com mais facilidade, já não se sentindo bizarramente perdida a menos de dois quilômetros de casa. Mas acabara de ficar bizarramente perdida a menos de dois quilômetros de casa. Andou o mais depressa que pôde, sem correr.

Entrou em sua rua, uma via residencial tranquila e arborizada a uns dois quarteirões da avenida Massachusetts. Com os dois pés na rua e com sua casa à vista, sentiu-se muito mais segura, mas ainda não a salvo. Manteve os olhos na porta da entrada e as pernas em movimento, e jurou a si mesma que o mar de angústia que assomava furiosamente em seu interior se escoaria quando ela entrasse no vestíbulo e visse John. Se ele estivesse em casa.

— John?

Ele apareceu no vão da porta da cozinha, com a barba por fazer, os óculos pousados no alto da cabeleira de cientista maluco, chupando um picolé vermelho e usando sua camiseta cinza da sorte. Passara a noite inteira em claro. Como Alice havia prometido a si mesma, a angústia começou a escoar. Mas a energia e a coragem pareceram vazar junto com ela, deixando-a fragilizada e com vontade de desabar nos braços do marido.

— Ei, eu estava me perguntando por onde você andava, já ia deixar um bilhete na geladeira. Como é que foi? — perguntou ele.

— O quê?

— Stanford.

— Ah, tudo bem.

— E como vai a Lydia?

O sentimento de traição e mágoa por causa da filha e por John não ter estado em casa quando ela chegou de viagem, exorcizado pela corrida e afastado pelo pavor de se sentir inexplicavelmente perdida, reivindicou sua prioridade na ordem de precedência.

— Você é quem deve saber.

— Vocês brigaram.

— Você está pagando as aulas de teatro dela? — acusou Alice.

— Ah — fez ele, sugando o restinho do picolé com a boca manchada de vermelho. — Escute, podemos falar disso depois? Não tenho tempo para entrar nesse assunto agora.

— Arranje tempo, John. Você anda sustentando a garota lá sem me contar, e não está em casa quando eu chego, e...

— E você não estava aqui quando cheguei. Como foi a corrida?

Alice percebeu o raciocínio simples na pergunta velada do marido. Se o houvesse esperado, se tivesse lhe telefonado, se não tivesse feito exatamente o que queria e saído para correr, ela poderia ter passado a última hora com ele. Teve de concordar.

— Ótima.

— Desculpe, esperei o máximo que pude, mas realmente tenho que voltar ao laboratório. Tive um dia incrível até agora, resultados fantásticos, mas ainda não terminamos e preciso analisar os números antes de recomeçarmos de manhã. Só passei em casa para ver você.

— Preciso conversar com você sobre isso agora.

— Não é exatamente uma informação nova, Ali. Nós discordamos quanto à Lydia. Não dá para esperar até eu voltar?

— Não.

— Quer ir andando comigo, conversar no caminho?

— Não vou ao escritório, preciso ficar em casa.

— Você precisa conversar agora, precisa ficar em casa, está toda carente, de uma hora para outra. Aconteceu alguma outra coisa?

A palavra "carente" tocou num ponto vulnerável. Carente era o mesmo que fraca, dependente, patológica. Como seu pai. Durante a vida inteira Alice fizera questão de nunca ser assim, de nunca ser igual a ele.

— Só estou exausta.

— Está parecendo mesmo. Você precisa diminuir o ritmo.

— Não é disso que eu preciso.

John esperou que ela continuasse a falar, mas Alice demorou demais.

— Escute, quanto mais cedo eu for, mais rápido estarei de volta. Descanse um pouco, eu volto mais tarde.

Beijou-a na cabeça encharcada de suor e saiu porta afora.

Parada no corredor onde ele a deixara, sem ninguém a quem fazer confidências ou em quem confiar, Alice sentiu-se inundada pelo impacto do que acabara de vivenciar na praça Harvard. Sentou-se no chão e se encostou na parede fria, vendo as mãos tremerem no colo como se não pudessem ser as suas. Tentou concentrar-se em regular a respiração, como fizera durante a corrida.

Após alguns minutos inspirando e expirando, acalmou-se o bastante para tentar dar algum sentido ao que acabara de acontecer. Pensou na palavra que lhe escapara durante a palestra em Stanford e na menstruação que não viera. Levantou-se, ligou o laptop e procurou no Google "sintomas da menopausa".

Uma lista aterradora encheu a tela — ondas de calor, suores noturnos, insônia, cansaço esmagador, angústia, tonteira, batimentos cardíacos irregulares, depressão, irritabilidade, alterações de humor, desorientação, confusão mental, lapsos de memória.

Desorientação, confusão mental, lapsos de memória. Confere, confere, confere. Reclinou-se na cadeira e passou a mão pelos cabelos pretos e cacheados. Olhou para as fotografias exibidas nas prateleiras da estante que ia do chão ao teto — o dia de sua formatura em Harvard, John e ela dançando no dia do casamento, retratos de família de quando as crianças eram pequenas, um retrato de família no casamento de Anna. Tornou a olhar para a lista na tela do computador. Aquela era apenas a fase natural seguinte em sua vida de mulher. Milhões de mulheres lidavam com aquilo todos os dias. Nada que ameaçasse a vida. Nada anormal.

Fez uma anotação para se lembrar de marcar uma consulta com a médica para um checkup. Talvez devesse fazer terapia de reposição de estrogênio. Leu a lista de sintomas até o fim pela última vez. Irritabilidade. Alterações do estado de humor. Seu pavio cada vez mais curto com John nos últimos tempos. Tudo fazia sentido. Satisfeita, desligou o computador.

Passou mais algum tempo sentada na penumbra da sala de estudos, ouvindo a casa silenciosa e os sons dos churrascos nas casas vizinhas. Aspirou o aroma de hambúrguer na grelha. Por algum motivo, já não estava com fome. Tomou uma multivitamina com água, desfez a mala, leu vários artigos do *Journal of Cognition* e foi dormir.

Um pouco depois da meia-noite, John finalmente chegou. Seu peso na cama acordou Alice, mas apenas de leve. Ela se manteve imóvel e fingiu continuar dormindo. O marido devia estar exausto, por ter passado a noite em claro e o dia inteiro trabalhando. Poderiam conversar sobre Lydia pela manhã. E Alice pediria desculpas por andar tão sensível e irritadiça nos últimos tempos. A mão quente de John em seu quadril a fez encaixar-se na curva do corpo dele. Com a respiração do marido na nuca, mergulhou num sono profundo, convencida de que estava segura.

Outubro de 2003

— Foi muita coisa para digerir — comentou Alice, abrindo a porta de seu escritório.

— É, aquelas *enchiladas* estavam enormes — concordou Dan, rindo atrás dela.

Alice acertou-lhe o braço de leve com o bloco de anotações. Eles haviam acabado de assistir a um seminário de almoço com uma hora de duração. Estudante do quarto ano de pós-graduação, Dan tinha, de modo geral, o visual dos modelos da J.Crew — musculoso e esguio, cabelo louro curto e bem-aparado, e um sorriso meio arrogante e cheio de dentes. Fisicamente, não se parecia nada com John, mas era dotado de uma confiança e de um senso de humor que muitas vezes faziam Alice lembrar-se do marido naquela idade.

Após várias tentativas malogradas, as pesquisas para a tese de Dan haviam finalmente decolado, e ele andava numa empolgação que Alice reconhecia com afeto e torcia para que se transformasse numa paixão sustentável. Qualquer um podia deixar-se seduzir pela pesquisa quando os resultados apareciam aos montes. O difícil era amá-la quando eles não vinham e quando as razões disso eram difíceis de apreender.

— Quando é que você vai para Atlanta? — perguntou ela, vasculhando a papelada na escrivaninha em busca do rascunho do relatório de pesquisa de Dan que tinha revisado.

— Semana que vem.

— Provavelmente, já poderá submeter o material até lá, ele está em boas condições.

— Nem acredito que vou me casar. Nossa, estou ficando velho.

Alice achou o relatório e o entregou ao rapaz.

— Ora, por favor, você está longe de ser velho. Está no começo da vida.

Dan sentou-se e folheou as páginas, franzindo o cenho para os rabiscos vermelhos nas margens. As seções de introdução e discussão do artigo eram as áreas em que Alice, com seu conhecimento profundo e sempre disponível, mais contribuía para o acabamento do trabalho de Dan, preenchendo as lacunas de sua narrativa e criando uma imagem mais íntegra de onde e como essa nova peça se encaixava no quebra-cabeça histórico e atual da linguística como um todo.

— O que é isso que está escrito aqui? — perguntou ele, apontando um conjunto específico de rabiscos vermelhos.

— Efeitos diferenciais da atenção concentrada *versus* a atenção distribuída.

— Qual é a fonte de consulta para isso?

— Ah, qual é mesmo? — perguntou-se Alice, espremendo os olhos à espera de que o nome do autor principal e o ano de publicação da obra viessem à tona. — Viu? É isso que acontece quando a gente fica velha.

— Por favor, você também está longe de ser velha. Não se preocupe, eu posso procurar.

Um dos grandes ônus para a memória de quem exercia uma carreira séria nas ciências era saber os anos dos estudos publicados, os detalhes dos experimentos e quem os tinha feito. Era frequente Alice assombrar seus doutorandos e pós-doutorandos ao enumerar, rapidamente e de improviso, sete estudos pertinentes a um dado fenômeno, com os respectivos autores e anos de publicação. A maioria dos professores-seniores de seu departamento tinha essa habilidade na ponta da língua. Na verdade, havia entre eles uma competição velada para saber quem possuía o catálogo mental mais completo e prontamente acessível da biblioteca de sua disciplina. Alice usava a faixa imaginária de campeã mais do que qualquer outra pessoa.

— Nye, MBB, 2000! — exclamou.

— Sempre fico admirado por você conseguir fazer isso. Falando sério, como é que retém todas essas informações na cabeça?

Alice sorriu, aceitando a admiração do orientando.

— Você vai ver. Como eu disse, você está só começando.

Dan folheou as páginas restantes, relaxando o cenho.

— Certo, estou empolgado, isso está com uma cara boa. Muito obrigado mesmo. Amanhã eu o trago de volta para você! — E saiu saltitante do gabinete.

Terminada essa tarefa, Alice consultou sua lista de coisas por fazer, escrita num autoadesivo amarelo, preso no armário suspenso logo acima da tela do computador.

Aula sobre cognição ✓
Seminário de almoço ✓
Artigo do Dan
Eric
Jantar de aniversário

Satisfeita, pôs um tique ao lado de "Artigo do Dan".

"Eric? O que significava isso?"

Eric Wellman era o chefe do Departamento de Psicologia de Harvard. Será que ela tencionava dizer-lhe alguma coisa, mostrar-lhe alguma coisa, perguntar-lhe alguma coisa? Teria alguma reunião com ele? Consultou a agenda: 11 de outubro, dia do seu aniversário. Nada sobre Eric. "Eric." Era obscuro demais. Abriu a caixa de entrada dos e-mails. Nenhuma mensagem de Eric.

Torceu para que não fosse algo com prazo marcado. Irritada, mas confiante em que acabaria recuperando fosse o que fosse a respeito de Eric, jogou fora essa lista de lembretes, a quarta do dia, e tirou outra folha do bloquinho autoadesivo.

Eric?

Telefonar para médica

Essas perturbações da memória andavam se insinuando com uma frequência que a irritava. Ela vinha adiando o telefonema para sua clínica geral por presumir que aqueles episódios de esquecimento se resolveriam com o tempo. Tinha a esperança de descobrir informalmente alguma coisa tranquilizadora sobre a transitoriedade natural dessa fase, conversando com algum conhecido, e de possivelmente evitar por completo uma ida à médica. Mas era improvável que isso acontecesse, já que todos os seus amigos e colegas de Harvard em idade de menopausa eram homens. Reconheceu que provavelmente estava na hora de procurar uma orientação médica de verdade.

ALICE E JOHN CAMINHARAM JUNTOS desde o campus até o Epulae, na praça Inman. Lá dentro ela avistou a filha mais velha, Anna, já sentada no bar cor de cobre com o marido, Charlie. Ambos usavam imponentes ternos azuis, o dele adornado por uma bela gravata dourada, o dela, por um único fio de pérolas. Fazia uns dois anos que trabalhavam no terceiro maior escritório de direito empresarial de Massachusetts, Anna na área de propriedade intelectual, Charlie na de litígios.

Pelo copo de martíni na mão e pelo manequim 40 inalterado do busto, Alice depreendeu que Anna não estava grávida. Fazia seis meses que vinha tentando engravidar, sem sucesso nem sigilo. Como tudo que dizia respeito a Anna, quanto mais uma coisa era difícil de obter, mais ela a queria. Alice a aconselhara a esperar, a não se apressar tanto a ticar esse próximo grande marco na lista de coisas por fazer em sua vida. Anna tinha apenas vinte e sete anos, acabara de se casar com Charlie no ano anterior e trabalhava de dezesseis a dezoito horas por dia. Mas ela havia objetado, frisando o que toda mulher que tinha uma carreira e pensava em ter filhos acabava percebendo: nunca haveria um momento certo para isso.

Alice preocupava-se em saber de que modo um filho afetaria a carreira de Anna. Para ela própria, chegar à condição de professora titular tinha sido uma jornada árdua, não porque as responsabilidades se houvessem tornado intimidantes demais, ou porque ela não tivesse produzido um *corpus* excepcional de trabalho na linguística ao longo do trajeto, mas, essencialmente, por ser uma mulher com filhos. Os vômitos, a anemia e a pré-eclâmpsia de que ela sofrera no total de dois anos e meio de gestação certamente a haviam distraído e reduzido seu ritmo. E as exigências dos três pequenos seres humanos nascidos dessas gestações tinham sido mais constantes e tomado mais tempo que as de qualquer chefe de departamento carrasco, ou de qualquer aluno estressado com que ela houvesse topado.

Vez após outra, Alice assistira, horrorizada, ao ralentar das carreiras mais promissoras de suas colegas em fase de reprodução, até se arrastarem ou simplesmente saírem dos trilhos por completo. Ver John, seu contraponto masculino e seu par intelectual, ultrapassá-la em marcha acelerada tinha sido duro de engolir. Muitas vezes, Alice perguntava a si mesma se a carreira do marido teria sobrevivido a três episiotomias, à amamentação, a ensinar os filhos a usarem o troninho, a dias intermináveis, de embotar o cérebro, cantando aquelas musiquinhas infantis, e a noites e noites em que ela só conseguia ter duas ou três horas de sono ininterrupto. Duvidava seriamente.

Depois de todos trocarem abraços, beijos, gentilezas e cumprimentos pelo aniversário, uma mulher de cabelo quase branco de tão oxigenado e toda vestida de preto aproximou-se do grupo no bar.

— Já chegaram todos do seu grupo? — perguntou, com um sorriso afável, mas meio demorado demais para ser sincero.

— Não. Ainda falta uma pessoa — disse Anna.

— Cheguei! — anunciou Tom, aproximando-se por trás deles. — Feliz aniversário, mamãe.

Alice o abraçou e beijou, depois se deu conta de que ele havia chegado sozinho.

— Precisamos esperar pela...

— Jill? Não, mamãe, nós terminamos no mês passado.

— Você troca tanto de namorada que é difícil guardar o nome de todas — comentou Anna. — Há alguma outra no pedaço para quem devamos guardar um lugar?

— Ainda não — veio a resposta dirigida a Anna. — Estamos todos aqui — disse à mulher de preto.

O intervalo em que Tom ficava entre uma namorada e outra geralmente era de seis a nove meses, porém nunca durava muito. Ele era inteligente, passional, a imagem escrita do pai; cursava o terceiro ano da Faculdade de Medicina de Harvard, pretendia ser cirurgião cardiotorácico e estava com a aparência de quem precisava de uma boa refeição. Tom costumava admitir, em tom irônico, que todos os estudantes de medicina e cirurgiões que ele conhecia se enchiam de porcarias, sempre devoradas às pressas — *doughnuts*, sacos de batata frita, salgadinhos de máquinas automáticas e comida da lanchonete do hospital. Nenhum deles tinha tempo para fazer exercícios, a não ser que considerassem usar as escadas em vez dos elevadores. Ele brincava dizendo que, pelo menos, todos estariam aptos a tratar as doenças cardíacas uns dos outros dentro de poucos anos.

Acomodados num reservado semicircular com suas bebidas e tira-gostos, eles começaram a conversar sobre o membro ausente da família.

— Quando foi a última vez que a Lydia veio a um dos nossos jantares de aniversário? — perguntou Anna.

— Ela veio quando eu fiz vinte e um anos — disse Tom.

— Isso faz quase cinco anos! Qual foi mesmo a última vez? — insistiu Anna.

— Não, não pode ser — interpôs John, sem acrescentar nada mais específico.

— Tenho certeza de que foi — repetiu Tom.

— Não foi. Ela veio para os cinquenta anos do seu pai, em Cape Cod, três anos atrás — disse Alice.

— Como vai ela, mamãe? — perguntou Anna.

Anna se comprazia visivelmente com o fato de Lydia não estar na universidade; de algum modo, isso confirmava seu posto de filha mais inteligente e bem-sucedida dos Howland. Como primogênita, ela fora a primeira a demonstrar sua inteligência aos pais maravilhados, a primeira a deter o status de filha brilhante. Embora Tom também fosse muito inteligente, Anna nunca lhe dera grande atenção, talvez por ele ser menino. E depois viera Lydia. As duas eram inteligentes, mas Anna sofria para tirar uma série de notas dez, ao passo que os boletins impecáveis de Lydia vinham aparentemente sem muito esforço. Anna se incomodava com isso. Ambas eram competitivas e ferozmente independentes, porém a mais velha não era dada a correr riscos. Tendia a buscar objetivos seguros e convencionais, e que fossem garantidamente acompanhados por elogios tangíveis.

— Ela vai bem — respondeu Alice.

— Nem acredito que ainda esteja lá. Ela já fez algum trabalho? — perguntou Anna.

— Ela estava fantástica naquela peça do ano passado — disse John.

— Ela está tendo aulas — acrescentou Alice.

Só depois de as palavras lhe saírem da boca foi que se lembrou de que John, pelas suas costas, vinha financiando o currículo sem diploma de Lydia. Como podia ter se esquecido de conversar com ele sobre isso? Lançou-lhe um olhar indignado, que caiu direto no rosto do marido, fazendo-o sentir o impacto. John balançou sutilmente a cabeça e lhe afagou as costas. Esse não era o momento nem o lugar. Alice falaria do assunto com ele depois. Se conseguisse lembrar-se.

— Bem, pelo menos ela está fazendo alguma coisa — disse Anna, parecendo satisfeita por todos saberem quem era a filha Howland superior.

— E então, papai, como foi aquele experimento de classificação de genes? — perguntou Tom.

John inclinou-se para a frente e se lançou nos detalhes de seu estudo mais recente. Alice observou o marido e o filho, ambos biólogos, absortos numa conversa analítica e tentando impressionar um ao outro com seu saber. As rugas de riso que nasciam nos cantos dos olhos de John, visíveis mesmo quando ele ficava mais sério, aprofundavam-se e ganhavam vida quando ele falava de suas pesquisas, e as mãos participavam da conversa como marionetes no palco.

Alice adorava vê-lo assim. John já não conversava com ela sobre suas pesquisas com tanta minúcia e entusiasmo como antigamente. Ela sempre se mantivera suficientemente a par do trabalho do marido para fazer um resumo decente durante um coquetel, porém nada ia além de um simples esboço. Reconhecia as conversas substanciais que os dois já tinham partilhado quando passavam algum tempo com Tom, ou com os colegas de John. Em tempos idos, este costumava contar-lhe tudo, e ela o ouvia com uma atenção extasiada. Perguntou a si mesma quando isso havia mudado e quem perdera o interesse primeiro, se ele em contar ou ela em ouvir.

As lulas, os empanados de ostra e caranguejo com molho picante, a salada de rúcula, beterraba e maçã e o ravióli de abóbora, tudo estava impecável. Depois do jantar, o grupo inteiro cantou "Parabéns pra você", alto e desafinado, o que atraiu aplausos generosos e divertidos dos fregueses das outras mesas. Alice soprou a vela em sua tortinha de chocolate quente. Quando todos ergueram suas *flutes* de Veuve Cliquot, John levantou a dele um pouco mais alto.

— Feliz aniversário para a minha linda e brilhante mulher. A mais cinquenta anos de vida!

Todos fizeram tim-tim e beberam o champanhe.

No toalete feminino, Alice estudou seu reflexo no espelho. O rosto refletido de uma mulher mais velha não combinava muito bem com a imagem mental que ela fazia de si mesma. Os olhos castanho-dourados pareciam fatigados, embora ela estivesse totalmente descansada, e a textura da pele mostrava-se mais opaca e flácida. Ela estava claramente acima dos quarenta, mas não diria parecer velha. Não se sentia velha, apesar de saber que estava envelhecendo. Seu ingresso recente numa faixa etária mais avançada vinha-se anunciando regularmente com a intromissão indesejada de lapsos de memória menopáusicos. Afora isso, ela se sentia jovem, forte e saudável.

Pensou em sua mãe. As duas eram parecidas. A lembrança do rosto da mãe, sério e resoluto, com sardas salpicadas no nariz e nas maçãs, não exibia uma única ruga ou bolsa sob os olhos. Ela não vivera o bastante para tê-las. Tinha morrido aos quarenta e um anos. A irmã de Alice, Anne, estaria agora com quarenta e oito. Alice tentou visualizar a aparência que ela teria, sentada com o grupo nessa noite, acompanhada por seu próprio marido e filhos, mas não conseguiu imaginá-la.

Ao se sentar para urinar, viu o sangue. Ficara menstruada. Por certo entendia que era comum, no começo da menopausa, a menstruação ser irregular, nem sempre desaparecer por completo, de uma só vez. Mas a possibilidade de ela não estar de fato na menopausa insinuou-se, agarrou-se e não soltou mais.

A determinação resoluta de Alice, amolecida pelo champanhe e pelo sangue, desmoronou por inteiro. Ela desatou a chorar convulsivamente. Sentiu dificuldade para respirar. Estava com cinquenta anos e tinha a sensação de estar perdendo o juízo, talvez.

Alguém bateu à porta.

— Mamãe? — perguntou Anna. — Você está passando bem?

Novembro de 2003

O consultório da dra. Tamara Moyer ficava no terceiro andar de um prédio comercial de cinco andares, alguns quarteirões a oeste da praça Harvard, não muito longe do local onde Alice se perdera momentaneamente. As salas de espera e de exame, ainda decoradas com gravuras emolduradas de Ansel Adams e cartazes de propaganda de medicamentos nas paredes cinzentas, cor de armários de arquivos de escola secundária, não tinham associações negativas para ela. Nos vinte e dois anos em que a dra. Moyer tinha sido sua médica, ela só a havia consultado para fazer checkups preventivos — exames clínicos, reforços de vacinas e, mais recentemente, mamografias.

— O que a traz aqui hoje, Alice? — perguntou a dra. Moyer.

— Ultimamente, tenho tido muitos problemas de memória, que andei atribuindo a sintomas de menopausa. Parei de menstruar há uns seis meses, mas a menstruação voltou no mês passado, então pode ser que eu não esteja na menopausa, e aí, bem, achei que devia vir consultá-la.

— Que tipo de coisas você vem esquecendo, exatamente? — perguntou a médica, tomando notas sem levantar os olhos.

— Nomes, palavras durante a conversa, o lugar onde deixei o meu BlackBerry, por que anotei uma determinada coisa na lista de tarefas por fazer.

— Certo.

Alice observou a médica atentamente. Sua confissão não parecera impressioná-la em absoluto. A dra. Moyer recebeu as informações como um padre que ouvisse um adolescente confessar ideias impuras a respeito de uma garota. Era provável que ouvisse aquele tipo de queixa de pessoas perfeitamente sadias inúmeras vezes por dia. Alice quase pediu desculpas por ser tão alarmista, boba até, e fazer a médica perder tempo. Todo mundo esquecia essas coisas, especialmente ao ficar mais velho. Somando a isso a menopausa e o fato de ela estar sempre fazendo três coisas ao mesmo tempo e pensando em outras doze, aqueles lapsos de memória de repente lhe pareceram pequenos, corriqueiros, inofensivos e até razoavelmente esperáveis. Todo mundo ficava tenso. Todo mundo sentia cansaço. "Todo mundo esquece coisas."

— Também fiquei desorientada na praça Harvard. Não sabia onde estava por pelo menos uns dois minutos, até tudo me voltar à lembrança.

A dra. Moyer parou de anotar os sintomas na ficha de avaliação e olhou diretamente para Alice. Aquilo a impressionou.

— Você sentiu alguma pressão no peito?

— Não.

— Alguma dormência ou formigamento?

— Não.

— Sentiu dor de cabeça, ou ficou tonta?

— Não.

— Notou alguma palpitação?

— Meu coração bateu muito forte, mas isso foi depois de eu ficar confusa, foi mais como uma reação de adrenalina ao meu susto. Na verdade, lembro que estava me sentindo ótima pouco antes de isso acontecer.

— Aconteceu alguma outra coisa incomum nesse dia?

— Não, eu tinha acabado de chegar de Los Angeles.

— Você tem tido ondas de calor?

— Não. Bem, senti algo parecido com isso quando fiquei desorientada, mas, pensando bem, acho que eu só estava com medo.

— Certo. Como tem dormido?

— Muito bem.

— Quantas horas você dorme por noite?

— Cinco a seis.

— Sempre foi assim?

— Sempre.

— Alguma dificuldade para dormir?

— Não.

— Quantas vezes você costuma acordar durante a noite?

— Acho que não acordo.

— Você se deita à mesma hora todas as noites?

— Em geral. Exceto quando viajo, o que tem acontecido muito, ultimamente.

— Para onde você viajou?

— Nos últimos meses, fui à Califórnia, à Itália, a Nova Orleans, à Flórida e a Nova Jersey.

— Sentiu-se mal depois de alguma dessas viagens? Teve febre?

— Não.

— Está tomando alguma medicação, remédios contra alergia, suplementos alimentares, alguma coisa que você normalmente não consideraria um remédio?

— Só um multivitamínico.

— Tem tido azia?

— Não.

— Alguma alteração do peso?

— Não.

— Algum sangramento na urina ou nas fezes?

— Não.

Ela foi fazendo as perguntas rapidamente, uma em seguida a cada resposta, e os assuntos foram mudando de um para outro antes que Alice tivesse tempo para acompanhar o raciocínio por trás deles. Como quem andasse numa montanha-russa de olhos fechados, ela não conseguia prever para que direção seria levada a seguir.

— Você tem se sentido mais ansiosa ou tensa do que o normal?

— Só por não conseguir lembrar de algumas coisas. Afora isso, não.

— Como anda a relação com seu marido?

— Ótima.

— Você acha que seu humor anda bom?

— Sim.

— Acha que poderia estar deprimida?

— Não.

Alice conhecia a depressão. Depois da morte da mãe e da irmã, quando estava com dezenove anos, ela havia perdido o apetite, não conseguia dormir mais de duas horas seguidas, embora vivesse infinitamente cansada, e tinha perdido o interesse por tudo. Aquilo havia durado pouco mais de um ano e ela nunca tornara a vivenciar algo parecido. Isto era inteiramente diferente. Não era um problema para se resolver com um Prozac.

— Você ingere bebidas alcoólicas?

— Socialmente.

— Quanto?

— Uma ou duas taças de vinho no jantar, e talvez um pouco mais em ocasiões especiais.

— Usa alguma droga?

— Não.

A dra. Moyer fitou-a, pensativa. Tamborilou com a caneta em suas anotações, relendo-as. Alice desconfiou que a resposta não estaria naquele pedaço de papel.

— E então, estou na menopausa? — indagou, agarrando com as duas mãos o assento de couro.

— Sim. Podemos fazer uma dosagem do FSH, mas tudo o que você me relatou é inteiramente compatível com a menopausa. A faixa média de instalação é dos 48 aos 52 anos, de modo que você se encaixa nela. Talvez continue a menstruar umas duas vezes por ano, durante algum tempo. Isso é perfeitamente normal.

— A reposição de estrogênio pode ajudar nos meus problemas com a memória?

— Já não fazemos reposição de estrogênio, a menos que a mulher tenha distúrbios do sono, ondas de calor realmente pavorosas, ou que já esteja com osteoporose. Não creio que os seus problemas de memória se devam à menopausa.

Alice sentiu o sangue lhe fugir da cabeça. Enunciada precisamente nas palavras que ela havia temido, e que só recentemente se atrevera a considerar, essa simples opinião profissional destroçou sua explicação bem-arrumada e segura. Havia algo errado com ela, e Alice não tinha certeza de estar pronta para saber do que se tratava. Lutou contra os impulsos que cresciam em seu íntimo e lhe imploravam que se deitasse ou caísse fora daquele consultório imediatamente.

— Por que não?

— Os sintomas dos distúrbios de memória e desorientação associados à menopausa são decorrentes de hábitos precários de sono. São próprios de mulheres que não se saem bem em termos cognitivos porque não dormem direito. É possível que você não esteja dormindo tão bem quanto supõe. Talvez os seus horários e as diferenças de fuso estejam cobrando seu preço, e talvez você passe noites inteiras preocupada com as coisas.

Alice pensou nas ocasiões em que seu raciocínio ficara embotado por causa de noites maldormidas. Com certeza não tinha funcionado no auge de suas aptidões mentais nas últimas semanas de cada gravidez, ou depois do parto de cada filho, ou quando terminara o prazo de concessão de uma ou outra bolsa. Mas em nenhuma dessas situações tinha se perdido na praça Harvard.

— Pode ser. Será que, de repente, eu preciso dormir mais por estar mais velha, ou por estar na menopausa?

— Não. Não costumo ver isso.

— Se não é falta de sono, o que você acha que pode ser? — perguntou, já agora sem nenhuma clareza e confiança na voz.

— Bem, eu estou particularmente preocupada com a desorientação. Não creio que tenha sido um acidente vascular. Acho melhor fazermos alguns testes. Vou pedir-lhe uns exames de sangue, uma mamografia e uma densitometria óssea, porque está na época, e também uma ressonância magnética do cérebro.

"Um tumor cerebral." Alice nem tinha pensado nisso. Um novo predador assombrou sua imaginação e ela tornou a sentir o pânico fervilhar em suas entranhas.

— Se você não acha que foi um AVC, o que pretende investigar com a ressonância?

— É sempre bom excluir certas hipóteses em definitivo. Marque a ressonância magnética e uma consulta comigo logo depois, e então discutiremos isso tudo.

A dra. Moyer evitara dar uma resposta direta à pergunta, mas Alice não a pressionou a revelar suas suspeitas. E também não acreditava em sua teoria do tumor. As duas simplesmente teriam de esperar para ver.

O EDIFÍCIO WILLIAM JAMES ABRIGAVA os departamentos de Psicologia, Sociologia e Antropologia Social e ficava situado logo depois dos portões do parque de Harvard, na rua Kirkland, numa região a que os alunos se referiam como a "Sibéria". Mas a geografia não era o fator mais destacado a aliená-lo do campus principal. O prédio nunca poderia ser confundido com nenhuma das estruturas acadêmicas majestosas e clássicas que adornavam o prestigioso parque, e que abrigavam os dormitórios dos calouros e as aulas de matemática, história e inglês. Mas poderia ser confundido com um edifício-garagem. Não tinha colunas dóricas nem coríntias, tijolos vermelhos, vitrais Tiffany, torres nem átrios grandiosos — nenhum detalhe arquitetônico que pudesse afiliá-lo de maneira óbvia ou sutil a sua instituição-matriz. Era um bloco bege e sem imaginação de 64 metros de altura, muito possivelmente inspirado na caixa de Skinner. Como não era de admirar, nunca tinha sido incluído nos passeios estudantis guiados pelo campus nem no Calendário de Harvard, fosse de primavera, verão, outono ou inverno.

Embora a aparência do edifício William James fosse indiscutivelmente desoladora, a vista que se tinha dele, em particular de muitos gabinetes e salões de conferência nos andares mais altos, era nada menos do que esplêndida. Enquanto tomava chá à escrivaninha de sua sala, no décimo andar do prédio, Alice relaxava com a beleza do rio Charles e do bairro de Back Bay, emoldurados diante dela pelo janelão que dava para o sudeste. Ele mostrava uma paisagem reproduzida por muitos pintores e fotógrafos em telas a óleo, aquarelas e películas, e que podia ser encontrada emoldurada em tons foscos nas paredes de edifícios comerciais de toda a área de Boston.

Alice prezava as gloriosas vantagens oferecidas aos que tinham a felicidade de observar diariamente a versão ao vivo dessa paisagem. Conforme as mudanças do horário ou das estações do ano, a qualidade e o movimento da imagem vista de sua janela alteravam-se de maneiras incansavelmente interessantes. Nessa manhã ensolarada de novembro, a "Paisagem de Boston Vista do Edifício

William James: Outono" mostrava a Alice a luz do sol, cintilando como bolhas de champanhe no vidro azul-claro do edifício John Hancock, e vários barcos de regata deslizando serenamente pela superfície lisa e prateada do rio Charles em direção ao Museu de Ciências, como que puxados por uma corda numa experiência sobre o movimento.

A paisagem também lhe dava uma consciência saudável da vida fora de Harvard. Um vislumbre do neon vermelho e branco do anúncio de uma empresa, piscando contra o céu crepuscular sobre o parque Fenway, acionava o sistema nervoso de Alice como o toque repentino de um despertador, acordando-a do transe diário de suas ambições e obrigações e lhe despertando a ideia de ir para casa. Anos antes, quando ainda não era titular, seu escritório ficava numa sala pequena e sem janelas na parte interna do edifício William James. Sem acesso visual ao mundo externo, fora das sólidas paredes bege, era comum ela trabalhar até tarde da noite sem sequer se dar conta. Em mais de uma ocasião, ficara perplexa, ao fim do dia, ao descobrir que um vento nordeste havia coberto Cambridge com mais de trinta centímetros de neve, e que todos os professores menos concentrados ou donos de janelas já haviam abandonado prudentemente o edifício William James, em busca de pão, leite, papel higiênico e suas casas.

Nesse momento, porém, ela precisava parar de olhar pela janela. No fim dessa tarde, viajaria para a Reunião da Sociedade de Psiconomia, em Chicago, e, até lá, tinha uma tonelada de coisas para providenciar. Examinou sua lista de afazeres:

Revisar artigo de neurociências para a Nature ✓
Reunião do Departamento ✓
Reunião com auxiliares de ensino ✓

Aula sobre cognição
Finalizar cartaz e itinerário da conferência
Corrida
Aeroporto

Tomou o último gole aguado do chá gelado e começou a estudar suas anotações de aula. A de hoje se concentraria na semântica, no significado da linguagem, e seria a terceira de seis aulas de linguística, sua série favorita de aulas dessa cadeira. Mesmo depois de lecionar por vinte e cinco anos, Alice ainda reservava uma hora antes das aulas para se preparar. É claro que, a essa altura da carreira, podia dar meticulosamente 75% de qualquer aula sem ter que pensar no assunto. Mas os outros 25% continham *descobertas*, técnicas inovadoras ou temas para discussão a partir dos avanços atuais de seu campo, e ela usava o tempo imediatamente anterior a cada aula para aprimorar a organização e apresentação desse material mais novo. A inclusão dessas informações em evolução constante a mantinha apaixonada pelos temas de sua disciplina e mentalmente presente em cada aula.

Em Harvard, a atenção do corpo docente recaía de forma predominante sobre o desempenho nas pesquisas, razão por que tanto os estudantes quanto a direção toleravam muitas aulas abaixo do nível ótimo. A ênfase que Alice depositava no ensino era motivada, em parte, por sua convicção de ter o dever e a oportunidade de inspirar a geração seguinte nesse campo, ou, no mínimo, de não ser a razão de o próximo futuro grande expoente da cognição abandonar a psicologia para cursar ciências políticas. Além disso, ela simplesmente adorava ensinar.

Pronta para a aula, verificou seus e-mails:

Alice,

Ainda estamos aguardando seu envio dos três slides para inclusão na palestra do Michael: um gráfico de recuperação de palavras, um modelo de cartum sobre a linguagem e um slide de texto. A palestra dele será apenas na quinta-feira, às 13h, mas seria boa ideia ele incluir os seus slides na apresentação o mais depressa possível, certificar-se de ficar à vontade com todo o material e saber que ele ainda se encaixará no tempo concedido. Você pode mandá-los por e-mail para mim ou para o Michael.

Estamos hospedados no Hyatt. Vejo-a em Chicago.

Cordiais saudações,

Eric Greenberg

Uma lâmpada fria e empoeirada acendeu-se no interior da cabeça de Alice. Era esse o significado do misterioso "Eric" em sua lista de coisas a fazer na semana anterior. Não era nenhuma referência a Eric Wellman. Era um lembrete para que ela enviasse os tais *slides* por e-mail a Eric Greenberg, um ex-colega de Harvard que agora lecionava no Departamento de Psicologia de Princeton. Alice e Dan haviam preparado três *slides* que descreviam um experimento quebra-galho, feito por Dan como parte de uma colaboração com o pós-doutorando de Eric, Michael, a ser incluído na palestra deste na Reunião da Sociedade de Psiconomia. Antes de fazer qualquer outra coisa que pudesse distraí-la, Alice enviou os *slides* a Eric, acompanhados de um sincero pedido de desculpas. Por sorte, ele os receberia em tempo hábil. Sem maiores danos.

Como acontecia com quase tudo em Harvard, o auditório usado para as aulas de Alice na disciplina de cognição era mais majestoso do que o necessário. As poltronas estofadas azuis, dispostas como num estádio, ultrapassavam em centenas o número de estudantes matriculados no curso. Um impressionante centro audiovisual, com tecnologia de ponta, ficava nos fundos do salão, e havia na frente uma tela de projeção tão grande quanto a de qualquer cinema. Enquanto três homens se atarefavam em conectar diversos cabos ao computador de Alice e em verificar a iluminação e o som, os alunos foram entrando e ela abriu a pasta Aulas de Linguística em seu laptop.

Nela havia seis arquivos: Aquisição, Sintaxe, Semântica, Compreensão, Modelos e Patologias. Alice os releu. Não conseguiu lembrar-se da aula que deveria dar nesse dia. Acabara de passar a hora anterior examinando um daqueles temas, porém não conseguia recordar qual deles. Seria sintaxe? Todos lhe pareciam familiares, mas nenhum se destacava mais do que os outros.

Desde a consulta com a dra. Moyer, toda vez que Alice esquecia alguma coisa, intensificavam-se seus maus pressentimentos. Isso não era como esquecer onde havia deixado o carregador do BlackBerry ou onde John tinha largado os óculos. Não era normal. Ela começara a dizer a si mesma, numa voz torturada e paranoica, que provavelmente tinha um tumor no cérebro. Também se dizia para não pirar nem preocupar John enquanto não ouvisse a voz mais esclarecida da dra. Moyer, o que, infelizmente, só aconteceria na outra semana, depois da conferência de psiconomia.

Decidida a encarar a hora seguinte, ela respirou fundo, frustrada. Embora não se lembrasse do tema da aula desse dia, lembrava-se bem de quem era a sua plateia.

— Alguém pode ter a bondade de me dizer o que está na sua programação para a aula de hoje? — perguntou à turma.

Vários alunos responderam, numa hesitante voz coletiva:

— Semântica.

Alice apostou corretamente em que pelo menos alguns de seus alunos agarrariam de um salto a oportunidade de se mostrarem úteis e bem-informados. Nem por um segundo preocupou-se com a hipótese de algum deles julgar deplorável ou estranho ela não saber o tema da aula do dia. Havia uma enorme distância metafísica, em termos de idade, conhecimento e poder, entre os alunos da graduação e os professores titulares.

Além disso, no decorrer do semestre, todos haviam assistido a demonstrações explícitas da competência dela em aula e se assombrado com sua presença dominante na bibliografia da disciplina. Mesmo que algum aluno se desse o trabalho de pensar nisso, provavelmente presumiria que ela estava tão ocupada com outras obrigações mais importantes do que a cadeira 256 de Psicologia, que nem tivera tempo de dar uma espiada no roteiro do curso antes da aula. Mal sabiam que ela acabara de passar a hora anterior concentrando-se quase exclusivamente na semântica.

O DIA ENSOLARADO NUBLOU-SE E esfriou ao anoitecer, num primeiro flerte real com o inverno. Uma chuva forte na noite anterior havia derrubado quase todas as folhas restantes nos galhos das árvores, deixando-as quase nuas, malvestidas para o frio que viria. Confortavelmente aquecida pelo casaco de microfibra, Alice voltou para casa andando devagar, apreciando o aroma do ar frio de outono e o chiar estalado que seus pés produziam ao pisar nos montes de folhas caídas no chão.

As luzes de casa estavam acesas e a maleta e os sapatos de John descansavam junto à mesa ao lado da porta.

— Olá, cheguei! — gritou Alice.

John saiu da sala de estudos e a olhou fixamente, parecendo confuso e sem palavras. Alice encarou-o de volta e esperou, intuindo com nervosismo que havia alguma coisa terrivelmente errada. Seu pensamento voou direto para os filhos. Ela congelou no vão da porta, pronta para uma notícia pavorosa.

— Você não devia estar em Chicago?

— BEM, ALICE, TODOS OS SEUS EXAMES de sangue vieram normais e a ressonância magnética está boa — disse a dra. Moyer. — Temos duas opções: podemos esperar para ver como ficam as coisas, ver como você dorme e como estará daqui a três meses, ou...

— Quero consultar um neurologista.

Dezembro de 2003

Na noite da festa de Natal de Eric Wellman, o céu parecia baixo e carregado, como se fosse nevar. Alice torceu para que isso acontecesse. Como a maioria dos nativos da Nova Inglaterra, nunca havia superado a expectativa infantil da primeira neve da estação. É claro que, também como a maioria dos habitantes da Nova Inglaterra, aquilo por que ela ansiava em dezembro era o mesmo que passava a detestar em fevereiro, maldizendo a pá e as botas, desesperada para substituir o tédio frígido e monocromático do inverno pelos tons mais suaves de rosa e verde-amarelado da primavera. Nessa noite, porém, a neve seria encantadora.

Todo ano, Eric e sua mulher, Marjorie, ofereciam uma festa natalina em casa para todo o Departamento de Psicologia. Nesse evento nunca acontecia nada de extraordinário, mas sempre havia pequenos momentos que Alice nem sonharia perder — Eric comodamente sentado no chão, numa sala repleta de estudantes e jovens integrantes do corpo docente ocupando sofás e poltronas, Kevin e Glen disputando a posse de um boneco Grinch já sorteado na brincadeira da troca de presentes inúteis, ou a corrida para comer uma fatia do lendário *cheesecake* do Marty.

Todos os seus colegas eram brilhantes e excêntricos, prontos a ajudar e a discutir, ambiciosos e humildes. Eram uma família. Talvez ela se sentisse assim por não ter irmãos nem pais vivos. Talvez essa época do ano a tornasse sentimental, fazendo-a buscar um sentido e um sentimento de pertencer a alguma coisa. Talvez isso fosse parte da coisa, mas havia muito mais.

Eles eram mais do que colegas. As vitórias das descobertas, das promoções e publicações eram celebradas, assim como o eram os casamentos e nascimentos e as conquistas de filhos e netos. Eles viajavam juntos para conferências no mundo inteiro, e muitas dessas viagens emendavam-se com férias de família. E, como em qualquer família, nem todos os momentos eram de alegrias e de *cheesecakes* saborosos. Eles apoiavam uns aos outros nas marés baixas de resultados desfavoráveis e recusas de financiamentos, assim como nas fases incapacitantes de baixa autoconfiança, doenças e divórcios.

Acima de tudo, porém, compartilhavam uma ânsia apaixonada de compreender a mente humana, de conhecer os mecanismos que impulsionavam o comportamento e a linguagem, a emoção e o desejo. Embora o Santo Graal dessa busca representasse poder e prestígio pessoais, no fundo havia um esforço conjunto de conhecer algo valioso e oferecê-lo ao mundo. Era um socialismo fomentado pelo capitalismo. Uma vida estranha, competitiva, intelectual e privilegiada. E todos estavam juntos nela.

Terminado o *cheesecake*, Alice tratou de pegar o último profiterole encharcado de calda de chocolate quente e saiu à procura de John. Encontrou-o na sala, conversando com Eric e Marjorie, no exato momento em que Dan chegava.

Dan apresentou-lhes a esposa, Beth, com quem estava recém-casado, e eles lhes deram parabéns calorosos, trocando apertos de mão. Marjorie pegou os casacos de ambos. Dan estava de terno e gravata e Beth usava um longo vermelho. Pelo atraso e pelos trajes muito formais, Alice depreendeu que, provavelmente, tinham ido a outra festa primeiro. Eric ofereceu-se para lhes trazer uma bebida.

— Vou tomar mais uma também — disse Alice, segurando a taça de vinho ainda pela metade.

John perguntou a Beth o que estava achando da vida de casada. Embora esta fosse a primeira vez que se encontravam, Alice tinha algum conhecimento dela, por causa de Dan. Os dois estavam morando juntos em Atlanta quando Dan fora aceito em Harvard. Beth ficara por lá, de início satisfeita com o relacionamento à distância e a promessa de um casamento depois que ele se formasse. Passados três anos, Dan havia mencionado de passagem que poderia facilmente levar cinco ou seis anos, talvez até sete, para concluir a pós-graduação. Os dois tinham se casado no mês anterior.

Alice pediu licença para usar o toalete. No caminho, deteve-se no corredor comprido que ligava a parte frontal mais nova da casa à parte mais antiga, dos fundos, terminando o vinho e o profiterole enquanto admirava os rostos felizes dos netos de Eric em retratos nas paredes. Depois de encontrar e usar o toalete, foi passeando até a cozinha, serviu-se de outra taça de vinho e se deixou cativar pela conversa ruidosa de várias esposas de professores.

Elas se esbarravam nos ombros e cotovelos, andando pela cozinha, conheciam os personagens das histórias umas das outras, trocavam elogios e brincadeiras e tinham o riso fácil. Todas essas mulheres iam juntas às compras, a almoços e a clubes de leitura. Eram íntimas. Alice tinha intimidade com seus maridos, o que a deixava numa categoria à parte. Ficou sobretudo tomando seu vinho e ouvindo, balançando a cabeça e sorrindo enquanto acompanhava a conversa, sem realmente se interessar, como quem corresse numa esteira ergométrica e não numa rua de verdade.

Tornou a encher a taça, saiu de fininho da cozinha e encontrou John na sala, conversando com Eric, Dan e uma moça de vestido vermelho. Parou junto ao piano de cauda de Eric e ficou tamborilando sobre o tampo, enquanto ouvia a conversa. Todo ano Alice torcia para que alguém se oferecesse para tocá-lo, mas isso nunca acontecia. Quando pequenas, ela e Anne tinham estudado piano durante vários anos, mas agora, sem a partitura, ela só conseguia lembrar-se de "Turkey in The Straw" e "Baby Elephant Walk", e, mesmo assim, só a parte da mão direita. Talvez aquela mulher de vestido vermelho e chique soubesse tocar.

Numa pausa da conversa, os olhares de Alice e da mulher de vermelho se cruzaram.

— Com licença, eu sou Alice Howland. Acho que não fomos apresentadas.

A mulher olhou para Dan, nervosa, antes de responder:

— Eu sou a Beth.

Parecia jovem o bastante para ser aluna da pós-graduação, mas, já em dezembro, Alice deveria pelo menos reconhecê-la, mesmo que fosse do primeiro ano. Lembrou-se de Marty haver mencionado que tinha contratado uma nova pós-doutoranda.

— Você é a nova pós-doutoranda do Marty? — perguntou-lhe.

A mulher tornou a olhar para Dan.

— Sou a esposa do Dan.

— Ah, que bom finalmente conhecê-la, meus parabéns!

Ninguém disse palavra. O olhar de Eric correu dos olhos de John para a taça de vinho de Alice e voltou a John, carregando uma mensagem silenciosa. Alice não a captou.

— O que foi? — perguntou ela.

— Bom, pessoal, está ficando tarde e tenho que levantar cedo amanhã. Você se importa se formos andando? — indagou John.

Uma vez do lado de fora, ela tencionou perguntar ao marido o que tinha sido aquela troca esquisita de olhares, mas se distraiu com a beleza suave de algodão-doce da neve seca que começara a cair enquanto estavam dentro de casa, e se esqueceu.

Três dias antes do Natal, Alice sentou-se na sala de espera da Unidade de Distúrbios da Memória do Hospital Geral de Massachusetts, em Boston, fingindo ler a revista *Health*. Em vez disso, observou as outras pessoas que aguardavam. Estavam todas em pares. Uma mulher que parecia vinte anos mais velha que ela sentava-se ao lado de outra que, incrivelmente, parecia pelo menos vinte anos mais velha do que esta — provavelmente sua mãe. Outra mulher, de cabelos compridos e artificialmente pretos e com grandes joias de ouro, conversava em voz alta e lenta, num sotaque bostoniano carregado, com o pai, que estava sentado numa cadeira de rodas e em momento algum levantou os olhos dos sapatos perfeitamente brancos. Uma mulher ossuda, de cabelos grisalhos, folheava uma revista depressa demais para estar lendo alguma coisa, ao lado de um homem obeso e também grisalho cuja mão direita tremia. Provavelmente, marido e mulher.

A espera para ouvir seu nome demorou uma eternidade e pareceu ainda mais longa. O dr. Davis tinha um rosto jovem, imberbe. Usava óculos de aros pretos e um jaleco branco desabotoado. Parecia ter sido magro, mas a parte inferior do tronco projetava-se um pouco além dos contornos do jaleco aberto, o que fez Alice recordar os comentários de Tom sobre os maus hábitos de saúde dos médicos. O dr. Davis sentou-se na cadeira atrás de sua mesa e convidou Alice a se sentar defronte dele.

— Então, Alice, conte-me o que está acontecendo.

— Tenho tido uma porção de problemas com a memória, e isso não parece normal. Ando esquecendo palavras nas aulas e em conversas, tenho que incluir "aula de cognição" na minha lista de coisas por fazer, senão esqueço de dá-la, e esqueci completamente de ir para o aeroporto e perdi meu voo para uma conferência em Chicago. Um dia, também fiquei uns dois minutos sem saber onde estava na praça Harvard, e olha que sou professora titular em Harvard, passo por lá todos os dias.

— Há quanto tempo isso vem acontecendo?

— Desde setembro, talvez desde o verão.

— Alice, alguém veio com você hoje?

— Não.

— Certo. No futuro, você terá que trazer um parente ou alguém com quem conviva no dia a dia. Você está se queixando de um problema de memória, e talvez não seja a fonte mais confiável para contar o que vem acontecendo.

Alice sentiu-se envergonhada, como uma criança. E as palavras do médico, "no futuro", apoderaram-se de todos os seus pensamentos, exigindo uma atenção obsessiva, como água pingando de uma torneira.

— Está bem — concordou.

— Você tem tomado algum tipo de remédio?

— Não, só um multivitamínico.

— Comprimidos para dormir, remédios para emagrecer, algum tipo de droga?

— Não.

— Quanto você bebe?

— Não muito. Uma ou duas taças de vinho no jantar.

— Você é vegetariana?

— Não.

— Já sofreu algum tipo de lesão na cabeça?

— Não.

— Fez alguma cirurgia?

— Não.

— Como tem dormido?

— Perfeitamente bem.

— Já esteve deprimida?

— Só na adolescência.

— Como é seu nível de tensão?

— Normal, eu funciono muito bem sob pressão.

— Fale-me dos seus pais. Como é a saúde deles?

— Minha mãe e minha irmã morreram num acidente de automóvel quando eu tinha dezenove anos. Meu pai morreu de insuficiência hepática no ano passado.

— Hepatite?

— Cirrose. Ele era alcoólatra.

— Que idade ele tinha?

— Setenta e um anos.

— Ele teve outros problemas de saúde?

— Não que eu saiba. Na verdade, não o vi muitas vezes nos últimos anos.

E quando o via, ele não dizia coisa com coisa, sempre bêbado.

— E quanto a outros familiares?

Alice transmitiu seus conhecimentos limitados sobre o histórico de saúde de sua extensa família.

— Muito bem, vou lhe dizer um nome e um endereço, e você vai repeti-los para mim. Depois faremos umas outras coisas e eu lhe pedirei que repita o mesmo nome e endereço, mais tarde. Vamos lá: John Black, rua Oeste, número 42, Brighton. Pode repeti-lo para mim?

Ela o fez.

— Quantos anos você tem?

— Cinquenta.

— Que dia é hoje?

— Vinte e dois de dezembro de 2003.

— Em que estação estamos?

— Inverno.

— Onde estamos neste momento?

— No oitavo andar do HGM.

— Você sabe me dizer o nome de algumas ruas aqui perto?

— Cambridge, Fruit, alameda Storrow.

— Certo. Em que parte do dia estamos?

— No fim da manhã.

— Diga-me os nomes dos meses, de dezembro para trás.

Alice o atendeu.

— Conte de trás para frente a partir de cem, de seis em seis números.

O dr. Davis a interrompeu no 76.

— Diga o nome destes objetos — instruiu, mostrando-lhe uma série de seis cartões com desenhos a lápis.

— Rede, pena, chave, cadeira, cacto, luva.

— O.k. Toque na face direita com a mão esquerda e depois aponte para a janela.

Ela o fez.

— Você pode escrever neste papel uma frase sobre como está o tempo hoje?

Ela escreveu: "Está uma manhã ensolarada, mas fria, de inverno."

— Agora, desenhe um relógio que mostre vinte para as quatro.

Alice assim fez.

— E copie este desenho.

Mostrou-lhe o desenho de dois pentágonos entrecruzados. Ela o copiou.

— Muito bem, Alice, passe para a mesa, vamos fazer um exame neurológico.

Ela acompanhou com os olhos o movimento da lanterna clínica do médico, bateu rapidamente os polegares e os indicadores uns nos outros, andou em linha reta pela sala, pondo um pé bem à frente do outro. Fez tudo com facilidade e rapidez.

— Certo, e como eram o nome e o endereço que eu lhe disse antes?

— John Black...

Alice parou e perscrutou o rosto do dr. Davis. Não conseguia lembrar-se do endereço. O que significava isso? Talvez simplesmente não tivesse prestado atenção suficiente.

— É Brighton, mas não consigo lembrar a rua e o número.

— Muito bem, o número é 24, 28, 42 ou 48?

Alice não sabia.

— Dê um palpite.

— Quarenta e oito.

— Era na rua Norte, rua Sul, rua Leste ou rua Oeste?

— Rua Sul?

O rosto e a linguagem corporal do médico não revelaram se ela acertara ou não os palpites, mas, se ela tivesse que tentar adivinhar de novo, não seriam esses.

— Muito bem, Alice. Tenho aqui os seus exames de sangue recentes e a ressonância magnética. Quero que você faça mais alguns exames de sangue e uma punção lombar. Você voltará dentro de quatro ou cinco semanas e fará um teste neuropsicológico no mesmo dia, antes de me ver.

— O que lhe parece que está acontecendo? Isso é só um esquecimento normal?

— Acho que não, Alice, mas precisamos investigar melhor.

Ela o fitou diretamente nos olhos. Uma vez, um colega lhe dissera que o contato visual com outra pessoa por mais de seis segundos, sem desviar os olhos nem piscar, revelava um desejo sexual ou homicida. Pensando bem, Alice não acreditava nisso, mas era algo que a havia intrigado o bastante para que o testasse com vários amigos e estranhos. Curiosamente, com exceção de John, um dos dois sempre desviava os olhos antes de terminarem os seis segundos.

O dr. Davis baixou os dele para a escrivaninha depois de quatro. Podia-se argumentar que isso apenas significava que ele não queria matá-la nem arrancar-lhe a roupa, mas ela temeu que significasse algo mais. Alice seria espetada e quimicamente avaliada, escaneada e submetida a testes, mas tinha um palpite de que o dr. Davis não precisava investigar mais nada. Ela lhe contara sua história e não conseguira se lembrar do endereço de John Black. O médico já sabia exatamente qual era o seu problema.

ALICE PASSOU A PRIMEIRA PARTE da manhã de 24 de dezembro no sofá, bebericando chá e folheando álbuns de fotografias. Ao longo dos anos, havia transferido qualquer foto recém-revelada para os espaços vazios seguintes sob as folhas de plástico transparente. Sua diligência havia preservado a cronologia das imagens, mas ela não pusera nenhuma legenda. Não tinha importância. Ainda sabia tudo de cor e salteado.

Lydia aos dois anos, Tom aos seis e Anna aos sete na praia de Hardings, em junho do primeiro verão que a família passara na casa de Cape Cod. Anna num jogo de futebol juvenil no campo de Pequosette. Ela e John na Seven Mile Beach, na ilha Grande Cayman.

Alice era capaz não apenas de dizer as idades e os locais de cada instantâneo, como também de discorrer com grandes detalhes sobre a maioria deles. Cada foto evocava outras lembranças não fotografadas do mesmo dia, outras pessoas que tinham estado presentes e o contexto mais amplo de sua vida na época em que a imagem fora captada.

Lydia com a roupa azul-bebê que pinicava, em seu primeiro recital de dança. Isso tinha sido antes da cátedra, quando Anna estava na sétima ou oitava série e usava aparelho nos dentes, Tom estava apaixonado por uma menina de sua equipe de beisebol e John estava morando em Bethesda, numa licença sabática de um ano.

As únicas fotografias com que ela teve alguma dificuldade real foram as de Anna e Lydia quando bebês, cujos rostos perfeitos e rechonchudos eram quase sempre indistinguíveis. Em geral, porém, Alice conseguia descobrir pistas que revelavam suas identidades. As costeletas largas de John situavam-no claramente na década de 1970. O bebê em seu colo tinha que ser Anna.

— John, quem é esse bebê? — perguntou, levantando uma foto.

Ele ergueu a cabeça do jornal que estava lendo, escorregou os óculos para a ponta do nariz e apertou os olhos.

— É o Tom?

— Meu bem, ela está de macacão cor-de-rosa. É a Lydia.

Verificou a data impressa pela Kodak no verso da foto para se certificar: 29 de maio de 1982. Lydia.

— Ah.

Ele repôs os óculos no lugar e retomou a leitura.

— John, ando querendo falar com você sobre as aulas de teatro da Lydia.

Ele levantou a cabeça, marcou a página, pôs o jornal na mesa, dobrou os óculos e se reacomodou na poltrona. Sabia que aquilo não seria rápido.

— Está bem.

— Acho que não deveríamos sustentá-la por lá de jeito nenhum, e principalmente acho que você não deveria pagar as aulas dela pelas minhas costas.

— Desculpe, você tem razão; eu pretendia lhe contar, mas depois fiquei ocupado e me esqueci, você sabe como são essas coisas. Mas discordo de você nisso, você já sabe. Nós sustentamos os outros filhos.

— É diferente.

— Não é. Você simplesmente não gosta do que ela escolheu.

— Não se trata do teatro. É o fato de ela não fazer faculdade. Essa oportunidade única, de que ela provavelmente nunca mais tornará a dispor, está passando depressa, John, e você está facilitando as coisas para que ela fique de fora.

— Ela não quer ir para a faculdade.

— Acho que é só rebeldia contra o que nós representamos.

— Não creio que isso tenha nada a ver com o que nós queremos ou deixamos de querer, nem com quem somos.

— Eu quero algo melhor para ela.

— A Lydia tem se dedicado com afinco, é empolgada e séria no que faz e está feliz. É isso que queremos para ela.

— É nossa função transmitir aos nossos filhos o que sabemos da vida. Eu tenho muito medo de que ela esteja perdendo uma coisa essencial. Ter contato com assuntos diferentes, modos de pensar diferentes, desafios e oportunidades, as pessoas que ela pode conhecer. Nós nos conhecemos na faculdade.

— Ela vem tendo tudo isso.

— Não é a mesma coisa.

— Pois então, é diferente. Acho mais do que justo pagar pelas aulas dela. Lamento não ter lhe contado, mas é difícil conversar com você sobre isso. Você nunca arreda pé.

— Nem você.

John deu uma olhadela no relógio sobre o console da lareira, pegou os óculos e os repôs no alto da cabeça.

— Tenho que dar um pulo no laboratório. Fico lá por cerca de uma hora, depois vou buscar a Lydia no aeroporto. Você precisa de alguma coisa da rua? — perguntou, levantando-se para sair.

— Não.

Os dois se olharam.

— Ela vai ficar bem, Ali, não se preocupe.

Alice levantou as sobrancelhas mas não disse nada. O que mais poderia dizer? Eles já haviam tido essa conversa, e era assim que ela terminava. John defendia a lógica da lei do menor esforço, sempre mantendo sua condição de genitor favorito, sem jamais convencer Alice a passar para o lado popular. E nada do que ela pudesse dizer o demovia.

John saiu. Relaxada na ausência do marido, ela voltou a atenção para as fotografias em seu colo. Seus filhos adoráveis quando bebês, quando crianças pequenas, adolescentes. Como é que o tempo tinha passado tão depressa? Segurou a foto de Lydia quando bebê, que John supusera ser de Tom. Sentiu uma confiança renovada e tranquilizadora no poder de sua memória. Mas essas fotos, é claro, apenas abriam as portas para histórias guardadas na memória de longo prazo.

O endereço de John Black viveria na memória recente. Havia necessidade de atenção, repetição, elaboração ou importância afetiva para que uma informação percebida fosse deslocada do espaço da memória recente para o armazenamento de prazo mais longo, caso contrário ela seria pronta e naturalmente descartada com o passar do tempo. Concentrar-se nas perguntas e instruções do dr. Davis dividira a atenção dela e a impedira de repetir ou elaborar o endereço. E, embora seu nome agora despertasse um pouco de medo e raiva, o John Black fictício não representara nada para ela no consultório do dr. Davis. Nessas circunstâncias, o cérebro médio ficava muito suscetível ao esquecimento. Mas o fato é que ela não tinha um cérebro médio.

Ouviu a correspondência cair pela abertura na porta da frente e teve uma ideia. Olhou o conteúdo de cada envelope uma vez só — um bebê com um gorro de Papai Noel, retratado no cartão de Natal de um ex-aluno de pós-graduação, um anúncio de uma academia de ginástica, a conta do telefone, a conta do gás e mais um catálogo da L.L. Bean. Voltou para o divã, tomou o chá, guardou o álbum de fotografias na estante e ficou sentada, muito quieta. O tique-taque do relógio e as breves erupções de vapor dos vários aquecedores produziam os únicos sons da casa. Alice consultou o relógio. Tinham-se passado cinco minutos. Tempo suficiente.

Sem olhar para a correspondência, disse em voz alta:

— Bebê de chapéu de Papai Noel, oferta de matrícula na academia, conta de telefone, conta de gás, mais um catálogo da L.L. Bean.

"Moleza." Mas, para ser honesta, o tempo decorrido entre o momento em que lhe fora apresentado o endereço de John Black e o momento em que ela tivera de recitá-lo tinha sido muito superior a cinco minutos. Alice precisava de um intervalo maior.

Tirou um dicionário da estante e concebeu duas regras para escolher uma palavra. Tinha que ser um termo de baixa frequência, que ela não usasse todos os dias, e tinha de ser uma palavra já conhecida. Ela estava testando sua memória recente, não a aquisição de aprendizagem. Abriu o dicionário numa página ao acaso e pôs o dedo na palavra ENFURECIDO. Escreveu-a num pedaço de papel, dobrou-o e o guardou no bolso da calça, depois ajustou o marcador de tempo do micro-ondas para dali a quinze minutos.

Um dos livros favoritos de Lydia quando pequena tinha sido *Os hipopótamos enfurecidos*. Alice dedicou-se então à tarefa de preparar a ceia de Natal. O *timer* apitou.

— Enfurecidos — disse ela, sem hesitar nem precisar consultar o papelzinho.

Continuou a fazer esse exercício o dia inteiro, aumentando para três o número de palavras a recordar e passando o intervalo para 45 minutos. Apesar desse aumento do grau de dificuldade e da probabilidade adicional de interferência pela distração com o preparo da ceia, ela continuou sem cometer erros. "Estetoscópio, milênio, ouriço." Fez os raviólis de ricota e o molho de tomate. "Catodo, romã, treliça." Preparou a salada e temperou os legumes. "Boca-de-leão, documentário, evanescer." Pôs o assado no forno e arrumou a mesa da sala de jantar.

Anna, Charlie, Tom e John estavam sentados na sala de visitas. Alice ouviu Anna e John discutindo. Da cozinha, não pôde discernir o assunto, mas deu para perceber que era uma discussão, pela ênfase e pelo volume das tiradas e réplicas. Provavelmente, política. Charlie e Tom mantinham-se fora da briga.

Lydia ficou mexendo a sidra aromatizada que aquecia no fogão e falou de suas aulas de teatro. Entre a concentração simultânea no preparo do jantar, nas palavras de que precisava recordar-se e na filha, Alice não tinha reservas mentais sobrando para protestar ou reprovar. Sem ser interrompida, Lydia fez um monólogo livre e apaixonado sobre sua arte e, apesar do intenso preconceito, Alice constatou que não conseguia deixar de se interessar.

— Depois das imagens, a gente repisa a pergunta de Elias: por que essa noite e não outra? — disse Lydia.

O *timer* apitou. Lydia deu um passo para o lado, sem que a mãe o pedisse, e Alice deu uma espiada no forno. Ficou esperando alguma explicação do assado malcozido por tempo suficiente para que seu rosto sentisse um calor incômodo. "Ah, sim." Estava era na hora de lembrar as três palavras em seu bolso: "Tamborim, serpente..."

— A gente nunca encena a vida cotidiana tal como é, o que está em jogo são sempre a vida e a morte — disse Lydia.

— Mamãe, onde está o saca-rolhas? — gritou Anna da sala de visitas.

Alice esforçou-se por ignorar as vozes das filhas, aquelas que seu cérebro fora treinado a ouvir acima de qualquer outro som no planeta, e procurou concentrar-se em sua voz interna, a que repetia as mesmas duas palavras feito um mantra.

"Tamborim, serpente, tamborim, serpente, tamborim, serpente."

— Mamãe? — tornou a gritar Anna.

— Não sei onde ele está, Anna! Estou ocupada, procure você mesma!

"Tamborim, serpente, tamborim, serpente, tamborim, serpente."

— Tem sempre a ver com a sobrevivência, no final das contas. Com aquilo que o meu personagem precisa para sobreviver e com o que acontecerá comigo se eu não entender isso — continuou Lydia.

— Por favor, Lydia, não quero ouvir falar disso agora — rebateu Alice em tom brusco, pressionando as têmporas suadas.

— Ótimo — disse Lydia, virando-se para o fogão e mexendo a panela com vigor, obviamente magoada.

"Tamborim, serpente."

— Ainda não consegui achar! — gritou Anna.

— Vou lá ajudá-la — disse Lydia.

"Compasso! Tamborim, serpente, compasso."

Aliviada, Alice pegou os ingredientes para o pudim de pão e chocolate branco e os pôs na bancada — essência de baunilha, meio litro de creme de leite fresco, leite, açúcar, chocolate branco, uma trança de pão e duas caixas de meia dúzia de ovos. "Uma dúzia de ovos?" Se é que ainda existia a folha de caderno com a receita de sua mãe, Alice não sabia onde estava. Fazia anos que não precisava consultá-la. Era uma receita simples, melhor que o *cheesecake* do Marty, podia-se dizer, e ela a preparava em todos os Natais, desde que era pequena. Quantos ovos? Tinham que ser mais de seis, caso contrário ela teria apanhado apenas uma caixa. Seriam sete, oito, nove?

Tentou esquecer os ovos por um momento, mas os outros ingredientes lhe pareceram igualmente estranhos. Era para usar todo o creme de leite, ou medir apenas uma parte? Quanto de açúcar? Devia misturar tudo de uma vez ou numa determinada sequência? Que assadeira usar? E a que temperatura assar o pudim, e por quanto tempo? Nenhuma possibilidade lhe pareceu verdadeira. As informações simplesmente não vinham.

"Que diabo está havendo comigo?"

Voltou para os ovos. Nada ainda. Ficou com ódio daquela merda daqueles ovos. Segurou um deles na mão e o atirou com toda a força dentro da pia. Um por um, destruiu todos. Isso lhe trouxe uma certa satisfação, mas não era o suficiente. Precisava quebrar alguma outra coisa, algo que exigisse mais força, algo que a deixasse exausta. Vasculhou a cozinha. Tinha o olhar furioso e desvairado quando deparou com o de Lydia no vão da porta.

— Mamãe, o que você está fazendo?

O massacre não se restringira à pia. Havia gemas e estilhaços de casca de ovo espalhados por toda a parede e pela bancada, e as portas dos armários exibiam fios de claras escorrendo.

— Os ovos tinham passado da validade. Este ano não teremos pudim.

— Ah, tem que ter pudim, é noite de Natal!

— Bem, acabaram os ovos e estou cansada de ficar nesta cozinha quente.

— Eu dou um pulo no mercado. Vá para a sala e descanse, eu faço o pudim.

Alice entrou na sala, trêmula, porém não mais surfando naquela onda potente de raiva, sem saber ao certo se devia sentir-se privada ou grata. John, Tom, Anna e Charlie, todos estavam sentados conversando, segurando taças de vinho tinto. Pelo visto, alguém tinha achado o saca-rolhas. Já de casaco e chapéu, Lydia enfiou a cabeça na porta da sala.

— Mamãe, quantos ovos eu preciso comprar?

Janeiro de 2004

Alice teria boas razões para cancelar suas consultas da manhã de 19 de janeiro com a neuropsicóloga e com o dr. Davis. Em Harvard, a semana de provas do período letivo de outono caía em janeiro, depois que os alunos voltavam das férias de inverno, e a última prova da sua turma de cognição estava marcada para aquela manhã. Seu comparecimento não era obrigatório, mas ela gostava da sensação de conclusão que estar presente lhe proporcionava, gostava de acompanhar os alunos do começo ao fim da disciplina. Com certa relutância, arranjou um colega para supervisionar a prova. Mas a maior das boas razões era que sua mãe e sua irmã tinham morrido no dia 19 de janeiro, trinta e um anos antes. Ela não se considerava supersticiosa como John, mas o fato é que nunca recebia boas notícias nesse dia. Perguntara à recepcionista se não haveria outra data, mas as opções que havia eram aquele dia ou só dali a quatro semanas. E assim, Alice havia aceitado, sem cancelar a consulta. A ideia de ter que esperar mais um mês não era nada animadora.

Ficou imaginando seus alunos em Harvard, nervosos por não saberem que perguntas lhes seriam feitas, registrando depressa um semestre inteiro de conhecimentos nas páginas dos livros azuis de prova, torcendo para que a memória de curto prazo, intensamente abarrotada na última hora, não os deixasse na mão. Alice compreendia exatamente o que sentiam. Quase todos os testes neuropsicológicos aplicados a ela mesma nessa manhã lhe eram familiares — o Stroop; as Matrizes Coloridas Progressivas de Raven; teste de Rotação Mental de Luria; o de Denominação de Palavras, de Boston; o WAIS-R de Arranjos de Imagens; o teste de Retenção Visual de Benton; o de Rememoração Adiada de

Histórias, da Universidade de Nova York. Destinavam-se a descobrir qualquer deficiência sutil na integridade da fluência verbal, na memória recente e nos processos de raciocínio. Na verdade, Alice já se submetera a muitos deles, ao servir de sujeito negativo de controle nos estudos de vários pós-graduandos sobre a cognição. Nesse dia, entretanto, não estava no controle da situação. Era ela o sujeito sendo testado.

Copiar, rememorar, dispor e dar nomes, tudo isso levou quase duas horas. Como os alunos que havia imaginado, Alice sentiu-se aliviada ao terminar e razoavelmente confiante em seu desempenho. Acompanhada pela neuropsicóloga, entrou no consultório do dr. Davis e se sentou numa das duas cadeiras dispostas lado a lado defronte dele. O médico registrou com um suspiro de decepção a cadeira vazia ao lado da paciente. Antes mesmo que ele dissesse alguma coisa, Alice percebeu que estava encrencada.

— Alice, nós não falamos sobre você vir aqui acompanhada, da última vez?

— Falamos.

— Muito bem, é uma exigência desta unidade que todo paciente venha acompanhado por alguém que o conheça. Não poderei tratá-la da forma adequada se não tiver um quadro exato do que está acontecendo, e não posso ter certeza dessa informação sem a presença dessa pessoa. Da próxima vez, Alice, nada de desculpas. Combinado?

— Sim.

Da próxima vez. Qualquer resquício de alívio e confiança gerado pela autoavaliação de sua competência nos testes neuropsicológicos evaporou-se.

— Agora eu tenho os resultados de todos os seus exames, então podemos discutir tudo. Não vejo nada de anormal na sua ressonância magnética. Não há nenhuma doença vascular cerebral nem indícios de pequenos derrames escondidos, nem hidrocefalia nem massas. Tudo parece ótimo. E os seus exames de sangue e a punção lombar também deram resultados negativos. Fui tão abrangente quanto se pode ser nesses casos e procurei todas as doenças que pudessem explicar de maneira sensata o tipo de sintomas que você vem apresentando. Por isso, sabemos que você não tem HIV, câncer, deficiências vitamínicas, doença mitocondrial nem várias outras moléstias raras.

O discurso dele foi bem construído; obviamente, não era a primeira vez que fazia uma exposição dessa natureza. O "que ela efetivamente tinha" viria no final. Alice assentia, para fazê-lo saber que o estava acompanhando e que ele devia continuar.

— Você obteve uma pontuação de 99 em 100 em sua capacidade de atenção e em coisas como raciocínio abstrato, aptidões espaciais e fluência verbal. Infelizmente, porém, o que eu vejo é o seguinte: você tem uma redução da memória recente que é desproporcional a sua idade e representa um declínio significativo do seu nível anterior de funcionamento. Sei disso por sua própria descrição dos problemas que vem enfrentando e por sua descrição do grau em que eles têm interferido na sua vida profissional. Também o testemunhei pessoalmente, quando você não conseguiu recuperar o endereço que eu lhe pedira para lembrar, na última vez que esteve aqui. E, embora hoje você tenha se saído muito bem na maioria dos campos cognitivos, mostrou muita variabilidade em duas tarefas relacionadas com a memória recente. Na verdade, você caiu para 60 numa delas.

"Ao juntar todas essas informações, Alice," concluiu o dr. Davis "o que elas me dizem é que você se encaixa nos critérios de uma provável doença de Alzheimer."

"Doença de Alzheimer."

As palavras a deixaram sem fôlego. O que era mesmo que o médico acabara de lhe dizer? Ela repetiu mentalmente suas palavras. "Provável." Isso lhe deu vontade de respirar e capacidade de falar.

— Então, "provável" significa que talvez eu não me encaixe nos critérios.

— Não. Usamos a palavra "provável" porque o único diagnóstico definitivo do mal de Alzheimer, no momento, exige o exame histológico do tecido cerebral, o que requer uma autópsia ou uma biópsia, nenhuma das quais é uma boa alternativa para você. Trata-se de um diagnóstico clínico. Não há no seu sangue uma proteína da demência que possa nos afirmar que você sofre de Alzheimer, e não seria esperável ver qualquer atrofia cerebral numa ressonância magnética até um estágio muito posterior da doença.

"Atrofia cerebral."

— Mas não pode ser, eu só tenho cinquenta anos.

— Você tem Alzheimer de instalação precoce. Tem razão, as pessoas costumam pensar no mal de Alzheimer como uma doença que afeta os idosos, mas 10% dos pacientes têm essa forma de instalação precoce e estão abaixo dos 65 anos.

— Em que ela difere da forma das pessoas mais velhas?

— Não difere, a não ser pelo fato de que a causa costuma ter um forte componente genético, e de que a doença se manifesta muito mais cedo.

"Forte componente genético. Anna, Tom, Lydia."

— Mas, se vocês só sabem com certeza o que eu não tenho, como podem dizer com segurança que isto é o mal de Alzheimer?

— Depois de ouvi-la descrever o que vem acontecendo e de fazer sua anamnese, depois de avaliar sua orientação, absorção, atenção, fluência verbal e rememoração, tive 95% de certeza. Não havendo aparecido nenhuma outra explicação no seu exame neurológico, no sangue, no líquido cefalorraquiano ou na ressonância magnética, os outros 5% desaparecem. Eu tenho certeza, Alice.

"Alice."

O som de seu nome penetrou em todas as suas células e pareceu dispersar suas moléculas para além dos limites da pele. Foi como se ela se observasse do canto mais distante do consultório.

— Então, o que isso significa? — ouviu-se perguntar.

— Hoje em dia existem dois medicamentos para o tratamento do mal de Alzheimer que eu quero que você tome. O primeiro é o Aricept. Ele melhora o funcionamento colinérgico. O segundo é o Namenda. Este acabou de ser aprovado no último outono e tem se mostrado muito promissor. Nenhum dos dois oferece uma cura, mas eles podem retardar o progresso dos sintomas, e queremos ganhar o máximo possível de tempo para você.

"Tempo. Quanto tempo?"

— Também quero que você tome vitamina E duas vezes por dia, vitamina C, aspirina infantil e uma estatina uma vez por dia. Você não apresenta nenhum fator claro de risco de doença cardiovascular, mas tudo que é bom para o coração é bom para o cérebro, e nós queremos preservar todos os neurônios e sinapses que pudermos.

O médico escreveu essas informações no receituário.

— Alice, alguém da sua família sabe que você está aqui?

— Não — ela se ouviu responder.

— Certo; você terá que contar a alguém. Podemos reduzir o ritmo do declínio cognitivo que você tem apresentado, mas não podemos detê-lo nem revertê-lo. Para sua segurança, é importante que alguém que conviva regularmente com você saiba o que está acontecendo. Você vai contar a seu marido?

Alice viu-se assentir com a cabeça.

— Certo, ótimo. Então, mande aviar estas receitas, tome todos os medicamentos conforme a orientei, me telefone se tiver algum problema com efeitos colaterais e marque uma consulta de retorno para daqui a seis meses. Até lá, você pode me telefonar ou mandar e-mails, se tiver alguma pergunta, e eu também a incentivaria a entrar em contato com a Denise Daddario. Ela é a assistente social daqui e pode ajudá-la a obter recursos e apoio. Conversarei com você e seu marido, juntos, daqui a seis meses, e veremos como você está passando.

Alice vasculhou os olhos inteligentes do médico à procura de algo mais. Esperou. Ficou estranhamente consciente das próprias mãos agarrando os frios braços de metal da cadeira em que estava sentada. *Suas* mãos. Ela não se transformara num conjunto etéreo de moléculas pairando no canto do consultório. Ela, Alice Howland, estava sentada numa cadeira fria e dura, ao lado de uma cadeira vazia, no consultório de um neurologista da Unidade de Distúrbios da Memória, no oitavo andar do Hospital Geral de Massachusetts. E acabara de ser diagnosticada com a doença de Alzheimer. Vasculhou os olhos do médico em busca de algo mais, porém só conseguiu encontrar verdade e pesar.

Dezenove de janeiro. Nada de bom jamais acontecera nesse dia.

EM SEU GABINETE, COM A PORTA fechada, Alice leu o "Questionário de atividades da vida cotidiana" que o dr. Davis lhe dera para entregar a John. *Este formulário deve ser preenchido por um informante,* NÃO *pelo paciente,* dizia o texto em negrito no alto da primeira página. A palavra "informante", a porta fechada e o coração em disparada, tudo isso contribuiu para um sentimento conspícuo de culpa, como se ela estivesse escondida em alguma cidade do Leste Europeu, de posse de documentos ilegais, e a polícia estivesse a caminho, com as sirenes berrando.

A escala de avaliação de cada atividade ia de zero (nenhum problema, o mesmo de sempre) a três (deficiência severa, totalmente dependente de terceiros). Alice examinou as descrições ao lado do número três e presumiu que representassem os últimos estágios da doença, o fim dessa estrada curta e reta em que ela fora repentinamente forçada a entrar, num carro sem freio e sem volante.

O número três era uma lista humilhante: O paciente precisa que lhe deem a maioria dos alimentos na boca. Não tem controle sobre os intestinos nem sobre a bexiga. Precisa receber de terceiros os medicamentos. Resiste aos esforços do cuidador para limpá-lo ou arrumá-lo. Não trabalha mais. Fica confinado à casa ou ao hospital. Não lida mais com dinheiro. Já não sai desacompanhado. Era humilhante, mas a mente analítica de Alice ficou instantaneamente cética em relação à pertinência real daquela lista para o seu caso específico. Quanto da lista se devia à progressão da doença de Alzheimer e quanto se confundia com a população predominantemente idosa que ela atingia? Será que as pessoas de oitenta anos eram incontinentes por terem o mal de Alzheimer, ou por terem bexigas de oitenta anos de idade? Talvez aquelas respostas do número três não se aplicassem a alguém como ela, uma pessoa muito moça e em ótima forma física.

O pior aparecia sob o título de "Comunicação": a fala é quase ininteligível. O paciente não compreende o que as pessoas dizem. Desiste de ler. Nunca escreve. *Não usa mais a linguagem.* Afora um erro de diagnóstico, ela não conseguia formular uma hipótese que a tornasse imune àquela lista de números três. Tudo aquilo poderia aplicar-se a uma pessoa como ela. A um portador da doença de Alzheimer.

Alice contemplou as fileiras de livros e periódicos em sua estante, a pilha de provas finais por corrigir na escrivaninha, os e-mails em sua caixa de entrada, a luz vermelha piscante da secretária eletrônica. Pensou nos livros que sempre quisera ler, os que adornavam a prateleira superior da estante de seu quarto, aqueles para os quais havia imaginado que teria tempo depois. *Moby Dick*. Alice tinha experimentos a conduzir, artigos a escrever e palestras a dar e a que assistir. Tudo o que fazia e amava, tudo o que ela era, exigia a linguagem.

As últimas páginas do questionário pediam que o informante avaliasse a gravidade dos seguintes sintomas manifestados pelo paciente no mês anterior: delírios, alucinações, agitação, depressão, ansiedade, euforia, apatia, desinibição, irritabilidade, distúrbios motores repetitivos, distúrbios do sono, alterações na alimentação. Alice ficou tentada a preencher ela mesma as respostas, para demonstrar que, na verdade, estava perfeitamente bem, e que o dr. Davis devia estar enganado. Depois, lembrou-se das palavras dele: "Você talvez não seja a fonte mais confiável para contar o que vem acontecendo." Talvez, mas, nesse caso, ela ainda se lembrava de que o médico dissera isso. Ficou imaginando quando chegaria o momento em que não se lembraria.

Alice admitia que seus conhecimentos sobre o mal de Alzheimer eram apenas superficiais. Sabia que o cérebro dos pacientes acometidos pela doença tinha níveis reduzidos de acetilcolina, um neurotransmissor importante para a aprendizagem e a memória. Sabia também que o hipocampo, uma estrutura cerebral em formato de cavalo-marinho que era crucial para a formação de novas lembranças, ficava envolto em placas e emaranhados, embora ela não compreendesse de verdade o que eram, exatamente, essas placas e emaranhados. Sabia que a anomia, uma espécie patológica do "ficar com as palavras na ponta da língua", era outro sintoma característico. E sabia que, um dia, olharia para o marido, os filhos e os colegas, para rostos que havia conhecido e amado durante a vida inteira, e não os reconheceria.

E sabia haver mais do que isso. Havia camadas inteiras de lixo inquietante por desvendar. Digitou as palavras "doença de Alzheimer" no Google. Estava com o dedo médio pousado sobre a tecla "enter" quando duas batidas causaram-lhe um sobressalto, fazendo-a abortar a missão na velocidade de um reflexo involuntário e esconder as provas. Sem maior aviso nem espera por uma resposta, a porta se abriu.

Alice teve medo de que seu rosto a revelasse perplexa, angustiada, desonesta.

— Está pronta? — perguntou John.

Não, não estava. Se confessasse ao marido o que o dr. Davis lhe dissera, se lhe entregasse o "Questionário de atividades da vida cotidiana", tudo aquilo se tornaria real. John passaria a ser o informante e ela viria a ser a paciente incompetente e moribunda. Não estava pronta para se entregar. Ainda não.

— Ande, os portões vão fechar em uma hora.

— Está bem, estou pronta.

FUNDADO EM 1831 COMO O PRIMEIRO cemitério-parque laico dos Estados Unidos, o Mount Auburn era agora um Marco Histórico Nacional, um jardim botânico e paisagem horticultural famoso no mundo inteiro, e era também o lugar de repouso eterno da irmã, da mãe e do pai de Alice.

Essa era a primeira vez que seu pai estaria presente no aniversário daquele fatídico acidente de automóvel, morto ou vivo, e isso a irritava. Aquela sempre fora uma visita particular entre ela, a mãe e a irmã. Agora, ele também estaria presente. Não o merecia.

Os dois desceram a avenida dos Teixos, uma parte mais antiga do cemitério. Os olhos e passos de Alice demoraram-se ao passar pelas lápides conhecidas da família Shelton. Charles e Elizabeth haviam enterrado todos os três filhos — Susie, apenas um bebê, talvez natimorta, em 1866, Walter, aos dois anos, em 1868, e Carolyn, aos cinco, em 1874. Alice atrevia-se a imaginar a tristeza de Elizabeth, superpondo os nomes de seus próprios filhos nas sepulturas. Nunca conseguia sustentar por muito tempo essas imagens macabras — Anna azulada e em silêncio ao nascer, Tom morto, provavelmente depois de uma doença, com seu pijama amarelo com pezinhos, e Lydia rígida e sem vida, depois de um dia brincando de colorir no jardim de infância. Os circuitos de sua imaginação sempre rejeitavam essa especificidade sinistra, e todos os seus três filhos recuperavam prontamente a animação e voltavam a ser como eram.

Elizabeth tinha trinta e oito anos quando da morte do último filho. Alice perguntou a si mesma se ela teria tentado ter mais filhos, mas já não pudera conceber, ou se ela e Charles teriam começado a dormir em camas separadas, apavorados demais para correr o risco de ter de comprar outra pequena lápide. Perguntou a si mesma se Elizabeth, que vivera vinte anos mais do que Charles, algum dia teria encontrado consolo e paz em sua vida.

Seguiram em silêncio até o túmulo da família. As lápides eram simples, como enormes caixas de sapatos de granito, e se erguiam numa fileira discreta sob os galhos de uma faia de flores lilases. Anne Lydia Daly, 1955-1972, Sarah Louise Daly, 1931-1972, Peter Lucas Daly, 1932-2003. A faia de galhos baixos subia pelo menos trinta metros acima deles e se vestia de lindas folhas lustrosas, de um verde-arroxeado escuro, fosse primavera, verão ou outono. Agora em janeiro, porém, seus ramos escuros e desfolhados lançavam longas sombras distorcidas sobre o túmulo da família e compunham um cenário sinistro. Qualquer diretor de filme de terror adoraria aquela árvore em janeiro.

John segurou a mão enluvada de Alice quando pararam embaixo da árvore. Nenhum dos dois falou. Nos meses mais quentes, eles ouviriam o som de pássaros, de aspersórios de irrigação, de veículos das equipes de jardinagem, e música dos rádios dos carros. Nesse dia, o cemitério estava em silêncio, a não ser pelo zumbir distante do trânsito para além dos portões.

Em que pensava John quando os dois se postavam ali? Alice nunca lhe perguntara. Ele não tinha conhecido sua mãe nem sua irmã, e por isso teria dificuldade de pensar nelas por muito tempo. Será que refletia sobre sua própria mortalidade ou espiritualidade? Ou sobre as dela? Será que pensava em seus pais e irmãs, todos ainda vivos? Ou estaria num lugar totalmente diferente, pensando nos detalhes de suas pesquisas ou de suas aulas, ou fantasiando sobre o jantar?

Como é que ela podia estar com o mal de Alzheimer? "Um forte componente genético." Teria sua mãe desenvolvido a doença, se tivesse vivido até os cinquenta anos? Ou seria o pai?

Quando mais moço, ele bebia quantidades obscenas de álcool, sem sequer parecer claramente embriagado. Ia ficando cada vez mais calado e introvertido, mas sempre conservava suficiente capacidade de comunicação para pedir mais um uísque ou insistir em que estava bem para dirigir. Como na noite em que saíra da Rota 93 com o Buick e o enfiara numa árvore, matando a mulher e a filha caçula.

Seus hábitos de bebida nunca se haviam alterado, mas a conduta sim, provavelmente uns quinze anos antes. As vociferações beligerantes e absurdas, a repulsiva falta de higiene, o desconhecimento de quem ela era; Alice havia presumido que tudo aquilo era efeito do álcool, que finalmente cobrava seu tributo sobre o fígado transformado em picles e sobre o cérebro marinado do pai. Seria possível que ele tivesse sido portador da doença de Alzheimer mas nunca diagnosticado? Alice não precisava de uma autópsia para descobrir. Aquilo se encaixava bem demais para não ser verdade e lhe proporcionava um alvo ideal em que jogar a culpa.

"Bem, está contente, papai? Eu tenho a porcaria do seu DNA. Você vai acabar nos matando a todos. Como se sente ao assassinar a família inteira?"

O choro de Alice, explosivo e angustiado, pareceria apropriado para qualquer estranho que observasse a cena — os pais e a irmã sepultados na terra, o cemitério escurecendo, a faia fantasmagórica. Para John, deve ter sido completamente inesperado. Ela não havia derramado uma única lágrima quando da morte do pai, em fevereiro, e a tristeza e a saudade que sentia da mãe e da irmã tinham sido amenizadas pelo tempo desde longa data.

John sustentou-a, sem tentar persuadi-la a parar nem dar o menor indício de que faria outra coisa senão segurá-la enquanto continuasse chorando. Alice percebeu que o cemitério fecharia a qualquer momento. Percebeu que, provavelmente, estava deixando o marido inquieto. Percebeu que não haveria choro que limpasse seu cérebro contaminado. Apertou o rosto com mais força contra a jaqueta de lã de John e chorou até ficar exausta.

O marido segurou-lhe a cabeça entre as mãos e beijou os cantos molhados de seus olhos.

— Ali, você está bem?

"Não estou bem, John. Eu tenho a doença de Alzheimer."

Chegou quase a pensar que tinha dito as palavras em voz alta, mas não tinha. Elas continuaram presas em sua cabeça, mas não por estarem bloqueadas por placas e emaranhados. Alice apenas não conseguia dizê-las em voz alta.

Imaginou seu próprio nome numa lápide igual, junto à de Anne. Preferia morrer a perder o juízo. Ergueu os olhos para John, cujo olhar paciente aguardava uma resposta. Como poderia dizer-lhe que estava com o mal de Alzheimer? Ele adorava sua inteligência. Como poderia amá-la com essa doença? Tornou a olhar para o nome de Anne gravado na pedra.

— Só estou passando por um dia muito ruim.

Preferia morrer a contar a ele.

TEVE VONTADE DE SE MATAR. As ideias impulsivas de suicídio acossaram-na com velocidade e vigor, contornando e afastando à força todas as demais e abandonando-a durante dias num canto escuro e desesperado. Mas faltou-lhes energia e elas murcharam, tornando-se um tênue flerte. Alice ainda não queria morrer. Ainda era uma respeitada titular de psicologia da Universidade Harvard. Ainda sabia ler e escrever e usar o banheiro adequadamente. Tinha tempo. E tinha que contar a John.

Sentou-se no sofá, com um cobertor cinza no colo, abraçando os joelhos e achando que ia vomitar. John sentou-se na beirada da poltrona em frente, com o corpo totalmente imóvel.

— Quem lhe disse isso?

— O dr. Davis, um neurologista do Hospital Geral.

— Um neurologista. Quando?

— Há dez dias.

John virou a cabeça e ficou girando a aliança no dedo, enquanto parecia examinar a tinta da parede. Alice prendeu o fôlego, à espera de que ele a fitasse de novo. Talvez nunca mais a olhasse do mesmo jeito. Talvez ela nunca mais voltasse a respirar. Abraçou as pernas com um pouco mais de força.

— Ele está enganado, Ali.

— Não está.

— Não há nada errado com você.

— Há, sim. Eu ando esquecendo as coisas.

— Todo mundo esquece coisas. Nunca me lembro de onde pus os óculos; será que esse médico também vai dizer que eu tenho Alzheimer?

— Os problemas que venho tendo não são normais. É uma questão muito mais complexa do que perder os óculos.

— Certo, então você anda esquecendo as coisas, mas está na menopausa, está estressada, e é provável que a morte do seu pai tenha reavivado um monte de sentimentos ligados à perda da sua mãe e da Anne. É provável que você esteja deprimida.

— Não estou deprimida.

— Como é que sabe? Você é clínica? Devia consultar sua própria médica, não esse neurologista.

— Eu a consultei.

— Conte-me exatamente o que ela disse.

— Ela não achou que fosse depressão nem menopausa. Não tinha uma explicação, na verdade. Achou que talvez eu não estivesse dormindo o suficiente. Queria esperar e tornar a me ver dentro de uns dois meses.

— Viu? Você só não anda se cuidando direito.

— Ela não é neurologista, John. Eu durmo mais do que o suficiente. E isso foi em novembro. Já faz uns dois meses, e a coisa não está melhorando. Está ficando pior.

Alice estava pedindo ao marido que acreditasse, em uma única conversa, no que ela havia negado durante meses. Começou por um exemplo que ele já conhecia.

— Lembra-se de que me esqueci de ir a Chicago?

— Aquilo poderia acontecer comigo ou com qualquer pessoa que conhecemos. Nós temos horários insanos.

— Sempre tivemos horários insanos, mas nunca me esqueci de pegar um avião. Não é só o fato de eu ter perdido o voo: eu me esqueci completamente da conferência, e tinha passado o dia inteiro me preparando para ela.

John aguardou. Havia segredos importantíssimos de que não tinha conhecimento.

— Eu me esqueço de palavras. Esqueci por completo o tema de uma aula que tinha que dar, no tempo que levei para ir do escritório até a sala de aula. No meio da tarde, não consigo descobrir por que escrevi certas palavras de manhã na minha lista de coisas por fazer.

Alice pôde ler o pensamento dele, ainda não convencido. Cansaço excessivo, tensão, angústia. Normal, normal, normal.

— Não fiz o pudim no Natal porque não pude. Não consegui me lembrar de um único passo da receita. Ela simplesmente sumiu, e eu faço aquela sobremesa de cor todo ano, desde que era pequena.

Alice fez uma exposição surpreendentemente coerente contra si mesma. Um júri de pares talvez achasse que já tinha ouvido o bastante. Mas John a amava.

— Eu estava parada em frente à banca de jornais do Nini, na praça Harvard, e não tive absolutamente a menor ideia de como voltar para casa. Não fazia ideia de onde estava.

— Quando foi isso?

— Em setembro.

Alice havia rompido o silêncio do marido, mas não sua determinação de defender a integridade da saúde mental da mulher.

— Isso é só uma parte. Fico apavorada ao pensar no que ando esquecendo sem sequer perceber.

A expressão de John alterou-se, como se ele houvesse identificado algo potencialmente significativo nas manchas de um de seus filamentos de ácido ribonucleico, parecidas com as do teste de Rorschach.

— A mulher do Dan — disse, mais como se falasse sozinho do que com ela.

— O quê?

Alguma coisa estalou. Alice percebeu. A possibilidade da doença insinuou-se, diluindo a convicção de John.

— Preciso ler umas coisas, e depois quero conversar com o seu neurologista.

Sem olhar para ela, levantou-se e foi direto para a sala de estudos, deixando-a sozinha no sofá, abraçando os joelhos e achando que precisava vomitar.

Fevereiro de 2004

Sexta-feira:

Tomar os remédios matinais ✓

Reunião do Departamento, 9h, sala 545 ✓

Responder e-mails ✓

Dar aula de motivação e emoção, 13h, Centro de Ciências, Auditório B (palestra "Homeostase e Impulsos") ✓

Consulta com orientadora genética (John tem as informações)

Tomar os remédios da noite

Stephanie Aaron era a orientadora genética ligada à Unidade de Distúrbios da Memória do Hospital Geral de Massachusetts. Tinha cabelos pretos, cortados na altura dos ombros, e sobrancelhas arqueadas que sugeriam uma franqueza curiosa. Recebeu-os com um sorriso caloroso.

— Vamos lá, então, digam-me por que estão aqui hoje.

— Recentemente, minha mulher foi informada de que é portadora do mal de Alzheimer, e queremos fazer uma análise genética para verificar se há mutações nos genes APP, PS1 e PS2.

John tinha feito o dever de casa. Passara as semanas anteriores com o nariz enterrado na bibliografia sobre a etiologia molecular da doença. Proteínas errantes, oriundas de qualquer desses três genes mutados, eram as vilãs conhecidas de seus casos de instalação precoce.

— Diga-me, Alice, o que você espera saber com esses exames? — indagou Stephanie.

— Bem, parece que é um modo razoável de tentar confirmar o meu diagnóstico. Certamente é melhor do que uma biópsia cerebral ou uma autópsia.

— Você está preocupada com a possibilidade de que o seu diagnóstico não esteja correto?

— Achamos que essa é uma possibilidade real — disse John.

— Certo. Primeiro, vamos examinar o que significariam para você um resultado positivo e um resultado negativo de mutação. Essas mutações têm plena penetrância. Se houver um resultado positivo de mutação do APP, do PS1 ou do PS2, eu diria que essa será uma confirmação sólida do seu diagnóstico. Mas as coisas ficarão um pouco mais complicadas se os seus resultados forem negativos. Na verdade, não temos como interpretar com certeza o que isso significaria. Cerca de 50% dos portadores de Alzheimer de instalação precoce não exibem mutações em nenhum desses três genes. Isso não quer dizer que eles não estejam realmente com Alzheimer, ou que sua doença não tenha fundo genético; significa apenas que ainda não conhecemos o gene em que reside a mutação.

— Esse número não é mais próximo de 10% nas pessoas da idade dela? — perguntou John.

— Os números têm um desvio um pouco maior nas pessoas da idade da Alice, é verdade. Mas, se o resultado dos exames for negativo, infelizmente não poderemos afirmar com certeza que ela não tem a doença. Pode ser que ela apenas se inclua na percentagem menor de pessoas dessa idade, portadoras do mal de Alzheimer, que têm uma mutação num gene ainda não identificado.

Isso era igualmente plausível, se não mais, quando aliado à opinião médica do dr. Davis. Alice sabia que John entendia isso, mas a interpretação dele atendia à hipótese nula "a Alice não está com a doença de Alzheimer, nossa vida não está destruída", o que não acontecia com a interpretação de Stephanie.

— Alice, isso tudo está fazendo sentido para você? — perguntou a orientadora.

Embora o contexto legitimasse a pergunta, Alice ressentiu-se dela e vislumbrou o texto oculto de conversas futuras. Será que ela era suficientemente competente para compreender o que se dizia? Será que estava com o cérebro danificado e confuso demais para admiti-lo? Ela sempre fora tratada com grande respeito. Se sua superioridade intelectual fosse cada vez mais substituída pela doença mental, o que viria a substituir esse grande respeito? Pena? Condescendência? Constrangimento?

— Está — respondeu.

— Também quero deixar claro que, se a sua análise der um resultado positivo para uma mutação, o diagnóstico genético não modificará em nada o seu tratamento ou o prognóstico.

— Eu entendo.

— Ótimo. Agora preciso de algumas informações sobre a sua família. Seus pais ainda estão vivos, Alice?

— Não. Mamãe morreu num acidente de automóvel quando tinha quarenta e um anos, e meu pai morreu no ano passado, aos setenta e um, de insuficiência hepática.

— Como era a memória deles quando estavam vivos? Algum dos dois deu sinais de demência ou de mudanças na personalidade?

— Minha mãe estava perfeitamente bem até morrer. Meu pai foi alcoólatra a vida inteira. Sempre foi um homem calmo, mas ficou extremamente instável ao envelhecer, a ponto de se tornar impossível ter uma conversa coerente com ele. Acho que ele não me reconhecia mais nos últimos anos de vida.

— Algum dia o levaram para consultar um neurologista?

— Não. Eu presumia que aquilo fosse por causa da bebida.

— Quando você diria que começaram essas mudanças?

— Quando ele estava com cinquenta e poucos anos.

— Ele vivia caindo de bêbado, todo dia. Morreu de cirrose, não de Alzheimer — interpôs John.

Alice e Stephanie fizeram uma pausa, concordando em silêncio em deixá-lo pensar o que quisesse, e a conversa seguiu adiante.

— Você tem irmãos?

— Minha única irmã morreu no mesmo acidente de carro com mamãe, quando tinha dezesseis anos. Não tenho nenhum irmão.

— E quanto a tias, tios, primos, avós?

Alice transmitiu seus conhecimentos incompletos sobre o histórico de saúde e falecimento dos avós e de outros parentes.

— Muito bem, se você não tiver nenhuma outra pergunta, a enfermeira virá colher uma amostra do seu sangue. Vamos mandá-la ao laboratório, para que seja feito o sequenciamento genético, e deveremos ter os resultados dentro de umas duas semanas.

Alice ficou olhando pela janela do carro enquanto eles passavam pela alameda Storrow. Estava gelado lá fora, já havia escurecido às 17h30 e ela não viu ninguém enfrentando as forças da natureza na margem do rio Charles. Nenhum sinal de vida. John tinha desligado o rádio. Não havia nada para distraí-la dos pensamentos sobre um DNA danificado e um tecido cerebral necrosado.

— O exame vai dar negativo, Ali.

— Mas isso não mudaria nada. Não significaria que não estou doente.

— Tecnicamente não, mas dá uma margem muito maior para pensarmos que se trata de outra coisa.

— Como o quê? Você conversou com o dr. Davis. Ele já me submeteu a exames para verificar todas as causas de demência que se poderiam imaginar.

— Olhe, eu acho que você se precipitou ao consultar um neurologista. Ele olha para o seu conjunto de sintomas e vê a doença de Alzheimer, mas isso é o que ele foi treinado para ver, não significa que esteja certo. Lembra de quando você machucou o joelho, no ano passado? Se tivesse consultado um cirurgião ortopedista, ele teria descoberto um ligamento rompido ou uma cartilagem desgastada e ia querer passar a faca em você. Como cirurgião, veria a cirurgia como solução. Mas você apenas parou de correr por umas duas semanas, descansou o joelho, tomou ibuprofeno e ficou boa. Acho que você está exausta e estressada, acho que as alterações hormonais estão pintando o sete com a sua fisiologia, e acho que você está deprimida. Podemos lidar com tudo isso, Ali, é só cuidarmos de uma coisa de cada vez.

John parecia ter razão. Não era provável que uma mulher da idade dela tivesse o mal de Alzheimer. Ela estava na menopausa e exausta. E talvez estivesse deprimida. Isso explicaria por que não havia rechaçado o diagnóstico com mais força, por que não tinha lutado com unhas e dentes contra a mera sugestão desse destino fatídico. Essa não tinha sido uma atitude típica, com certeza. Talvez ela estivesse tensa, cansada, menopáusica e deprimida. Talvez não estivesse com o mal de Alzheimer.

Quinta-feira:

7h: Tomar os remédios matinais ✓

Concluir resenha de psicronomia ✓

11h: reunião com Dan, meu escritório ✓

12h: seminário de almoço, sala 700 ✓

15h: consulta com orientadora genética (John tem as informações)

20h: Tomar os remédios da noite

Stephanie estava sentada à sua escrivaninha quando os dois entraram, mas dessa vez não sorriu.

— Antes de falarmos dos resultados, há alguma coisa que vocês queiram rever sobre as informações que examinamos na consulta passada? — perguntou.

— Não — respondeu Alice.

— Você ainda quer ver os resultados?

— Quero.

— Lamento dizer-lhe, Alice, mas o seu resultado foi positivo para a mutação do gene PS1.

Bem, ali estava ela, a prova absoluta, servida pura, sem açúcar nem sal nem água que a diluísse. E desceu queimando. Alice poderia tomar um coquetel de medicamentos para reposição hormonal, Xanax e Prozac, passar os seis meses seguintes dormindo doze horas por dia num spa do Canyon Ranch, e isso não mudaria nada. Estava com o mal de Alzheimer. Quis olhar para John, mas não conseguiu forças para virar a cabeça.

— Como havíamos conversado, essa é uma mutação autossômica dominante, associada ao desenvolvimento certeiro do mal de Alzheimer, de modo que esse resultado se coaduna com o diagnóstico que você já recebeu.

— Qual é o índice de falsos positivos do laboratório? Como é o nome do laboratório? — perguntou John.

— É o Diagnósticos Athena, e eles relatam um nível de exatidão superior a 99% na detecção desse tipo de mutação.

— John, deu positivo — interpôs Alice.

Olhou-o nesse momento. O rosto dele, normalmente anguloso e resoluto, pareceu-lhe frouxo e desconhecido.

— Sinto muito, eu sei que vocês estavam buscando uma eliminação desse diagnóstico.

— O que isso significa para os nossos filhos? — perguntou Alice.

— É, há muitas coisas em que pensar quanto a isso. Quantos anos eles têm?

— Estão todos na casa dos vinte.

— Então, não seria esperável que algum já manifestasse sintomas. Todos os seus filhos têm uma probabilidade de 50% de ter herdado essa mutação, a qual tem uma probabilidade de 100% de causar a doença. Os testes genéticos pré-sintomáticos são possíveis, mas há muitas coisas a levar em conta. Será que esse conhecimento é algo com que eles queiram viver? De que modo isso alteraria a vida deles? E se um deles tiver um resultado positivo e outro tiver um resultado negativo, de que modo isso afetará a relação de uns com os outros? Alice, pelo menos eles já sabem do seu diagnóstico?

— Não.

— Convém você pensar em lhes contar sem demora. Sei que é uma carga muito grande para receber de uma vez só, especialmente porque sei que vocês mesmos ainda a estão absorvendo. Mas, numa doença progressiva como essa, pode ser que você faça planos para lhes contar mais tarde, só que aí talvez não consiga fazê-lo da maneira que desejava originalmente. Ou será que isso é uma coisa que você gostaria de deixar por conta do John?

— Não, nós vamos contar a eles — retrucou Alice.

— Algum dos seus filhos tem filhos?

"Anna e Charlie."

— Ainda não — respondeu Alice.

— Se estiverem planejando tê-los, essa pode ser uma informação muito importante para eles. Aqui estão algumas informações que reuni por escrito, para que vocês possam dá-las a seus filhos, se quiserem. E aqui está também o meu cartão, assim como o cartão de um terapeuta que é maravilhoso para conversar com famílias que passaram por uma análise e diagnóstico genéticos. Há mais alguma pergunta que eu possa responder neste momento?

— Não, não consigo pensar em nenhuma.

— Sinto muito não ter podido lhe dar os resultados que você esperava.

— Eu também.

Nenhum dos dois falou. Entraram no carro, John pagou ao garagista e seguiram pela alameda Storrow em silêncio. Pela segunda semana consecutiva, a temperatura estava bem abaixo de zero, com a friagem trazida pelo vento. Os praticantes de corrida eram obrigados a permanecer dentro de casa, correndo em esteiras ou simplesmente esperando por um clima ligeiramente mais habitável. Alice detestava esteiras ergométricas. Ficou sentada no banco do passageiro e esperou que John dissesse alguma coisa. Mas ele não disse. Chorou durante todo o trajeto para casa.

Março de 2004

Alice abriu a tampa da segunda-feira no porta-comprimidos semanal de plástico e jogou os sete comprimidinhos na concha da mão. John entrou decidido na cozinha, mas, ao ver o que ela estava segurando, girou nos calcanhares e se retirou, como se houvesse surpreendido a própria mãe sem roupa. Recusava-se a vê-la tomar os remédios. Podia estar no meio de uma frase, no meio de uma conversa: se Alice pegasse o porta-comprimidos de plástico, ele se retirava do cômodo. Fim de papo.

Engoliu as pílulas com três goles de chá muito quente e queimou a garganta. A experiência também não lhe era exatamente agradável. Sentou-se à mesa da cozinha, soprou o chá e ficou ouvindo John pisar duro no quarto, no andar de cima.

— O que você está procurando? — gritou-lhe.

— Nada — gritou ele de volta.

Os óculos, provavelmente. No mês decorrido desde a consulta com a orientadora genética, ele tinha parado de pedir a ajuda de Alice para achar os óculos e as chaves, muito embora ela soubesse que o marido continuava lutando para não perdê-los de vista.

John entrou na cozinha com passos rápidos, impacientes.

— Quer ajuda? — indagou ela.

— Não, está tudo bem.

Alice ficou pensando no porquê dessa obstinada independência recente do marido. Será que John estava tentando poupá-la do esforço mental de caçar as coisas que ele mesmo perdia? Estaria treinando para um futuro sem ela? Será que se sentia constrangido demais por pedir ajuda a uma portadora de Alzheimer? Ela bebericou o chá, absorta no quadro de uma maçã e uma pera que estivera na parede por pelo menos uma década, e ouviu o marido examinar a correspondência e os papéis na bancada atrás dela.

John passou por ela e foi para o vestíbulo. Alice ouviu a porta do armário do corredor abrir-se. Ouviu-a fechar-se. Ouviu as gavetas da mesa do vestíbulo serem abertas e fechadas.

— Você está pronta? — chamou ele.

Alice terminou o chá e foi encontrá-lo no vestíbulo. John pusera o casaco, tinha os óculos presos no cabelo desalinhado e segurava as chaves.

— Estou — fez Alice, saindo atrás dele.

O começo da primavera em Cambridge era mentiroso, indigno de confiança e desagradável. Ainda não havia brotos de flores nas árvores, nenhuma tulipa valente ou idiota o bastante para emergir pela camada de neve endurecida, que já tinha um mês, e nenhum passarinho primaveril cantando a trilha sonora ao fundo. As ruas continuavam estreitadas pelos montes de neve enegrecidos e poluídos. Qualquer degelo ocorrido no relativo calor do meio-dia voltava a endurecer com as enormes quedas de temperatura no fim da tarde, o que transformava os caminhos do parque de Harvard e as calçadas da cidade em traiçoeiras trilhas de gelo preto. A data no calendário só fazia todos se sentirem ofendidos ou tapeados, cientes de que já era primavera em algum outro lugar, onde as pessoas usavam camisas de manga curta e acordavam ao som de sabiás pipiando. Em Cambridge, o frio e o sofrimento não davam sinal de alívio, e os únicos pássaros que Alice ouvia enquanto os dois caminhavam para o campus eram as gralhas.

John tinha concordado em ir com ela para Harvard todas as manhãs. Alice lhe dissera que não queria correr o risco de se perder. Na verdade, queria apenas voltar a passar esse tempo com o marido, reavivar a antiga tradição matinal. Infelizmente, depois de avaliarem que o risco de serem atropelados por um carro era menor que o de se machucarem escorregando nas calçadas congeladas, eles andavam pela rua em fila indiana e não conversavam.

Uma pedrinha do cascalho saltou e entrou na bota direita de Alice. Ela ponderou se deveria parar na rua para tirá-la ou esperar que chegassem ao Jerri's. Para tirá-la, teria de se equilibrar na rua numa perna só e, ao mesmo tempo, expor o outro pé ao ar gélido. Resolveu suportar o incômodo pelos dois quarteirões que faltavam.

Situado na avenida Massachusetts, mais ou menos a meio caminho entre a Porter e a praça Harvard, o Jerri's tinha se transformado numa instituição de Cambridge para viciados em cafeína muito antes da invasão das lojas da Starbucks. O cardápio, composto de café, chá, pãezinhos e sanduíches, escrito a giz em letras maiúsculas num quadro atrás do balcão, mantinha-se inalterado desde os tempos de pós-graduação de Alice. Só os preços ao lado de cada artigo davam sinais de mudança recente, sublinhados com pó de giz na forma de um apagador escolar e escritos na letra de outra pessoa que não o autor das ofertas à esquerda. Alice estudou o quadro, perplexa.

— Bom dia, Jess, um café e um pãozinho de canela, por favor.

— O mesmo para mim — disse Alice.

— Você não gosta de café — comentou John.

— Gosto, sim.

— Não, não gosta. Ela vai tomar chá com limão.

— Quero um café e um pãozinho.

Jess olhou para John, para ver se haveria alguma réplica, mas a discussão estava encerrada.

— Está bem, dois cafés e dois pãezinhos — disse o balconista.

Do lado de fora, Alice bebeu um gole. O sabor era amargo e desagradável e não refletia bem o aroma delicioso.

— E então, como está o seu café? — perguntou John.

— Maravilhoso.

No caminho para o campus, Alice tomou o café que tinha detestado, só para lhe fazer pirraça. Mal podia esperar para ficar sozinha em seu gabinete e poder jogar fora o resto daquela bebida horrorosa. Além disso, queria desesperadamente tirar a pedrinha da bota.

Sem botas e com o café na lata de lixo, ela cuidou primeiro dos e-mails na caixa de entrada. Abriu uma mensagem de Anna.

Oi, mamãe,

Adoraríamos ir jantar com vocês, mas esta semana está meio complicada, por causa do julgamento do Charlie. Que tal semana que vem? Quais são os dias convenientes para você e para o papai? Para nós pode ser qualquer noite, menos as de quinta e sexta-feira.

Anna

Alice contemplou o cursor piscante e tentadoramente pronto na tela do computador e tentou imaginar as palavras que gostaria de usar em sua resposta. Muitas vezes, a passagem de suas ideias para voz, caneta ou teclas do computador exigia um esforço consciente e uma persuasão serena. E ela confiava pouco na grafia de palavras por cujo domínio tinha sido premiada, muito tempo antes, com medalhas e elogios dos professores.

O telefone tocou.

— Oi, mãe.

— Ah, que bom, eu já ia responder ao seu e-mail.

— Eu não mandei nenhum e-mail.

Insegura, Alice releu a mensagem na tela.

— Acabei de lê-lo. O Charlie tem um julgamento esta semana...

— Mamãe, é a Lydia.

— Ah, o que você está fazendo acordada tão cedo?

— Agora eu estou sempre acordada. Quis ligar para você e o papai ontem à noite, mas era muito tarde aí no seu horário. Acabei de conseguir um papel incrível numa peça chamada *A memória da água*. É de um diretor fenomenal e terá seis apresentações em maio. Acho que vai ser muito boa mesmo e, com esse diretor, deve chamar muita atenção. Eu queria muito que você e o papai viessem aqui para me ver na peça...?

Entendendo a deixa da inflexão ascendente e do silêncio que se seguiu, Alice percebeu que era sua vez de falar, mas ainda estava procurando captar tudo o que Lydia acabara de dizer. Sem o auxílio das pistas visuais dadas pela pessoa com quem falava, as conversas por telefone frequentemente a deixavam confusa. Às vezes as palavras se atropelavam, as mudanças bruscas de assunto eram difíceis de prever e de acompanhar, e sua compreensão ficava prejudicada. Embora a escrita trouxesse seu próprio conjunto de problemas, Alice conseguia impedir que eles fossem descobertos, já que não ficava restrita a dar respostas em tempo real.

— Se você não quiser ir, é só dizer — fez Lydia.

— Não, eu quero, mas...

— Ou você está muito ocupada, sei lá. Eu sabia que devia ter ligado para o papai.

— Lydia...

— Deixe pra lá, tenho que desligar.

E desligou. Alice estivera prestes a dizer que precisava consultar John, que, se ele pudesse tirar uma folga do laboratório, ela adoraria ir. No entanto, se o marido não pudesse, ela não atravessaria o país de avião sem ele, e teria que inventar uma desculpa. Com medo de se perder ou de ficar confusa longe de casa, vinha evitando as viagens. Recusara um convite para dar uma palestra na Universidade Duke no mês seguinte, e jogara fora o material de inscrição numa conferência sobre linguagem a que havia comparecido todos os anos, desde que era aluna da pós-graduação. Queria assistir à peça de Lydia, mas, dessa vez, seu comparecimento ficaria à mercê da disponibilidade de John.

Ficou segurando o telefone, pensando em ligar de volta. Reconsiderou a ideia e desligou. Fechou a resposta não escrita para Anna e abriu um novo e-mail, a ser enviado para Lydia. Fitou o cursor piscante, com os dedos imóveis no teclado. A bateria de seu cérebro estava baixa nesse dia.

— Vamos logo! — exortou-se, desejando poder ligar um par de cabos ao cérebro e lhe dar uma boa chupeta.

Não tinha tempo para o mal de Alzheimer nesse dia. Havia e-mails para responder, uma proposta de financiamento para redigir, uma aula para dar e um seminário a que comparecer. E, no fim do dia, uma corrida. Talvez a corrida lhe trouxesse alguma clareza.

ALICE ENFIOU NA MEIA UM PEDAÇO de papel com seu nome, endereço e telefone. É claro que, se ficasse confusa a ponto de não saber o caminho de casa, talvez não tivesse presença de espírito para se lembrar de que carregava essa informação útil no corpo. Mas era uma precaução, assim mesmo.

Correr vinha se tornando cada vez menos eficaz para desanuviar o pensamento. Na verdade, nos últimos dias, ela mais tinha a sensação de estar perseguindo fisicamente as respostas a um fluxo interminável de perguntas desembestadas. E, por mais que corresse, nunca conseguia alcançá-las.

"O que eu deveria estar fazendo?" Ela tomava os remédios, dormia de seis a sete horas por noite e se agarrava à normalidade do dia a dia em Harvard. Sentia-se uma fraude, fazendo-se passar por uma professora universitária não afetada por uma doença neurológica degenerativa e progressiva, e trabalhando todos os dias como se tudo estivesse bem e fosse continuar assim.

Não havia muitas avaliações de desempenho e prestação de contas cotidiana na vida de um professor titular. Alice não tinha que fazer o balanço de livros, fabricar uma certa quota de produtos nem entregar relatórios por escrito. Havia margem para erro, mas até que ponto? Seu desempenho acabaria por se deteriorar num nível que seria notado e não tolerado. Ela queria sair de Harvard antes que isso acontecesse, antes dos mexericos e da piedade, mas não podia nem dar um palpite sobre quando seria esse momento.

E, embora a ideia de se demorar demais a apavorasse, a de sair de Harvard a aterrorizava muito, muito mais. Quem seria ela, se não fosse professora de psicologia em Harvard?

Deveria tentar passar o maior tempo possível com John e os filhos? O que significaria isso, na prática? Sentar-se com Anna enquanto ela digitava suas peças processuais? Acompanhar Tom em suas rondas pelo hospital? Observar Lydia na aula de teatro? Como diria a eles que cada um tinha 50% de probabilidade de passar por algo assim? E se eles a culpassem e a odiassem do mesmo modo que ela culpava e odiava o pai?

Era cedo demais para John se aposentar. Sendo realista, por quanto tempo ele poderia se ausentar sem acabar com a própria carreira? Quanto tempo teria Alice? Dois anos? Vinte?

Embora o mal de Alzheimer tendesse a evoluir mais depressa em sua forma de instalação precoce que na de instalação tardia, os portadores da forma precoce costumavam conviver com a moléstia por um número muito maior de anos, já que essa doença mental se instalava num corpo relativamente jovem e saudável. Talvez Alice continuasse por ali durante todo o percurso, até o fim brutal. Não conseguiria se alimentar sozinha nem falar, incapaz de reconhecer o marido e os filhos. Ficaria enroscada na posição fetal e, esquecendo como engolir, pegaria uma pneumonia. E John, Anna, Tom e Lydia concordariam em não tratá-la com uma dose simples de antibióticos, tomados de culpa por se sentirem gratos, porque, finalmente, surgira uma coisa que pudesse matar o corpo dela.

Alice parou de correr, curvou-se e vomitou a lasanha que comera no almoço. Muitas semanas se passariam até que a neve derretesse o bastante para lavar a calçada.

ELA SABIA EXATAMENTE ONDE ESTAVA. Estava a caminho de casa, a poucos quarteirões de lá, em frente à Igreja Episcopal de Todos os Santos. Sabia exatamente onde estava, porém nunca se sentira tão perdida. Os sinos da igreja começaram a badalar uma melodia que a fez lembrar-se do carrilhão dos avós. Ela girou a maçaneta redonda de metal da porta vermelho-tomate e, seguindo seu impulso, entrou.

Sentiu-se aliviada por não encontrar ninguém lá dentro, já que não havia pensado em uma história coerente para explicar por que estava ali. Sua mãe era judia, mas seu pai havia insistido em que ela e Anne fossem criadas como católicas. Assim, quando menina, ela ia à missa todo domingo, comungava, confessava e tinha feito a primeira comunhão, mas, como a mãe nunca participava de nada disso, Alice começara a questionar a validade dessas crenças desde muito pequena. E, sem receber uma resposta satisfatória do pai ou da Igreja Católica, nunca tinha desenvolvido uma fé verdadeira.

A luz dos postes de rua lá fora infiltrava-se pelos vitrais góticos e iluminava o suficiente para que ela enxergasse quase toda a igreja. Em cada vitral, Jesus, de manto vermelho e branco, era retratado como pastor ou como um curandeiro fazedor de milagres. Uma faixa à direita do altar dizia: Deus é nosso refúgio e nossa força, um auxílio muito presente nas horas difíceis.

Ela não poderia estar num momento mais difícil, e queria muito pedir ajuda. Mas sentia-se uma invasora, indigna e infiel. Quem era ela para pedir ajuda a um Deus no qual não tinha certeza de acreditar, numa igreja sobre a qual nada sabia?

Fechou os olhos, escutando as ondas tranquilizadoras, quase oceânicas, do trânsito distante, e procurou abrir a mente. Não saberia dizer quanto tempo ficou sentada no banco estofado de veludo daquela igreja fria e escura, à espera de uma resposta. Que não veio. Demorou-se mais, torcendo para que aparecesse um padre ou um paroquiano que lhe perguntasse por que estava ali. Agora já tinha uma explicação. Mas não chegou ninguém.

Pensou nos cartões de visita que havia recebido do dr. Davis e de Stephanie Aaron. Talvez devesse conversar com a assistente social ou com um terapeuta. Talvez eles pudessem ajudá-la. E então, com uma lucidez completa e simples, ocorreu-lhe a resposta.

Converse com o John.

Descobriu-se despreparada para o ataque que enfrentou, ao entrar pela porta de casa.

— Onde você esteve? — perguntou John.

— Fui dar uma corrida.

— Você estava correndo durante esse tempo todo?

— Também fui à igreja.

— Igreja? Não é possível, Ali. Escute, você não toma café e não frequenta a igreja.

Ela sentiu o cheiro de álcool no hálito do marido.

— Bem, hoje eu fiz isso.

— Tínhamos marcado um jantar com o Bob e a Sarah. Tive que ligar para eles e cancelar, você não se lembra?

Jantar com os amigos, Bob e Sarah. Estava na agenda dela.

— Eu me esqueci. Eu tenho Alzheimer.

— Eu não fazia a menor ideia de onde você estava, se tinha se perdido. Você tem que começar a andar com o celular o tempo todo.

— Não posso levá-lo quando saio para correr, não tenho bolso.

— Pois então, cole-o na cabeça com fita isolante, não me interessa. Não vou passar por isso toda vez que você se esquecer de aparecer em algum lugar.

Alice o acompanhou até a sala. John sentou-se no sofá, segurando a bebida, e se recusou a olhar para ela. As gotas de suor em sua testa combinavam com as do copo suado de uísque. Alice hesitou, depois sentou-se no colo do marido, abraçou-o com força pelos ombros, tocando os próprios cotovelos com as mãos, com a orelha encostada na dele, e desabafou:

— Desculpe-me por ter essa doença. Não suporto pensar no quanto isso vai piorar. Não suporto a ideia de um dia olhar para você, para esse rosto que eu amo, e não saber quem você é.

Correu os dedos pelo contorno do queixo de John e pelas rugas deixadas por seu riso, tristemente sem prática nos últimos tempos. Enxugou-lhe o suor da testa e as lágrimas dos olhos.

— Mal consigo respirar quando penso nisso. Mas nós temos que pensar nisso. Não sei quanto tempo mais eu terei para reconhecer você. Precisamos conversar sobre o que vai acontecer.

John virou o copo, bebeu até não sobrar nem uma gota, depois chupou um pouco mais o gelo. Em seguida, fitou-a com uma tristeza assustada e profunda nos olhos, uma tristeza que ela nunca vira antes.

— Não sei se eu consigo — disse.

Abril de 2004

Por mais inteligentes que fossem, não conseguiram montar juntos um plano definitivo de longo prazo. Havia incógnitas demais para responder com um simples X, e a mais crucial era esta: com que rapidez isso vai evoluir? Seis anos antes, Alice e o marido haviam tirado juntos uma licença sabática de um ano para escrever *Das moléculas à mente*, e, por isso, ainda faltava um ano para que pudessem pleitear outra. Será que Alice sobreviveria por tanto tempo? Até esse momento, os dois haviam decidido que ela concluiria o semestre, evitaria viajar sempre que possível, e que eles passariam o verão inteiro em Cape Cod. Seus planos só chegavam até agosto.

E concordaram em ainda não dizer nada a ninguém, exceto aos filhos. Essa revelação inevitável, a conversa que mais os angustiava, ocorreria naquela manhã, acompanhada de pãezinhos, salada de frutas, fritada mexicana, coquetéis e ovos de chocolate.

Fazia alguns anos que a família não se reunia inteira na Páscoa. Às vezes Anna passava esse feriado com a família de Charlie na Pensilvânia; Lydia havia ficado em Los Angeles nos últimos anos, e em algum lugar da Europa antes disso; e John havia comparecido a uma conferência em Boulder alguns anos antes, nessa época. Deu um certo trabalho convencer Lydia a ir para casa nesse ano. Em meio aos ensaios da peça, ela alegou que não poderia arcar com a interrupção nem com o voo, mas John a convenceu de que seria possível que ela se liberasse por dois dias e pagou a passagem aérea.

Anna recusou um coquetel e um Bloody Mary e, em vez deles, acompanhou com um copo de água gelada os ovos de chocolate com recheio de caramelo que vinha devorando como se fossem pipoca. No entanto, antes que alguém levantasse suspeitas de gravidez, pôs-se a fornecer detalhes sobre o procedimento iminente de inseminação intrauterina que faria.

— Consultamos um especialista em fertilidade no Hospital Brigham e ele não conseguiu descobrir qual é o problema. Meus óvulos são saudáveis, eu ovulo todo mês, e os espermatozoides do Charlie estão ótimos.

— Menos, Anna, acho que ninguém aqui quer saber dos meus espermatozoides — protestou Charlie.

— Bom, mas é verdade, e é muito frustrante. Tentei até acupuntura, e nada. O máximo que aconteceu foi minhas enxaquecas sumirem. Então, pelo menos ficamos sabendo que eu tenho condições de engravidar. Começo a tomar injeções de hormônio na terça-feira, e na próxima semana tomarei uma injeção de uma substância que vai liberar meus óvulos, e aí eles farão a inseminação com o esperma do Charlie.

— Anna! — exclamou o marido.

— Bem, eles vão fazê-la, e por isso tenho esperança de estar grávida na semana que vem!

Alice forçou um sorriso de apoio, enjaulando o pavor por trás dos dentes cerrados. Os sintomas da doença de Alzheimer só se manifestavam depois do período reprodutivo, depois de o gene deformado ser involuntariamente transmitido à geração seguinte. E se ela tivesse descoberto antes que carregava esse gene, esse destino, em todas as células do corpo? Será que teria concebido seus filhos, ou teria tomado precauções para impedir que viessem? Teria tido disposição para se arriscar ao papel aleatório da divisão celular? Seus olhos cor de âmbar, o nariz aquilino de John e seu gene presenilina 1. Agora, é claro, Alice não conseguia imaginar a vida sem os filhos. Mas, antes de tê-los, antes de experimentar aquele tipo de amor primitivo e previamente inconcebível que vinha com eles, será que teria decidido que seria melhor para todos não experimentá-lo? Será que Anna o faria?

Tom entrou, pedindo desculpas pelo atraso e sem a nova namorada. Melhor assim. Esse era um dia só da família. E Alice não conseguia lembrar-se do nome da moça. Tom correu para a sala de jantar, provavelmente com medo de ter perdido alguma parte dos comes e bebes, depois voltou para a sala de visitas com um sorriso no rosto e um prato cheio, com um pouco de tudo. Sentou-se no sofá ao lado de Lydia, que segurava seu roteiro e tinha os olhos fechados, enunciando suas falas em silêncio. Estavam todos presentes. Chegara a hora.

— Seu pai e eu temos uma coisa importante que precisamos conversar com vocês, e quisemos esperar até estar todo mundo junto.

Alice olhou para John. Ele assentiu com a cabeça e lhe apertou a mão.

— Faz algum tempo que venho tendo problemas de memória, e, em janeiro, fui diagnosticada com a doença de Alzheimer de instalação precoce.

O relógio no console da lareira tique-taqueou alto, como se alguém tivesse aumentado seu volume, pois soou como quando não havia mais ninguém em casa. Tom ficou imóvel feito uma estátua, com o garfo cheio de fritada a meio caminho entre o prato e a boca. Alice deveria ter esperado que ele terminasse de comer.

— Eles têm certeza de que é Alzheimer? Vocês ouviram uma segunda opinião? — indagou o filho.

— Ela fez uma análise genética. Tem uma mutação no gene presenilina 1 — respondeu John.

— Ele é autossômico dominante? — perguntou Tom.

— É.

John lhe disse mais alguma coisa, mas apenas com os olhos.

— O que quer dizer isso? Papai, o que foi que você acabou de dizer a ele? — perguntou Anna.

— Quer dizer que temos 50% de probabilidade de sofrer do mal de Alzheimer — disse Tom.

— E o meu bebê?

— Você nem está grávida — interpôs Lydia.

— Anna, se você tiver a mutação, acontecerá a mesma coisa com os seus filhos. Cada filho seu teria 50% de chance de herdá-la também — explicou Alice.

— Então, o que devemos fazer? Devemos fazer exames? — perguntou Anna.

— Vocês podem fazer, se quiserem — disse Alice.

— Ai, meu Deus, e se eu tiver essa mutação? Aí o meu bebê poderia ter também.

— É provável que a doença já tenha cura bem antes de os nossos filhos virem a precisar dela — falou Tom.

— Mas não em tempo hábil para nós, é isso que você está dizendo? Quer dizer que os meus filhos vão ficar bem, mas eu serei um zumbi descerebrado?

— Já chega, Anna! — explodiu John.

E trincou os dentes, com o rosto vermelho. Dez anos antes, ele teria mandado Anna ir para o quarto. Em vez disso, apertou com força a mão de Alice e balançou a perna. Sob inúmeros aspectos, havia ficado impotente.

— Desculpe — disse Anna.

— É muito provável que haja um tratamento preventivo até você chegar à minha idade. Essa é uma das razões para vocês procurarem saber se têm a mutação. Se a tiverem, talvez possam iniciar uma medicação muito antes de apresentarem sintomas, e existe a esperança de que isso nunca aconteça — ponderou Alice.

— Mamãe, que tipo de tratamento eles recomendam agora, para o seu caso? — perguntou Lydia.

— Bem, eles me mandaram tomar vitaminas antioxidantes, aspirina, uma estatina e dois remédios para os neurotransmissores.

— Isso vai impedir que a doença piore? — insistiu Lydia.

— Por algum tempo, talvez, eles não sabem ao certo.

— E quanto aos ensaios clínicos que estão em andamento? — perguntou Tom.

— Estou investigando isso — respondeu John.

Ele havia começado a conversar com clínicos e cientistas de Boston que faziam pesquisas sobre a etiologia molecular da doença de Alzheimer, e a ouvir suas opiniões sobre a relativa promessa das terapias que vinham sendo clinicamente testadas. John era um biólogo celular especializado em câncer, não um neurocientista, mas para ele não era uma grande dificuldade compreender o elenco de criminosos moleculares que atacavam furiosamente outros sistemas. Todos falavam a mesma língua — ligação de receptores, fosforilação, regulação da transcrição, invaginações revestidas de clatrina, secretases. Tal como a posse de um cartão de membro do mais exclusivo dos clubes, fazer parte de Harvard lhe conferia acesso e credibilidade instantâneos junto às mais respeitadas cabeças pensantes da comunidade bostoniana de pesquisas sobre o mal de Alzheimer. Se existisse ou viesse a existir em breve um tratamento melhor, John o arranjaria para sua mulher.

— Mas, mamãe, você parece estar perfeitamente bem. Deve ter descoberto isso muito cedo, eu nem fazia ideia de que havia alguma coisa errada — disse Tom.

— Eu sabia — declarou Lydia. — Não que ela estava com o mal de Alzheimer, mas que havia alguma coisa errada.

— Como? — perguntou Anna.

— Bem, às vezes ela diz coisas sem o menor sentido ao telefone, e se repete muito. Ou então, não se lembra de uma coisa que eu disse cinco minutos antes. E não se lembrou de como fazer o pudim no Natal.

— Há quanto tempo você vem notando isso? — perguntou John.

— Faz pelo menos um ano.

A própria Alice não conseguia se lembrar desse período todo, mas acreditou na filha. E intuiu a humilhação de John.

— Tenho que saber se eu tenho isso. Quero fazer o exame. Vocês não querem fazer também? — perguntou Anna.

— Acho que, para mim, conviver com a angústia de não saber seria pior do que saber, mesmo que eu tenha a mutação — disse Tom.

Lydia fechou os olhos. Todos aguardaram. Alice contemplou a ideia absurda de que ela voltara a memorizar suas falas, ou tinha pegado no sono. Depois de um silêncio incômodo, Lydia abriu os olhos e tomou a palavra.

— Eu não quero saber.

Sempre fazia as coisas de um jeito diferente.

Um estranho silêncio pairava no edifício William James. Não havia a tagarelice habitual dos estudantes nos corredores — perguntando, discutindo, brincando, reclamando, contando vantagens, flertando. Era típico o período de leitura da primavera precipitar o sumiço repentino dos alunos do campus, levando-os para os dormitórios e as mesas da biblioteca, mas ainda faltava uma semana para ele começar. Muitos alunos de psicologia cognitiva tinham programado passar um dia inteiro observando estudos funcionais com o uso da ressonância magnética. Talvez o dia fosse esse.

Qualquer que fosse a razão, Alice adorou essa oportunidade de poder trabalhar sem ser interrompida. Havia optado por não parar no Jerri's para tomar um chá a caminho do escritório, e agora desejava tê-lo feito. A cafeína lhe cairia bem. Leu todos os artigos da edição do mês do *Linguistics Journal*, preparou a prova final desse ano de seu curso de motivação e emoção e respondeu a todos os e-mails anteriormente negligenciados. Tudo sem que o telefone tocasse ou alguém batesse à porta.

Já estava em casa antes de se dar conta de que havia esquecido de passar no Jerri's. Ainda queria aquele chá. Foi à cozinha e pôs a chaleira no fogo. O relógio do micro-ondas marcava 4h22.

Ela olhou pela janela. Viu a escuridão e seu reflexo no vidro. Estava de camisola.

Oi, mãe!

A inseminação intrauterina não funcionou. Não estou grávida. Não fiquei tão chateada quanto achei que ficaria (e o Charlie parece aliviado, até). Vamos torcer para que meu outro exame também dê negativo. Nossa consulta para saber disso será amanhã. Tom e eu passaremos aí depois, para mostrar os resultados a você e ao papai.

Beijos,

Anna

A PROBABILIDADE DE AMBOS RECEBEREM um resultado negativo no exame sobre a mutação baixou de improvável para remota quando, uma hora depois do horário previsto por Alice para a visita, eles ainda não haviam aparecido. Se os dois fossem negativos, teria sido uma consulta rápida, do tipo "vocês estão ótimos", "muito obrigado" e "até mais ver". Talvez Stephanie apenas se houvesse atrasado nesse dia. Talvez Anna e Tom tivessem passado muito mais tempo na sala de espera do que Alice havia admitido em sua imaginação.

A probabilidade despencou de remota para infinitesimal quando eles finalmente cruzaram a porta da frente. Se ambos fossem negativos, simplesmente teriam soltado a notícia de imediato, ou ela saltaria aos olhos, rebelde e jubilante, em sua expressão facial. Ao contrário, contiveram à força o que sabiam dentro de si ao passarem para a sala de estar, esticando ao máximo o tempo da *vida antes de isso acontecer*, o tempo antes de terem que liberar a informação pavorosa que obviamente guardavam.

Sentaram-se lado a lado no sofá, Tom à esquerda e Anna à direita, como costumavam sentar-se no banco traseiro do carro quando eram pequenos. Tom era canhoto e gostava da janela, e Anna não se importava em ficar no meio. Nesse momento, sentaram-se ainda mais juntos do que naquela época e, quando Tom estendeu a mão e segurou a de Anna, ela não gritou "Mamãe, o Tommy está encostando em mim!".

— Eu não tenho a mutação — informou ele.

— Mas eu tenho — disse Anna.

Depois do nascimento de Tom, Alice lembrava-se de ter se sentido abençoada por haver alcançado o ideal — ter um filho de cada sexo. Passados vinte e seis anos, aquela bênção se deturpara numa maldição. Sua fachada de mãe forte e estoica desmoronou e ela desatou a chorar.

— Sinto muito — disse.

— Vai ficar tudo bem, mamãe; como você disse, vão descobrir um tratamento preventivo — retrucou Anna.

Quando Alice pensou nisso, mais tarde, a ironia lhe pareceu marcante. Por fora, pelo menos, Anna se afigurara a mais forte. Era ela quem mais havia consolado os outros. Porém, isso não a surpreendeu. Anna era a filha que mais se parecia com ela. Tinha o cabelo, as cores e o temperamento da mãe. E seu gene mutado presenilina 1.

— Vou levar adiante a inseminação *in vitro*. Já conversei com meu médico e eles farão um diagnóstico genético antes da implantação dos embriões. Vão testar uma única célula de cada embrião, para pesquisar a mutação, e só implantarão os que não a tiverem. Assim, saberemos com certeza que meus filhos nunca terão isso.

Era uma ótima notícia. Mas, enquanto todos os outros continuavam a saboreá-la, seu gosto tornou-se ligeiramente amargo para Alice. Apesar de se recriminar, ela sentiu inveja da filha, por poder fazer o que ela mesma não pudera — manter os filhos fora de perigo. Anna nunca teria que se sentar diante de sua filha primogênita e vê-la lutar para absorver a notícia de que um dia teria a doença de Alzheimer. Alice desejou que esse tipo de avanço na medicina reprodutiva tivesse estado a seu alcance. Mas, nesse caso, o embrião que se desenvolvera até se transformar em Anna teria sido descartado.

De acordo com Stephanie Aaron, Tom estava bem, mas não era o que parecia. Ele tinha um ar pálido, abalado, frágil. Alice havia imaginado que um resultado negativo para qualquer dos filhos seria um alívio puro e simples. Mas eles eram uma família, unida pela história, pelo DNA e pelo amor. Anna era a irmã mais velha de Tom. Ensinara-o a fazer e estourar bolas de chiclete e sempre lhe dera seus doces no Dia das Bruxas.

— Quem vai contar à Lydia? — perguntou Tom.

— Eu conto — disse Anna.

Maio de 2004

A primeira vez que Alice pensara em dar uma espiada lá dentro tinha sido na semana seguinte ao diagnóstico, mas não o fizera. Biscoitos da sorte, horóscopos, tarô e lares assistenciais não conseguiam despertar seu interesse. Apesar de estar cada dia mais próxima de seu futuro, ela não tinha pressa de vislumbrá--lo. Naquela manhã, não havia acontecido nada de especial para fomentar sua curiosidade ou a coragem de dar uma olhada no interior do Centro Assistencial Solar Mount Auburn. Nesse dia, porém, ela entrou.

O saguão não a intimidou em nada: uma aquarela de uma paisagem marinha pendurada na parede, um tapete oriental desbotado no chão, e uma mulher com maquiagem pesada nos olhos e cabelo curto, preto feito alcaçuz, sentada atrás de uma mesa virada para a porta da frente. Quase se poderia confundi-lo com um saguão de hotel, embora o leve cheiro de remédio e a falta de malas, carregadores e do ir e vir geral não combinassem com essa ideia. As pessoas que viviam ali eram residentes, não hóspedes.

— Posso ajudá-la em alguma coisa? — perguntou a mulher.

— Hum, sim. Vocês cuidam de pacientes com o mal de Alzheimer aqui?

— Sim, temos uma unidade especificamente dedicada a pacientes com Alzheimer. Gostaria de dar uma olhada?

— Sim.

Seguiu a mulher até os elevadores.

— Está procurando acomodação para um de seus pais?

— Estou — mentiu Alice.

As duas aguardaram. Como a maioria das pessoas transportadas por eles, os elevadores eram velhos e demoravam a responder.

— É lindo o seu colar — comentou a mulher.

— Obrigada.

Alice pôs os dedos na altura do esterno e alisou as contas azuis de pasta de vidro nas asas do colar *art nouveau* de sua mãe, em forma de borboleta. A mãe costumava usá-lo apenas no aniversário de casamento e em cerimônias de núpcias e, seguindo seu exemplo, Alice tendia a reservá-lo somente para ocasiões especiais. Mas não havia nenhum evento formal em sua agenda e ela adorava aquele colar, de modo que um dia, no mês anterior, havia experimentado usá-lo com calças jeans e camiseta. Tinha ficado perfeito.

Além disso, gostava de coisas que lhe lembrassem borboletas. Recordava-se de um dia, aos seis ou sete anos, em que havia chorado no quintal pelo destino dessas criaturas, ao saber que elas só viviam durante alguns dias. A mãe a havia consolado, dizendo que não ficasse triste pelas borboletas, porque o simples fato de a vida delas ser curta não significava que fosse trágica. Vendo-as voarem ao sol quente em meio às margaridas do jardim, a mãe lhe dissera: "Está vendo? Elas têm uma vida linda." Alice gostava de se lembrar disso.

Ela e a funcionária saltaram no terceiro andar, atravessaram um longo corredor acarpetado, passando por uma porta dupla sem nenhuma indicação, e pararam. A mulher apontou para a porta quando esta se fechou automaticamente às suas costas.

— A Unidade de Atendimento Especial a Portadores de Alzheimer fica trancada, o que significa que não se pode ultrapassar aquela porta sem saber o código.

Alice olhou para o teclado numérico na parede, ao lado da porta. Os números eram individualmente dispostos de cabeça para baixo e em ordem inversa, da direita para a esquerda.

— Por que os números estão assim?

— Ah, é para impedir que os residentes aprendam e decorem o código.

Parecia uma precaução desnecessária. "Se eles conseguissem lembrar-se do código, provavelmente não precisariam morar aqui, não é?"

— Não sei se a senhora já vivenciou isso com seu pai ou sua mãe, mas a perambulação e a inquietação noturna são comportamentos muito comuns na doença de Alzheimer. Nossa unidade permite que os residentes passeiem a qualquer hora, mas com segurança e sem risco de se perderem. Não lhes damos tranquilizantes à noite nem os restringimos aos quartos. Procuramos ajudá-los a manter o máximo possível de liberdade e independência. Sabemos que isso é importante para eles e para as famílias.

Uma mulher miúda, de cabelos brancos e robe caseiro florido, de cores rosa e verde, confrontou Alice:

— Você não é minha filha.

— Não, sinto muito, não sou.

— Devolva o meu dinheiro!

— Ela não pegou o seu dinheiro, Evelyn. O dinheiro está no seu quarto. Olhe na primeira gaveta da cômoda, acho que você o pôs lá.

A idosa olhou para Alice com desconfiança e aversão, depois seguiu o conselho da autoridade e foi arrastando os pés de volta para o quarto, com seus chinelos atoalhados de um branco sujo.

— Ela tem uma nota de vinte dólares que vive escondendo, por medo de que alguém a roube. Depois, é claro, esquece onde a colocou e acusa todo mundo de roubá-la. Já tentamos fazê-la gastar o dinheiro ou depositá-lo no banco, mas ela não quer. Em algum momento, vai esquecer que o tem, e aí terá acabado a história.

A salvo da investigação paranoica de Evelyn, seguiram sem obstáculos até uma sala de convivência no fim do corredor. Estava povoada por idosos que almoçavam em mesas redondas. Olhando com mais atenção, Alice percebeu que o lugar estava repleto de senhoras.

— Há apenas três homens?

— Na verdade, apenas dois dos trinta e dois residentes são homens. O Harold vem fazer as refeições com a mulher todos os dias.

Talvez voltando às normas de segregação sexual da infância, os dois homens com mal de Alzheimer sentavam-se juntos a uma mesa, separados das mulheres. Andadores atravancavam os espaços entre as mesas. Muitas das mulheres sentavam-se em cadeiras de rodas. Quase todos tinham cabelos brancos e ralos e olhos fundos, ampliados por lentes grossas, e todos comiam em câmera lenta. Não havia interação nem conversa, nem mesmo entre Harold e sua mulher. Os únicos sons, afora os ruídos da refeição, vinham de uma mulher que cantava enquanto comia, e cuja agulha da vitrola interna pulava repetidamente o primeiro verso de "By the Light of the Silvery Moon", vez após outra. Ninguém protestava nem aplaudia.

By the light of the silvery moon.

— Como a senhora deve ter adivinhado, esta é a nossa sala de refeições e atividades. Aqui os residentes tomam o café da manhã, almoçam e jantam nos mesmos horários, todos os dias. As rotinas previsíveis são importantes. As atividades também são praticadas aqui. Temos boliche e vários tipos de jogo da velha, jogos de perguntas e respostas, dança e música, e também trabalhos manuais. Eles fizeram essas lindas gaiolas de passarinhos hoje de manhã. E uma pessoa vem ler os jornais para eles todos os dias, para mantê-los a par dos acontecimentos.

By the light

— Nossos residentes têm ampla oportunidade de manter o corpo e a mente tão ocupados e enriquecidos quanto possível.

of the silvery moon.

— E os familiares e amigos são sempre bem-vindos para participar de qualquer atividade, e podem fazer companhia a seus entes queridos em qualquer refeição.

Afora Harold, Alice não viu nenhum outro ente querido. Nada de maridos, esposas, filhos ou netos, nenhum amigo.

— Também temos uma equipe médica altamente preparada, para o caso de um de nossos residentes precisar de cuidados adicionais.

By the light of the silvery moon.

— Vocês têm algum residente aqui com menos de sessenta anos?

— Ah, não, acho que o mais novo tem setenta. A média etária é de 82, 83. É raro ver uma pessoa com o mal de Alzheimer com menos de sessenta anos.

"A senhora está olhando para uma neste momento."

By the light of the silvery moon.

— Quanto custa tudo isso?

— Posso lhe dar todas as informações na saída, mas adianto que, a partir de janeiro, a diária da Unidade de Atendimento Especial a Portadores de Alzheimer está fixada em 285 dólares.

Alice fez uns cálculos rápidos de cabeça. Cerca de cem mil dólares por ano. Multiplique-se isso por cinco, dez, vinte anos.

— A senhora tem mais alguma pergunta?

By the light

— Não, obrigada.

Alice acompanhou a cicerone de volta à porta dupla trancada e a viu digitar o código.

0791925

Aquele não era o seu lugar.

Fazia um dia raríssimo em Cambridge, aquele tipo de dia mítico com que os habitantes da Nova Inglaterra sonhavam, mas de cuja verdadeira existência passavam a duvidar ano após ano — um ensolarado dia primaveril com 21°C de temperatura. Um dia de céu azul, como se tivesse sido colorido com lápis de cera, um dia para finalmente dispensar o casaco. Um dia que a pessoa não podia desperdiçar sentada num escritório, especialmente se sofresse de Alzheimer.

Alice desviou-se uns dois quarteirões para o sudeste do parque de Harvard e entrou na Ben & Jerry's, com a excitação inebriante de uma adolescente matando aula.

— Quero uma casquinha com três bolas de sorvete de creme de amendoim com chocolate, por favor.

"Não tem problema, eu tomo Lipitor."

Contemplou sua casquinha gigantesca e pesada como se fosse uma estatueta do Oscar, pagou com uma nota de cinco dólares, pôs o troco no pote que dizia "Gorjetas para a Faculdade" e seguiu em direção ao rio Charles.

Muitos anos antes, Alice tinha se convertido ao iogurte congelado, uma alternativa supostamente mais saudável, e se esquecera de como o sorvete de verdade era denso e cremoso, puro prazer. Pensou no que acabara de ver no Centro Assistencial Solar Mount Auburn enquanto lambia o sorvete e caminhava. Precisava de um plano melhor, algo que não incluísse partidas de jogo da velha com Evelyn na Unidade de Atendimento Especial a Portadores de Alzheimer. Algo que não custasse a John uma fortuna, para manter viva e segura uma mulher que já não o reconhecesse e que, nos aspectos mais importantes, também ele não reconhecesse. Alice não queria estar presente naquele ponto em que o ônus, tanto afetivo quanto financeiro, superasse em muito qualquer benefício de continuar viva.

Ela vinha cometendo erros e batalhando para compensá-los, mas tinha certeza de que seu Q.I. ainda ficava pelo menos um desvio-padrão acima da média. E as pessoas com Q.I. médio não se matavam. Bem, algumas sim, mas não por motivos que tivessem a ver com o quociente de inteligência.

Apesar da erosão crescente da memória, seu cérebro ainda lhe prestava bons serviços, de inúmeras maneiras. Nesse exato momento, por exemplo, ela estava tomando seu sorvete sem derramar nada na casquinha nem na mão, usando uma técnica de lamber-e-girar que dominava desde menina e que, provavelmente, estava armazenada em algum lugar próximo das informações sobre "como andar de bicicleta" e "como amarrar o sapato". Enquanto isso, descia o meio-fio e atravessava a rua, e seu córtex motor e seu cerebelo iam resolvendo as complexas equações matemáticas necessárias para que ela se deslocasse até o outro lado, sem cair no meio da rua nem ser atropelada por um carro que passasse. Alice reconhecia o perfume adocicado dos narcisos e um breve aroma de *curry* que vinha do restaurante indiano da esquina. A cada lambida, saboreava o gosto delicioso do chocolate e do creme de amendoim, demonstrando a ativação intacta de suas vias cerebrais do prazer, as mesmas exigidas para a apreciação do sexo ou de uma boa garrafa de vinho.

Em algum momento, porém, ela esqueceria como tomar sorvete de casquinha, como amarrar os sapatos e como andar. Em algum momento, seus neurônios do prazer seriam corrompidos por um ataque de amiloides aderentes e ela já não seria capaz de desfrutar das coisas que amava. Em algum momento, simplesmente não haveria sentido.

Desejou estar com câncer. Trocaria o mal de Alzheimer pelo câncer sem pestanejar. Envergonhou-se de desejar isso, o que decerto era uma barganha inútil, mas, ainda assim, permitiu-se fantasiar. No câncer ela teria algo a combater. Havia a cirurgia, a radioterapia e a quimioterapia. Haveria uma possibilidade de que ela vencesse. Sua família e a comunidade de Harvard se uniriam a sua batalha e a considerariam nobre. E, ainda que no fim ela fosse derrotada, poderia olhá-los nos olhos, consciente, e se despedir antes de ir embora.

A doença de Alzheimer era um monstro de um tipo completamente diferente. Não havia armas capazes de matá-lo. Tomar Aricept e Namenda era como apontar um par de pistolas de água contra um incêndio devastador. John continuava a investigar os medicamentos em processo de ensaio clínico, mas Alice duvidava que algum deles ficasse pronto e fosse capaz de fazer alguma diferença para ela; caso contrário, seu marido já teria telefonado para o dr. Davis, insistindo num modo de fazer com que ela o tomasse. Nesse exato momento, todos os portadores do mal de Alzheimer enfrentavam o mesmo desfecho, tivessem eles oitenta e dois ou cinquenta anos, fossem eles residentes do Centro Assistencial Solar Mount Auburn ou professores titulares de psicologia na Universidade Harvard. O incêndio devastador consumia a todos. Ninguém saía vivo.

E, enquanto a cabeça careca e uma fitinha na lapela eram vistas como insígnias de coragem e esperança, o vocabulário relutante e o desaparecimento das lembranças prenunciavam a instabilidade mental e a loucura iminente. Os pacientes de câncer podiam ter a expectativa de receber apoio de suas comunidades. Alice tinha a expectativa de ser banida. Até as pessoas bem-intencionadas e cultas tendiam a manter uma distância temerosa dos doentes mentais. Ela não queria transformar-se numa pessoa evitada e temida pelas outras.

Aceitando o fato de que realmente fora acometida pelo mal de Alzheimer, de que só podia contar com dois medicamentos de eficácia inaceitável para tratá-lo, e de que não podia trocar nada disso por uma outra doença que fosse curável, o que ela queria? Presumindo-se que o procedimento *in vitro* funcionasse, queria viver para segurar o bebê de Anna no colo e saber que era seu neto. Queria ver Lydia representar um papel de que se orgulhasse. Queria ver Tom apaixonar-se. Queria mais um ano sabático com John. Queria ler todos os livros que pudesse, antes que não conseguisse mais ler.

Riu um pouco, surpresa com o que acabara de revelar a si mesma. Em nenhum ponto dessa lista havia nada referente à linguística, ao magistério ou a Harvard. Comeu o último pedaço da casquinha. Queria mais dias ensolarados de 21°C e casquinhas de sorvete.

E, quando o fardo da doença ultrapassasse o prazer daquele sorvete, ela queria morrer. Mas será que teria, literalmente, presença de espírito para reconhecer o momento em que isso acontecesse? Alice temia, no futuro, não ser capaz de se lembrar e de executar esse tipo de plano. Pedir a John ou a um dos filhos que a ajudassem nisso, de algum modo, estava fora de cogitação. Ela jamais os poria numa situação desse tipo.

Precisava de um plano que comprometesse a Alice do futuro com um suicídio providenciado por ela no presente. Precisava criar um teste simples, algo que pudesse aplicar a si mesma todos os dias. Pensou nas perguntas que lhe tinham sido feitas pelo dr. Davis e pela neuropsicóloga, as que ela já não conseguira responder em dezembro. Pensou no que ainda queria. Não era preciso nenhum brilhantismo intelectual para viver qualquer daquelas coisas. Ela estava disposta a continuar convivendo com graves lacunas na memória de curto prazo.

Tirou o BlackBerry da bolsa Anna William azul-bebê, presente de aniversário recebido de Lydia. Alice a usava todos os dias, pendurada no ombro esquerdo e apoiada no quadril direito. A bolsa tornara-se um acessório indispensável, como a aliança de platina e o relógio de corrida. Ficava ótima com o colar de borboleta. Guardava o telefone celular, o BlackBerry e as chaves. Ela só a tirava para dormir.

Digitou no BlackBerry:

Alice, responda às seguintes perguntas:

1. Em que mês estamos?

2. Onde você mora?

3. Onde fica o seu escritório?

4. Qual é a data de nascimento da Anna?

5. Quantos filhos você tem?

Se tiver dificuldade para responder a qualquer dessas perguntas, procure o arquivo chamado "Borboleta" no seu computador e siga imediatamente as instruções contidas nele.

Regulou o *palmtop* no alarme vibratório, para que a mensagem aparecesse como um lembrete reiterado em sua agenda todas as manhãs, às 8h, sem data de término. Percebeu que havia muitos problemas potenciais nesse projeto, que de modo algum era garantido, imune à idiotia. Restou-lhe apenas torcer para abrir o arquivo "Borboleta" antes de se transformar nessa idiota.

ALICE PRATICAMENTE CORREU PARA A aula, preocupada com o fato de certamente estar atrasada, mas nada havia começado sem a sua presença quando chegou lá. Sentou-se numa cadeira do corredor, na quarta fileira a contar do fundo, no lado esquerdo. Alguns alunos foram entrando aos poucos pelas portas traseiras do auditório, mas, em sua maioria, a turma estava lá, pronta. Alice consultou o relógio de pulso: 10h05. O relógio da parede concordou, o que era extremamente incomum. Tratou de se manter ocupada. Consultou o roteiro de aula e repassou rapidamente suas anotações da aula anterior. Preparou uma lista de coisas a fazer no restante do dia:

Laboratório
Seminário
Corrida
Estudar para a prova final

Hora: 10h10. Alice tamborilou com a caneta, ao som de "My Sharona".

Os estudantes se agitaram, ficando inquietos. Verificaram seus cadernos e o relógio da parede, folhearam e fecharam livros didáticos, ligaram laptops, clicaram e digitaram. Terminaram seus copos de café. Amassaram embalagens de barras de chocolate, batatas fritas e várias outras guloseimas que comeram. Morderam tampas de canetas e roeram as unhas. Giraram o tronco para examinar o fundo da sala, inclinaram-se para falar com amigos em outras fileiras, levantaram sobrancelhas e encolheram os ombros. Cochicharam e deram risinhos.

— Talvez seja algum professor convidado — disse uma moça sentada umas duas fileiras atrás de Alice.

Ela tornou a abrir seu roteiro de motivação e emoção. Terça-feira, 4 de maio: *Tensão, desamparo e controle* (capítulos 12 & 14). Nada sobre um professor convidado. A energia da sala mudou da expectativa para a dissonância incômoda. Os alunos pareciam grãos de milho no fogo quente. Quando o primeiro espocasse, os outros o seguiriam, mas ninguém sabia quem seria o primeiro nem quando. A regra formal de Harvard dizia que os estudantes tinham que esperar vinte minutos pelo professor atrasado antes que a aula fosse oficialmente cancelada. Sem ter medo de ser a primeira, Alice fechou o caderno, pôs a tampa na caneta e guardou tudo na pasta. 10h21. Já era o bastante.

Ao se virar para sair, olhou para as quatro jovens sentadas atrás dela. Todas levantaram a cabeça e sorriram, provavelmente agradecidas por ela haver liberado a tensão e tê-las libertado. Alice ergueu o pulso, exibindo a hora como um dado irrefutável.

— Quanto a vocês, eu não sei, pessoal, mas tenho coisas melhores para fazer.

Subiu a escada, saiu do auditório por uma porta dos fundos e não olhou para trás.

SENTOU-SE NO ESCRITÓRIO E FICOU observando o trânsito luminoso da hora do *rush* avançar lentamente pela alameda do Memorial. Seu quadril vibrou. Oito horas da manhã. Tirou o BlackBerry da bolsa azul-bebê.

Alice, responda às seguintes perguntas:

1. *Em que mês estamos?*
2. *Onde você mora?*
3. *Onde fica o seu escritório?*
4. *Qual é a data de nascimento da Anna?*
5. *Quantos filhos você tem?*

Se tiver dificuldade para responder a qualquer dessas perguntas, procure o arquivo chamado "Borboleta" no seu computador e siga imediatamente as instruções contidas nele.

Maio
Rua dos Choupos nº 34, Cambridge, MA 02138
Edifício William James, sala 1.002
14 de setembro de 1977
Três

Junho de 2004

Uma mulher inequivocamente idosa, de unhas e lábios rosa-
-shocking, fazia cócegas numa garotinha de uns cinco anos, que
devia ser sua neta. Ambas pareciam estar se divertindo muito.
O anúncio dizia: "A N° I ENTRE AS FAZEDORAS DE CÓCEGAS
NA BARRIGA toma o remédio n° 1 receitado para a doença de
Alzheimer." Alice estivera folheando a *Boston Magazine*, mas
não tinha conseguido passar dessa página. O ódio por aquela
mulher e pela propaganda inundou-a feito um líquido fervente.
"O Aricept pode ajudar a retardar a progressão dos sintomas
da doença de Alzheimer, como a perda da memória, ajudando
as pessoas a serem como elas são por mais tempo." Examinou a
imagem e o texto, esperando seus pensamentos alcançarem o que
a intuição havia compreendido, mas, antes que pudesse descobrir
por que se sentia tão pessoalmente agredida, a dra. Moyer abriu
a porta do consultório.

— E então, Alice? Vejo que você vem tendo alguma dificuldade
para dormir. Diga-me o que está acontecendo.

— Tenho levado bem mais de uma hora para pegar no sono e,
quando consigo, em geral acordo umas duas horas depois, e aí
acontece tudo de novo.

— Você tem sentido ondas de calor ou desconforto físico na
hora de dormir?

— Não.

— Que remédios está tomando?

— Aricept, Namenda, Lipitor, vitaminas C e E e aspirina.

— Bem, infelizmente, a insônia pode ser um efeito colateral do
Aricept.

— Certo, mas não vou suspender o Aricept.

— Me diga o que você faz quando não consegue dormir.

— Em geral, fico deitada e me preocupo. Sei que as coisas vão piorar muito, mas não sei quando, e tenho medo de dormir e acordar na manhã seguinte sem saber onde estou, nem quem sou nem o que faço. Sei que é irracional, mas tenho essa ideia de que a doença de Alzheimer só pode matar meus neurônios quando estou dormindo, então, enquanto eu permanecer acordada e meio que de sentinela, continuarei a ser eu mesma.

"Sei que toda essa angústia me deixa acordada — prosseguiu —, mas parece que não consigo evitar. Quando vejo que não vou conseguir pegar no sono, começo a me preocupar, e aí não consigo dormir por estar preocupada. Só de contar isso a você já fico exausta."

Apenas parte do que ela dissera era verdade. Alice realmente se preocupava. Mas vinha dormindo como um anjo.

— Você é tomada por esse tipo de angústia em algum outro horário do dia?

— Não.

— Eu poderia lhe receitar um SSRI, um inibidor seletivo de reabsorção de serotonina.

— Não quero tomar antidepressivos. Não estou deprimida.

A verdade era que talvez andasse meio deprimida. Fora diagnosticada com uma doença incurável, fatal. Sua filha também. Havia parado quase por completo de viajar; suas aulas, antes dinâmicas, tinham se tornado insuportavelmente maçantes; e até nas raras ocasiões em que ficava em casa na companhia dela, John parecia estar a milhões de léguas de distância. Portanto, sim, ela andava meio triste. Mas isso parecia ser uma reação apropriada, considerando-se a situação, e não uma razão para acrescentar mais um medicamento, com mais efeitos colaterais, à sua dose diária. E não era para isso que ela estava ali.

— Podemos tentar o Restoril, um comprimido por noite, na hora de dormir. Ele a fará pegar no sono depressa e permitirá que continue dormindo por umas seis horas, e você não deve acordar grogue de manhã.

— Eu quero alguma coisa mais forte.

Houve uma longa pausa.

— Acho que eu gostaria que você marcasse outra consulta e voltasse com seu marido, para podermos falar em receitar uma coisa mais forte.

— Isto não diz respeito ao meu marido. Não estou deprimida e não estou desesperada. Tenho consciência do que estou pedindo, Tamara.

A dra. Moyer estudou seu rosto atentamente. Alice estudou o dela. Ambas haviam passado dos quarenta, eram mais moças do que velhas, e ambas eram casadas e profissionais altamente instruídas. Alice não conhecia a política de sua médica. Consultaria outro médico, se fosse preciso. Sua demência ia piorar. Ela não podia correr o risco de esperar mais. Talvez se esquecesse.

Havia ensaiado um diálogo adicional, mas não precisou usá-lo. A dra. Moyer pegou o receituário e começou a escrever.

Estava de volta àquela salinha minúscula de exame com a Sarah de tal, a neuropsicóloga. A mulher acabara de se apresentar a ela de novo, um minuto antes, mas Alice já havia esquecido o sobrenome. Não era um bom augúrio. Mas a sala era exatamente tal como a recordava de dezembro — apertada, estéril e impessoal. Continha uma escrivaninha com um computador iMac, duas cadeiras de lanchonete e um armário de arquivo de metal. Mais nada. Nem janelas nem plantas, nem quadros ou calendários nas paredes ou na escrivaninha. Nenhuma distração, nenhuma dica possível, nenhuma associação fortuita.

Sarah de tal começou pelo que quase pareceu um diálogo costumeiro.

— Alice, qual é a sua idade?

— Cinquenta anos.

— Quando você completou cinquenta anos?

— Em 11 de outubro.

— E que época do ano é esta?

— Primavera, mas já está parecendo verão.

— Eu sei, hoje está quente lá fora. E onde estamos neste momento?

— Na Unidade de Distúrbios da Memória do Hospital Geral de Massachusetts, em Boston, Massachusetts.

— Você pode me dizer o nome das quatro coisas que aparecem nesta imagem?

— Um livro, um telefone, um cavalo e um carro.

— E o que é isto na minha camisa?

— Um botão.

— E esse negócio no meu dedo?

— Um anel.

— Você pode soletrar para mim a palavra "mundo" de trás para frente?

— O - D - N - U - M.

— Repita depois de mim: quem, o quê, quando, onde, por quê.

— Quem, o quê, quando, onde, por quê.

— Pode levantar a mão, fechar os olhos e abrir a boca?

Ela o fez.

— Alice, quais eram aqueles quatro objetos da imagem que você nomeou antes?

— Um cavalo, um carro, um telefone e um livro.

— Ótimo, e escreva uma frase para mim aqui.

Não consigo acreditar que um dia não serei capaz de fazer isto.

— Ótimo, agora me diga em um minuto todas as palavras que puder, começadas pela letra S.

— Sarah, substantivo, simplório, som. Sobreviver, sintoma. Sexo. Sério. Substantivo. Opa, essa eu já soltei. Soltar. Susto.

— Agora, diga todas as palavras iniciadas por F que puder.

— Falhar. Frustração. Festa. Força, fuga, forma. Foda.

Alice riu, surpresa consigo mesma.

— Sinto muito por essa.

"Sentir começa com S."

— Tudo bem, essa eu escuto muitas vezes.

Alice perguntou-se quantas palavras teria conseguido matraquear um ano antes. Pensou em quantas palavras por minuto seriam consideradas normais.

— Agora, diga o nome de todos os legumes que puder.

— Aspargo, brócolis, couve-flor. Alho-poró, cebola. Pimenta. Pimenta... não sei, não consigo pensar em mais nenhum.

— Por último, diga o nome de todos os animais quadrúpedes que puder.

— Cão, gato, leão, tigre, urso. Zebra, girafa. Gazela.

— Agora, leia esta frase em voz alta para mim.

Sarah de tal entregou-lhe uma folha de papel.

— Na terça-feira, dia dois de julho, em Santa Ana, na Califórnia, um incêndio florestal fechou o aeroporto John Wayne e deixou trinta passageiros ilhados, além de seis crianças e dois bombeiros — leu Alice.

Era uma história do NYU, um teste de desempenho da memória declarativa.

— Agora, conte-me o maior número de detalhes que puder sobre a história que acabou de ler.

— Na terça-feira, dois de julho, em Santa Ana, na Califórnia, um incêndio deixou trinta pessoas presas num aeroporto, inclusive seis crianças e dois bombeiros.

— Ótimo. Agora, vou lhe mostrar uma série de imagens em cartões e você só me dirá o nome delas.

O Teste de Denominação de Palavras de Boston.

— Mala, cata-vento, telescópio, iglu, ampulheta, rinoceronte.

— "Um animal quadrúpede." — Raquete. Ah, espere, eu sei o que é isso, é um suporte para plantas, uma gelosia? Não. Uma treliça! Acordeão, *pretzel*, chocalho. Ah, espere de novo. Temos uma dessas no nosso quintal em Cape Cod. Fica entre as árvores, a gente se deita nela. Não é radar. É rédea? Não. Ah, meu Deus, começa com R, mas não consigo me lembrar.

Sarah de tal fez uma anotação em sua folha de avaliação. Alice teve vontade de argumentar que sua omissão tanto poderia ser um caso normal de bloqueio quanto um sintoma do mal de Alzheimer. Até entre universitários perfeitamente sadios era típico haver um ou dois esquecimentos semanais desses em que a palavra fica na ponta da língua.

— Não faz mal, vamos continuar.

Alice nomeou o resto das imagens sem maiores dificuldades, mas continuou sem conseguir ativar o neurônio codificador do nome que faltava para aquela cama de pano em que a pessoa tirava um cochilo. A deles ficava entre duas píceas no quintal de Chatham, em Cape Cod. Recordou-se de muitos cochilos de fim de tarde que tirara nela com John, do prazer da brisa na sombra, da interseção formada pelo peito e ombro dele a lhe servir de travesseiro, da fragrância conhecida do amaciante de roupas na camisa de algodão que ele usava, combinada com os aromas estivais da pele bronzeada e salgada de mar, inebriando-a a cada inspiração. Ela conseguiu lembrar-se de tudo isso, mas não da droga da coisa que começava com R em que os dois se deitavam.

Passou sem esforço pelo Teste de Arranjos de Imagens WAIS-R, pelas Matrizes Coloridas Progressivas de Raven, pelo Teste de Rotação Mental de Luria, pelo teste de Stroop e pela cópia e rememoração de figuras geométricas. Consultou o relógio. Fazia pouco mais de uma hora que estava naquela salinha.

— Muito bem, Alice, agora eu gostaria que você tornasse a pensar naquela historinha que leu antes. O que pode me dizer sobre ela?

Alice engoliu o pânico e ele se alojou, pesado e volumoso, logo acima do seu diafragma, tornando incômodo respirar. Ou suas vias de acesso aos detalhes da história eram intransponíveis, ou lhe faltava a força eletroquímica necessária para bater nos neurônios que os abrigavam com força suficiente para que eles ouvissem. Fora da salinha em que estava, ela podia consultar as informações perdidas em seu BlackBerry. Podia reler os e-mails e escrever lembretes para si mesma em folhinhas adesivas. Podia contar com o respeito certeiro que seu cargo em Harvard inspirava. Fora daquela salinha, podia esconder suas vias intransponíveis e seus sinais neuronais frouxos. E, mesmo sabendo que os testes se destinavam a revelar aquilo a que ela não conseguia ter acesso, foi apanhada desprevenida e se envergonhou.

— Eu não me lembro de muita coisa.

Ali estava ela, sua doença de Alzheimer, nua e crua sob a luz fluorescente, exposta para que Sarah de tal a examinasse e a julgasse.

— Tudo bem, me diga o que você consegue lembrar, qualquer coisa.

— Bem, acho que era sobre um aeroporto.

— A história aconteceu num domingo, numa segunda, terça ou quarta?

— Não me lembro.

— Então, dê um palpite.

— Segunda.

— Houve um furacão, uma enchente, um incêndio florestal ou uma avalanche?

— Um incêndio florestal.

— A história aconteceu em abril, maio, junho ou julho?

— Julho.

— Qual aeroporto foi fechado: John Wayne, Dulles ou LAX?

— LAX.

— Quantos passageiros ficaram ilhados: trinta, quarenta, cinquenta ou sessenta?

— Não sei, sessenta.

— Quantas crianças ficaram presas: duas, quatro, seis ou oito?

— Oito.

— Quem mais ficou preso com as crianças: dois bombeiros, dois policiais, dois executivos ou dois professores?

— Dois bombeiros.

— Ótimo, terminamos por aqui. Vou levá-la ao dr. Davis.

Ótimo? Seria possível que ela se lembrasse da história, mas não soubesse que lembrava?

* * *

Entrou no consultório do dr. Davis e ficou surpresa ao ver que John já estava lá, sentado na cadeira que permanecera visivelmente vazia em suas duas consultas anteriores. Agora estavam todos presentes, Alice, John e o dr. Davis. Ela mal pôde acreditar que aquilo estivesse realmente acontecendo, que aquela fosse sua vida, que ela fosse uma mulher doente em consulta com um neurologista, acompanhada pelo marido. Sentiu-se quase como um personagem de uma peça: a mulher com doença de Alzheimer. O marido estava com seu *script* no colo. Só que não era um *script*, era o "Questionário de atividades da vida cotidiana". (*Interior do consultório médico. O neurologista da mulher senta-se em frente ao marido dela. Entra a mulher.*)

— Sente-se, Alice. Acabei de passar uns minutinhos aqui conversando com o John.

John girava a aliança e balançava a perna direita. As cadeiras estavam encostadas, e por isso ele fazia a dela vibrar. Do que os dois teriam falado? Teve vontade de conversar com John em particular antes de começarem, de descobrir o que havia acontecido e combinar o que ambos diriam. E teve vontade de pedir ao marido que parasse de sacudi-la.

— Como vai você? — perguntou o dr. Davis.

— Vou bem.

Ele lhe sorriu. Foi um sorriso gentil, que aparou as arestas de sua apreensão.

— Muito bem, como vai a sua memória? Alguma outra preocupação ou mudança desde a última vez que esteve aqui?

— Bem, eu diria que tenho tido mais dificuldade para controlar meus horários. Tenho que consultar o BlackBerry e minhas listas de coisas por fazer o dia inteiro. E agora detesto falar ao telefone. Quando não posso ver a pessoa com quem estou falando, tenho muita dificuldade de compreender a conversa inteira. Em geral, perco o fio do que a pessoa diz enquanto persigo as palavras dentro da cabeça.

— E quanto à desorientação, houve algum outro episódio em que você tenha ficado perdida ou confusa?

— Não. Bem, às vezes fico confusa quanto à hora, mesmo consultando o relógio, mas acabo descobrindo que horas são. Uma vez, fui ao meu escritório achando que era de manhã e só quando cheguei em casa foi que percebi que era o meio da madrugada.

— É? — perguntou John. — Quando foi isso?

— Não sei, no mês passado, eu acho.

— Onde eu estava?

— Dormindo.

— E por que só estou sabendo disso agora, Ali?

— Não sei, será porque me esqueci de lhe dizer?

Alice sorriu, mas isso não pareceu alterá-lo. Se tanto, as arestas de apreensão do marido tornaram-se um pouco mais ásperas.

— Esse tipo de confusão e perambulação noturna é muito comum, e é provável que aconteça de novo. Talvez você deva pensar em pendurar uma sineta na porta da entrada, ou alguma outra coisa que acorde o John, se ela for aberta no meio da noite. E é bom que você se inscreva no programa de Retorno Seguro da Associação de Portadores de Alzheimer. Acho que custa uns quarenta dólares, e você passa a usar uma pulseira de identidade com um código pessoal.

— Eu tenho o telefone do John programado no meu celular, que carrego comigo o tempo todo nesta bolsa.

— Certo, isso é bom, mas e se a bateria descarregar, ou se o telefone do John estiver desligado e você se perder?

— Que tal um papel na minha bolsa que tenha o meu nome, o do John, nosso endereço e nossos telefones?

— Isso pode funcionar, desde que você o carregue sempre consigo. Você pode esquecer de levar a bolsa. Na pulseira você não precisaria se preocupar.

— É uma boa ideia — disse John. — Ela vai usá-la.

— Como está indo com os remédios? Você tem tomado todas as doses?

— Tenho.

— Algum problema com efeitos colaterais, náusea, tonteiras?

— Não.

— Excetuando a sua noite no escritório, você tem tido problemas para dormir?

— Não.

— Continua a fazer exercícios com regularidade?

— Sim, eu continuo a correr uns oito quilômetros, em geral todos os dias.

— John, você também corre?

— Não, eu vou e volto do trabalho a pé, e só.

— Acho que seria boa ideia se você começasse a correr junto com a Alice. Existem dados convincentes de experiências com animais que sugerem que o simples exercício é capaz de retardar a acumulação de beta-amiloides e o declínio cognitivo.

— Eu vi esses estudos — comentou Alice.

— Certo, então continue com as corridas. Mas eu gostaria que você tivesse um parceiro, e assim não precisaríamos nos preocupar com a possibilidade de você se perder ou de deixar de fazer a corrida por tê-la esquecido.

— Vou começar a correr junto com ela.

John detestava correr. Jogava squash e tênis e uma ou outra partida de golfe, mas nunca corria. Agora, sem dúvida podia superar mentalmente sua mulher, mas, em termos físicos, ela ainda estava léguas à frente. Alice adorou a ideia de correr junto com o marido, mas duvidou que ele conseguisse comprometer-se com isso.

— Como anda o seu estado de humor? Você tem se sentido bem?

— Em geral, sim. Decididamente, fico muito frustrada e exausta ao tentar acompanhar o curso de tudo. E me inquieto com o que nos espera no futuro. Mas, afora isso, eu me sinto a mesma, melhor, até, em certos aspectos, depois que contei ao John e aos meninos.

— Você já contou a alguém de Harvard?

— Não, ainda não.

— Conseguiu dar suas aulas e cumprir todas as suas responsabilidades profissionais neste semestre?

— Consegui. Exigiu muito mais de mim do que no semestre passado, mas consegui.

— Você tem viajado sozinha, para ir a conferências e palestras?

— Praticamente parei. Cancelei duas palestras em universidades e deixei de ir a uma conferência importante em abril, e estou perdendo a da França este mês. Normalmente, eu viajo muito no verão, nós dois viajamos, mas este ano vamos passar a estação inteira na nossa casa de Chatham. Iremos para lá na semana que vem.

— Ótimo, isso é maravilhoso. Muito bem, parece que você será bem cuidada durante o verão. Mas acho que deve fazer um projeto para o outono sobre como falar com o pessoal de Harvard, talvez propor um modo de enfrentar a transição da saída do emprego que seja bom para você, e creio que, a essa altura, viajar sozinha deve ficar fora de cogitação.

Alice assentiu com a cabeça. Tinha pavor de setembro.

— Há também umas questões legais que convém planejar agora, umas instruções antecipadas, como uma procuração e um testamento sobre providências em vida. Você já pensou se gostaria ou não de doar seu cérebro para a pesquisa?

Ela havia pensado. Imaginara seu cérebro exangue, banhado em formol e com uma cor idiota de massa de vidraceiro, repousando nas mãos em concha de um estudante de medicina. O professor apontaria os vários sulcos e giros, indicando a localização do córtex somatossensorial, do córtex auditivo e do córtex visual. O cheiro do mar, os sons das vozes de seus filhos, as mãos e o rosto de John. Ou então o imaginara cortado em fatias coronais finas, feito presunto de delicatéssen, e aderido a lâminas de vidro. Numa preparação desse tipo, os ventrículos ampliados seriam impressionantes. Os espaços vazios em que um dia ela havia morado.

— Sim, eu gostaria de doá-lo.

John encolheu-se na cadeira.

— Certo, pedirei para você preencher a papelada antes de sair. John, posso ver o questionário que você trouxe?

"O que será que ele disse sobre mim nesse papel?" Os dois nunca falariam do questionário.

— Quando foi que a Alice lhe falou do diagnóstico?

— Logo depois que ela ficou sabendo.

— Certo, e como diria que ela tem estado desde então?

— Muito bem, eu acho. O que ela falou sobre o telefone é verdade. Ela não quer mais atendê-lo. Ou eu atendo, ou ela deixa a secretária eletrônica pegar o recado. Passou a ficar grudada no BlackBerry, de um modo quase compulsivo. Às vezes ela o consulta de dois em dois minutos de manhã, antes de sair de casa. É meio difícil assistir a isso.

Cada vez mais, John parecia não suportar olhá-la. Quando o fazia, era com um olhar clínico, como se Alice fosse um de seus ratos de laboratório.

— Mais alguma coisa, algo que a Alice não tenha mencionado?

— Nada de que eu me lembre.

— Como vão o humor e a personalidade dela, alguma mudança que você tenha notado?

— Não, ela é a mesma de sempre. Talvez um pouco mais defensiva. E mais calada, já não toma tanto a iniciativa de conversar.

— E você, como está?

— Eu? Tudo bem.

— Tenho umas informações para você levar sobre o nosso grupo de apoio aos cuidadores. A Denise Daddario é a assistente social daqui. Você pode marcar uma consulta com ela e conversar sobre o que está acontecendo.

— Uma consulta para mim?

— Sim.

— Eu realmente não preciso disso, estou bem.

— Certo. Bem, temos esses recursos aqui, se você vier a achar que precisa deles. Agora, tenho umas perguntas para a Alice.

— Na verdade, eu queria falar de umas terapias adicionais e de uns ensaios clínicos — disse John.

— Está bem, faremos isso, mas, primeiro, vamos terminar o exame dela. Alice, que dia da semana é hoje?

— Segunda-feira.

— E quando você nasceu?

— Em 11 de outubro de 1953.

— Quem é o vice-presidente dos Estados Unidos?

— Dick Cheney.

— O.k., agora vou lhe dar um nome e um endereço, e você o repetirá para mim. Depois, pedirei que o repita outra vez, mais tarde. Está pronta? John Black, rua Oeste, nº 42, Brighton.

— O mesmo da última vez.

— Sim, é o mesmo, muito bem. Pode repeti-lo para mim?

— John Black, rua Oeste, 42, Brighton.

"John Black, rua Oeste, 42, Brighton."

"O John nunca usa preto, a Lydia mora no oeste do país, o Tom mora em Brighton, oito anos atrás eu tinha quarenta e dois."

"John Black, rua Oeste, 42, Brighton."

— Muito bem, você pode contar até vinte, primeiro na ordem certa, depois de trás para diante?

Alice obedeceu.

— Agora, quero que você levante o número de dedos da sua mão esquerda que corresponde ao lugar ocupado no alfabeto pela primeira letra da cidade em que estamos.

Ela repetiu mentalmente o que dissera o médico, depois fez o sinal de paz com os dedos indicador e médio da mão esquerda.

— Ótimo. Agora, como se chama isto aqui no meu relógio?

— Fecho.

— Certo. Agora, escreva neste pedaço de papel uma frase sobre o tempo que está fazendo hoje.

Está nublado, quente e úmido.

— Do outro lado do papel, desenhe um relógio que marque três horas e quarenta e cinco minutos.

Alice desenhou um círculo grande e preencheu os números, começando no alto pelo doze.

— Xi, fiz o círculo grande demais — comentou, rabiscando o desenho.

3:45

— Não, digital não. Quero um relógio analógico — disse o dr. Davis.

— Bem, você quer ver se eu sei desenhar ou se ainda sei ver as horas? Se você desenhar um mostrador para mim, eu posso lhe mostrar três e quarenta e cinco. Nunca fui boa em desenho.

Quando Anna tinha três anos, adorava cavalos e costumava pedir à mãe que os desenhasse para ela. As criações de Alice assemelhavam-se, na melhor das hipóteses, a uma mistura pós--moderna de cachorro com dragão, e nunca conseguiam satisfazer nem mesmo a imaginação extravagante e generosamente receptiva de sua filha em idade pré-escolar. "Não, mamãe, isso não, desenha um cavalo pra mim."

— Na verdade, estou querendo ver as duas coisas, Alice. A doença de Alzheimer afeta os lobos parietais bem cedo, e é neles que guardamos nossas representações internas do espaço extra-pessoal. John, é por isso que eu quero que você vá correr com a Alice.

John assentiu com a cabeça. Os dois estavam se juntando contra ela.

— John, você sabe que eu não sei desenhar.

— Alice, é um relógio, não é um cavalo.

Chocada por não ser defendida pelo marido, ela o fuzilou com os olhos e levantou as sobrancelhas, dando-lhe uma segunda chance de ratificar sua postura perfeitamente válida. John apenas a encarou e girou a aliança.

— Se você desenhar um relógio para mim, eu lhe mostro três e quarenta e cinco.

O dr. Davis desenhou um mostrador numa nova folha de papel e Alice desenhou os ponteiros, indicando a hora certa.

— Muito bem, agora eu gostaria que você me dissesse aquele nome e endereço que lhe pedi para gravar.

— John Black, rua Oeste, não sei o quê, Brighton.

— O.k., o número era 42, 44, 46 ou 48?

— Quarenta e oito.

O dr. Davis escreveu alguma coisa extensa no papel com o desenho do relógio.

— John, pare de sacudir minha cadeira, por favor.

— Certo, agora podemos falar das opções de ensaios clínicos. Há vários estudos sendo feitos aqui e no Hospital Brigham. O que me agrada mais para você, Alice, vai começar a inscrever pacientes este mês. É um estudo na fase III sobre uma droga chamada Amylix. Ela parece ligar-se às proteínas beta-amiloides e impedir sua agregação em placas, e por isso, ao contrário dos remédios que você vem tomando, existe uma esperança de que possa impedir que a doença continue a avançar. O estudo da fase II foi muito animador. A droga foi bem tolerada e, depois de um ano de uso, o funcionamento cognitivo dos pacientes pareceu parar de declinar, ou até melhorar.

— Imagino que haja um grupo de controle recebendo um placebo, não é? — perguntou John.

— Sim, é um procedimento de método duplo-cego, com administração aleatória de um placebo ou de uma das duas doses da medicação.

"Ou seja, eu poderia receber apenas pílulas de açúcar." Alice desconfiava que as placas de beta-amiloides não davam a mínima para os efeitos do placebo ou para a força do pensamento positivo.

— O que você acha dos inibidores de secretase? — indagou John.

Era desses que ele gostava mais. As secretases eram enzimas naturalmente produzidas que liberavam níveis normais e não nocivos de beta-amiloides. A mutação na secretase da presenilina 1 de Alice insensibilizava-a para a regulação adequada, e ela produzia um excesso de proteínas beta-amiloides. O excesso era prejudicial. Alguém tinha aberto uma torneira que não podia ser fechada. A pia de Alice estava transbordando rapidamente.

— No momento, os inibidores de secretase são tóxicos demais para utilização clínica, ou...

— E quanto ao Flurizan?

Anti-inflamatório semelhante ao Advil, o Flurizan, segundo a empresa Myriad Pharmaceuticals, reduzia a produção da proteína beta-amiloide 42. Menos água na pia.

— É, esse tem recebido bastante atenção. Há um estudo de fase II em andamento, mas só no Canadá e no Reino Unido.

— O que você acha de a Alice tomar flurbiprofeno?

— Ainda não temos dados que digam se ele é ou não eficaz no tratamento da doença de Alzheimer. Se a Alice resolver não se inscrever num ensaio clínico, eu diria que, provavelmente, ele não poderia fazer mal. Mas, se ela quisesse participar de um estudo, o flurbiprofeno seria considerado um tratamento de Alzheimer em fase de investigação, e o uso dele a excluiria do estudo.

— Muito bem, e quanto ao anticorpo monoclonal de Elan? — perguntou John.

— Ele é bom, mas ainda está na fase I e, no momento, as inscrições estão fechadas. Presumindo-se que seja aprovado com segurança, é provável que só deem início à fase II na primavera do ano que vem, no mínimo, e eu gostaria de incluir a Alice antes disso num ensaio, se for possível.

— Alguma vez você já submeteu alguém à terapia com IgIV?

John também gostava da ideia desse tratamento. Derivada de plasma sanguíneo obtido de doadores, a imunoglobulina intravenosa já fora aprovada como uma alternativa segura e eficaz para o tratamento de imunodeficiências primárias e de vários distúrbios neuromusculares autoimunes. Seria cara e não reembolsável pela seguradora, por causa de seu uso ainda não aprovado pela Food and Drug Administration no tratamento do mal de Alzheimer, mas valeria qualquer preço, se funcionasse.

— Nunca a usei em nenhum paciente. Não sou contra, mas não sabemos qual é a dosagem adequada, além de ser um método muito inespecífico e rudimentar. Eu não esperaria que surtisse efeitos significativos.

— Estamos dispostos a aceitar efeitos pouco significativos — disse John.

— Certo, mas você precisa entender do que estaria abrindo mão. Se resolver adotar a terapia com IgIV, a Alice não poderá se inscrever em nenhum desses ensaios clínicos com tratamentos potencialmente mais específicos e modificadores da doença.

— Mas ela teria a garantia de não ficar num grupo placebo.

— É verdade. Há riscos em qualquer das duas decisões.

— Eu teria que suspender o Aricept e o Namenda para participar do ensaio clínico? — interpôs Alice.

— Não, você continuaria a tomá-los.

— Poderia fazer terapia de reposição de estrogênio?

— Poderia. Há relatos de indícios suficientes para sugerir que ela proporciona pelo menos um certo grau de proteção, de modo que eu posso lhe dar uma receita de adesivo CombiPatch. Só que, mais uma vez, ele seria considerado uma droga em investigação e você não poderia participar do ensaio com o Amylix.

— Por quanto tempo eu participaria do ensaio?

— É um estudo de quinze meses.

— Como se chama a sua mulher?

— Lucy.

— O que você gostaria que a Lucy fizesse, se tivesse essa doença?

— Eu gostaria que ela se inscrevesse no ensaio com o Amylix.

— Quer dizer que o Amylix é a única opção que você pode recomendar? — perguntou John.

— É.

— Acho que deveríamos fazer a IgIV junto com o flurbiprofeno e o CombiPatch — disse John.

O consultório caiu numa quietude estática. Uma enorme quantidade de informações acabara de ser apresentada. Alice apertou os olhos com os dedos e tentou pensar analiticamente em suas opções de tratamento. Fez o melhor que pôde para montar colunas e fileiras na cabeça, para comparar todos os medicamentos, mas seu gráfico imaginário não ajudou, e ela o jogou fora, na lata de lixo também imaginária. Pensou então conceitualmente, e chegou a uma única imagem nítida que fazia sentido. Estava entre uma espingarda e uma única bala de revólver.

— Vocês não precisam tomar uma decisão sobre isso hoje. Podem ir para casa, pensar um pouco mais no assunto e voltar a falar comigo.

Não, ela não precisava pensar mais no assunto. Era uma cientista. Sabia como era arriscar tudo sem nenhuma garantia, em busca da verdade desconhecida. Como fizera inúmeras vezes ao longo dos anos, com suas próprias pesquisas, optou pelo tiro.

— Quero fazer o ensaio.

— Ali, eu acho que você deveria confiar em mim nisso — disse John.

— Ainda posso tirar minhas próprias conclusões, John. Quero participar do ensaio.

— Certo, vou buscar os formulários para você assinar.

(Interior do consultório médico. O neurologista sai da sala. O marido gira a aliança. A mulher anseia pela cura.)

Julho de 2004

— John, John, você está em casa?

Alice tinha certeza de que não, mas, ultimamente, ter certeza era algo com lacunas demais para conter o significado que tivera antes. John havia saído para ir a algum lugar, mas ela não se lembrava de quando nem para onde ele fora. Teria ido ao mercado para comprar leite ou café? Teria ido alugar um filme? Em ambos os casos, estaria de volta a qualquer momento. Ou será que voltara de carro para Cambridge, e, nesse caso, ficaria fora por, no mínimo, algumas horas, talvez a noite inteira? Ou teria finalmente decidido que não podia enfrentar o que o futuro lhes reservava e simplesmente fora embora, para nunca mais voltar? Não, ele não faria isso. Alice tinha certeza.

Sua casa de Chatham, em Cape Cod, construída em 1990, parecia maior, mais aberta e menos compartimentada que a de Cambridge. Alice entrou na cozinha. Não se parecia nada com sua cozinha de casa. O efeito descorado das paredes e armários pintados de branco, dos eletrodomésticos brancos, das banquetas brancas do bar e do piso de lajotas brancas só era levemente quebrado pelos tampos de pedra-sabão das bancadas, e por borrifos de azul-cobalto em diversos recipientes de cerâmica branca e vidro transparente. A cozinha lembrava uma página de livro de colorir que só tivesse sido cautelosamente preenchida com um único lápis azul.

Os dois pratos e os guardanapos usados, no tampo da bancada central, evidenciavam um jantar à base de salada, espaguete e molho de tomate. Uma das taças ainda continha um resto de vinho branco. Com a curiosidade desapaixonada de um cientista forense, Alice a pegou e testou a temperatura do vinho, encostando-a nos lábios. Ainda estava meio gelado. Ela se sentia saciada. Consultou a hora. Passava um pouco das nove.

Fazia uma semana que estavam em Chatham. Em anos anteriores, após uma semana afastada das preocupações do dia a dia em Harvard, ela estaria totalmente investida no estilo de vida descontraído que Cape Cod impunha, e mergulhada no terceiro ou quarto livro. Nesse ano, porém, o horário cotidiano de Harvard, embora apertado e exigente, tinha lhe proporcionado uma estrutura conhecida e reconfortante. Reuniões, simpósios, horários de aula e outros compromissos funcionavam como migalhas de pão que a orientavam ao longo de cada dia.

Ali em Chatham, ela não tinha nenhuma programação. Dormia tarde, fazia as refeições em horários variados e não planejava nada. Marcava os dois extremos de cada dia com os remédios, fazia seu teste da borboleta todas as manhãs e corria diariamente com John. Mas isso não lhe dava estrutura suficiente. Ela precisava de migalhas maiores e em maior número.

Muitas vezes, não sabia que horas eram nem em que dia estava, aliás. Agora, em mais de uma ocasião, quando se sentava à mesa para comer, não sabia que refeição lhe seria apresentada. Na véspera, quando uma garçonete do Sand Bar pusera um prato de caranguejos fritos à sua frente, Alice teria mergulhado com a mesma presteza e entusiasmo num prato de panquecas.

As janelas da cozinha estavam abertas. Ela olhou para a entrada da garagem. Nenhum carro. Lá fora, o ar ainda tinha vestígios do dia quente e transportava o som de sapos, do riso de uma mulher e das ondas na praia de Hardings. Alice deixou um bilhete para John ao lado dos pratos sujos:

Caminhada até a praia. Beijos, A

Inspirou o límpido ar noturno. O céu aberto e azul-escuro, quase preto, estava pontilhado de estrelas como um painel luminoso e exibia uma lua crescente de desenho animado. Não estava tão preto quanto ainda ficaria de madrugada, porém já era mais escuro do que em qualquer noite de Cambridge. Sem postes de iluminação nas ruas e localizado bem longe da avenida principal, o bairro à beira-mar era iluminado apenas pela luz das varandas, dos cômodos das casas, de um ou outro par de faróis altos nos carros e da lua. Em Cambridge, uma escuridão como aquela a faria sentir-se inquieta por caminhar sozinha, mas ali, nessa pequena comunidade de veraneio à beira-mar, ela se sentia perfeitamente segura.

Não havia carros estacionados e ninguém mais na praia. A polícia da cidade não recomendava atividades noturnas por ali. Naquele horário, não havia crianças nem gaivotas gritando, nenhuma conversa ao celular, daquelas que é impossível desconhecer, nenhuma preocupação agressiva com a necessidade de sair a tempo para cumprir a tarefa seguinte, nada que perturbasse a paz.

Alice andou até a beira da água e deixou o mar engolir seus pés. Ondas mornas lamberam-lhe as pernas. De frente para o estreito de Nantucket, as águas protegidas da praia de Hardings eram uns bons três ou quatro graus mais mornas do que as das outras praias próximas, diretamente voltadas para o frio oceano Atlântico.

Primeiro ela tirou a blusa e o sutiã, depois despiu a saia e a calcinha com um único movimento e entrou na água, que, livre das algas normalmente trazidas pelas ondas, acariciou sua pele com a suavidade do leite. Começou a respirar ao ritmo da maré. Batendo os pés de leve, boiando de costas, deslumbrou-se com as bolhas fosforescentes que seguiam as pontas de seus dedos das mãos e dos pés como um mágico pó de pirlimpimpim.

O luar refletiu-se em seu pulso direito. As palavras RETORNO SEGURO estavam gravadas na face da pulseira plana de aço inoxidável, de 5cm de largura. No verso liam-se um número de telefone para ligação gratuita, a identificação de Alice e as palavras *Deficiência da memória*. Seu pensamento vagou por uma série de ondas, deslizando daquele adorno indesejado para o colar de borboleta da mãe, depois seguindo para seu projeto de suicídio e para os livros que planejava ler, e por fim encalhou no destino comum de Virginia Woolf e de Edna Pontellier. Seria muito fácil. Ela poderia nadar em linha reta para Nantucket até ficar cansada demais para continuar.

Contemplou a superfície escura da água. Forte e saudável, seu corpo a mantinha flutuando, movendo-se pela água, com todos os instintos lutando pela vida. Sim, ela não se lembrava de ter jantado com John nem de onde ele tinha dito que ia. E era bem possível que não se lembrasse dessa noite ao amanhecer, mas, nesse momento, não se sentia desesperada. Sentia-se viva e feliz.

Olhou para a praia e sua paisagem tenuemente iluminada. Uma figura se aproximava. Antes mesmo de poder identificar algum de seus traços, ela soube que era John, pelo vigor e pela largueza das passadas. Não lhe perguntou onde ele estivera nem por quanto tempo ficara ausente. Não lhe agradeceu por ter voltado. Ele não a repreendeu por estar sozinha, fora de casa, sem o telefone celular, e não lhe pediu que saísse da água e voltasse para casa. Sem que trocassem uma palavra, John despiu-se e se juntou a ela no mar.

— JOHN?

Encontrou-o pintando a moldura da porta da garagem, que era separada da casa.

— Chamei você pela casa toda — disse-lhe.

— Eu estava aqui fora, não ouvi.

— Quando você viaja para a conferência?

— Na segunda-feira.

Ele ia passar uma semana na Filadélfia, para assistir à nona Conferência Internacional Anual sobre a Doença de Alzheimer.

— Você vai depois que a Lydia chegar, não é?

— É, ela chega no domingo.

— Ah, certo.

Mediante uma solicitação escrita de Lydia, a Companhia Monomoy de Teatro de Repertório a chamara para integrar o grupo como artista convidada durante o verão.

— Você está pronta para a corrida? — perguntou John.

A névoa da manhã ainda não se dissipara e o ar estava mais frio do que a temperatura para a qual Alice tinha se vestido.

— Só preciso pegar outro agasalho.

Perto da porta da frente, ela abriu o armário dos casacos. No começo do verão, usar uma roupa confortável em Cape Cod era um desafio constante, porque a temperatura de um dia qualquer começava ali pelos 5-9°C, saltava para uns 27°C à tarde e retornava feito um bumerangue para a casa dos 5-9°C ao anoitecer, não raro combinada com um vento frio vindo do mar. Era preciso ter criatividade em matéria de moda e disposição para acrescentar e subtrair peças do vestuário muitas vezes ao longo do dia. Alice apalpou as mangas de todos os casacos pendurados. Embora alguns fossem perfeitos para ficar na praia ou caminhar por ela, todos pareciam pesados demais para uma corrida.

Ela subiu a escada correndo e entrou no quarto. Depois de vasculhar diversas gavetas, encontrou um suéter leve de microfibra e o vestiu. Notou o livro que estivera lendo na mesinha de cabeceira. Pegou-o, desceu a escada e entrou na cozinha. Serviu-se de um copo de chá gelado e foi para a varanda dos fundos. A névoa da manhãzinha ainda não se dissipara e estava mais frio do que ela previra. Pôs o copo e o livro na mesa, entre as cadeiras de jardim brancas, e tornou a entrar em casa para buscar um cobertor.

Voltou, enrolou-se no cobertor, sentou-se numa das cadeiras e abriu o livro na página com a orelha dobrada. Ler vinha-se tornando uma tarefa cada vez mais desoladora. Alice tinha que reler as páginas diversas vezes para manter a continuidade do raciocínio ou da narrativa e, se deixasse o livro de lado, por pouco tempo que fosse, às vezes tinha que retroceder um capítulo inteiro para retomar o fio da meada. Além disso, angustiava-se para decidir o que ler. E se não tivesse tempo para ler tudo o que sempre havia desejado? Priorizar era difícil, era um lembrete de que o tempo estava passando, de que algumas coisas ficariam por fazer.

Começara recentemente a ler o *Rei Lear*. Adorava as tragédias de Shakespeare, mas nunca tinha lido essa. Infelizmente, como vinha se tornando rotineiro, descobriu-se embatucada depois de poucos minutos. Releu a página anterior, seguindo a linha imaginária abaixo das palavras com o dedo indicador. Tomou todo o copo de chá gelado e observou os pássaros nas árvores.

— Ah, você está aí. Que está fazendo? Não íamos correr? — perguntou John.

— Ah, é, ótimo. Este livro está me deixando louca.

— Então, vamos.

— Você vai hoje para aquela conferência?

— Na segunda.

— Que dia é hoje?

— Quinta.

— Ah. E quando chega a Lydia?

— Domingo.

— Isso será antes da sua viagem?

— Será. Ali, acabei de lhe dizer tudo isso. Você devia anotar no seu BlackBerry, acho que isso a faria se sentir melhor.

— Está certo, desculpe.

— Está pronta?

— Estou. Espere, deixe eu fazer um pipi antes de sairmos.

— Tudo bem, vou esperar na garagem.

Alice pôs o copo vazio na bancada da pia e largou o cobertor e o livro na poltrona com a banqueta de apoio para os pés, na sala de estar. Estava pronta para se mover, mas suas pernas precisavam de mais instruções. Para que tinha entrado ali? Refez os passos — cobertor e livro, copo na bancada, varanda com John. Ele logo viajaria para assistir à Conferência Internacional sobre Doença de Alzheimer. No domingo, talvez? Precisava lhe perguntar, para ter certeza. Eles estavam prestes a sair para dar uma corrida. Fazia um certo frio do lado de fora. Ela voltara para buscar um agasalho de microfibra! Não, não era isso. Já estava usando um. "Ora, dane-se."

No momento em que ia chegando à porta de entrada, uma pressão urgente na bexiga se anunciou e ela se lembrou de que precisava muito urinar. Voltou apressada pelo corredor e abriu a porta do banheiro. Só que, para sua extrema incredulidade, não era o banheiro. Vassoura, esfregão, balde, aspirador de pó, banquinho, caixa de ferramentas, lâmpadas, lanternas, alvejante. Era o armário de utensílios domésticos.

Olhou para o fim do corredor. Cozinha à esquerda, sala de estar à direita, e só. Havia um lavabo nesse andar, não havia? Tinha que haver. Ficava bem ali. Mas não estava lá. Alice correu à cozinha, mas só encontrou uma porta, que dava para a varanda dos fundos. Precipitou-se para a sala de estar, mas, é claro, não havia banheiro saindo da sala. Voltou às pressas para o corredor de entrada e segurou a maçaneta.

— Por favor, meu Deus, por favor, por favor.

Abriu a porta, como uma ilusionista que revelasse seu truque mais fascinante, porém o banheiro não reapareceu magicamente.

"Como posso me perder na minha própria casa?"

Pensou em disparar escada acima até o banheiro, mas descobriu-se estranhamente paralisada e perplexa, na ambígua dimensão crepuscular e sem lavabo do térreo. Não pôde mais se conter. Teve a impressão extrassensorial de estar observando a si mesma, aquela pobre desconhecida que chorava no corredor. E não era o choro meio reservado de uma adulta, mas o choro assustado, vencido e incontido de uma criancinha.

As lágrimas não foram a única coisa que ela não conseguiu mais conter. John irrompeu porta adentro, bem a tempo de ver a urina escorrendo por sua perna direita, empapando a calça de moletom, a meia e o tênis.

— Não olhe para mim!

— Não chore, Ali, está tudo bem.

— Não sei onde estou.

— Tudo bem, você está bem aqui.

— Estou perdida.

— Não está perdida, Ali, você está comigo.

John a abraçou e a balançou de leve de um lado para outro, acalmando-a como ela o vira acalmar os filhos, após inúmeros machucados e algumas injustiças sociais.

— Não consegui achar o banheiro.

— Está tudo bem.

— Desculpe.

— Não se desculpe, está tudo bem. Venha, vamos trocar sua roupa. O dia já está esquentando e você precisa mesmo de uma coisa mais leve.

Antes de viajar para a conferência, John deu instruções detalhadas a Lydia a respeito dos remédios da mulher, sua rotina de corrida, seu telefone celular e o programa Retorno Seguro. Também lhe deu o telefone do neurologista, por via das dúvidas. Ao reproduzir mentalmente o pequeno discurso dele, Alice o achou muito parecido com os que os dois costumavam fazer para as babás adolescentes, antes de deixarem as crianças em casa, quando iam passar um fim de semana no Maine ou em Vermont. Agora ela precisava ser vigiada. Pela própria filha.

Depois do primeiro jantar que tiveram sozinhas no Squire, Alice e Lydia foram andando juntas pela avenida Central, sem conversar. A fileira de automóveis e picapes de luxo estacionados ao longo do meio-fio — equipados com porta-bicicletas e caiaques amarrados no teto, atochados com carrinhos de bebê, cadeiras e barracas de praia, e exibindo placas de Connecticut, Nova York e Nova Jersey, além de Massachusetts — assinalou oficialmente que a temporada de verão corria a pleno vapor. Famílias passeavam pelas calçadas, sem dar bola para as pistas de pedestres, sem pressa nem destino específico, parando, voltando e olhando as vitrines. Como se dispusessem de todo o tempo do mundo.

Uma tranquila caminhada de dez minutos afastou-as do centro congestionado da cidade. Elas pararam em frente ao Farol de Chatham e absorveram a vista panorâmica da praia lá embaixo, antes de descerem os trinta degraus até a areia. Uma fileira modesta de sandálias e chinelos aguardava na base da escada, onde tinham sido largados mais cedo. Alice e Lydia acrescentaram seus sapatos ao fim da fila e continuaram a andar. A placa de advertência à sua frente dizia:

CUIDADO: CORRENTEZA FORTE. Mar sujeito a ondas e correntes inesperadas, com risco para a vida. Não há salva-vidas. Área perigosa para: natação, mergulhos e esqui aquático, pranchas a vela e pequenos barcos, jangadas e canoas.

Alice observou e escutou o bater incessante das ondas que quebravam na praia. Não fosse o quebra-mar colossal construído nos limites das propriedades das mansões milionárias ao longo da Shore Road, o oceano já teria tragado cada uma delas, devorando--as todas sem piedade nem desculpas. Alice imaginava sua doença como aquele oceano na praia do Farol — feroz, destrutiva, impossível de ser detida. Só que não havia quebra-mares em seu cérebro para protegê-la do ataque às suas lembranças e pensamentos.

— Sinto muito não ter assistido a sua peça — disse.

— Tudo bem. Eu sei que dessa vez foi por causa do papai.

— Mal posso esperar para ver a que você vai fazer neste verão.

— Ahã.

O sol pairava baixo e incrivelmente grande no céu azul e rosa, pronto para mergulhar no Atlântico. Elas passaram por um homem ajoelhado na areia, apontando a câmera para o horizonte, na tentativa de capturar sua beleza fugaz antes que ela desapare-cesse com o sol.

— Essa conferência do papai é sobre o mal de Alzheimer?

— É.

— Ele está tentando encontrar um tratamento melhor por lá?

— Está.

— Você acha que ele vai conseguir?

Alice contemplou a elevação da maré, que ia apagando pegadas, demolindo um esmerado castelo de areia enfeitado com conchas, enchendo um buraco escavado mais cedo com pás de plástico, livrando a praia de suas histórias daquele dia. Invejou as belas casas protegidas pelo quebra-mar.

— Não.

Apanhou uma concha. Sacudiu a areia, revelando o brilho branco leitoso e os elegantes riscos cor-de-rosa. Gostou da sensação lisa, mas a concha tinha uma ponta quebrada. Pensou em jogá-la na água, mas resolveu guardá-la.

— Bem, tenho certeza de que ele não perderia tempo indo até lá se não achasse que podia encontrar alguma coisa — disse Lydia.

Duas moças de moletom da Universidade de Massachusetts vieram caminhando em direção a elas, rindo. Alice lhes sorriu e disse "olá" quando passaram.

— Eu gostaria que você cursasse a faculdade — comentou.

— Mamãe, por favor.

Não querendo iniciar o fim de semana das duas com uma briga horrível, Alice rememorou em silêncio enquanto caminhava. Lembrou os professores que havia amado e temido e diante dos quais fizera papel de boba; os rapazes que havia amado e temido e diante dos quais fizera um papel de boba ainda maior; as noites passadas em claro antes das provas, as aulas, as festas, as amizades, a ocasião em que conhecera John. Suas lembranças daquela época eram vívidas, perfeitamente intactas e disponíveis. Chegavam a ser quase arrogantes no jeito de lhe ocorrerem, plenas e prontas, como se não tivessem conhecimento da guerra travada poucos centímetros à esquerda.

Toda vez que Alice pensava na faculdade, seu pensamento acabava indo parar em janeiro do seu primeiro ano. Pouco mais de três horas depois de sua família tê-la visitado e ido embora, ela ouvira uma batida hesitante na porta de seu quarto no dormitório. Ainda se lembrava de cada detalhe do reitor parado no umbral — a ruga isolada e profunda entre as sobrancelhas, o repartido pueril do cabelo grisalho de avô, as bolinhas de lã despontando por todo o suéter verde-floresta, a cadência grave e cuidadosa da voz.

O pai dela havia saído da estrada na Rota 93 e batido numa árvore. Talvez tivesse dormido. Talvez houvesse bebido demais no jantar. "Sempre bebia demais no jantar." Estava num hospital em Manchester. A mãe e a irmã de Alice estavam mortas.

— JOHN, É VOCÊ?

— Não, sou eu trazendo as toalhas para dentro. Vai cair um toró — disse Lydia.

O ar estava carregado e pesado. Já era hora de vir uma chuva. O tempo havia cooperado a semana inteira, com dias ensolarados de cartão-postal e temperaturas perfeitas para dormir à noite. O cérebro de Alice também tinha cooperado a semana toda. Ela havia passado a reconhecer a diferença entre os dias repletos de dificuldades para localizar lembranças, palavras e banheiros e os dias em que a doença permanecia em silêncio e não interferia. Nesses dias serenos, ela era a Alice normal de sempre, a Alice que ela compreendia e na qual confiava. Nesses dias, chegava quase a se convencer de que o dr. Davis e a orientadora genética tinham se enganado, ou de que os seis meses anteriores tinham sido um sonho terrível, apenas um pesadelo, e de que o monstro embaixo da cama, que lhe repuxava as cobertas, não era real.

Da sala, Alice observou Lydia dobrar e empilhar as toalhas num dos bancos da cozinha. Usava uma blusa justa azul-clara, de alcinhas de rolotê, e saia preta. Parecia recém-saída do banho. Alice ainda estava de maiô sob a saída de praia desbotada, com estampa de peixinhos.

— Devo trocar de roupa? — perguntou.

— Se você quiser.

Lydia guardou as canecas limpas num armário e consultou o relógio. Depois, entrou na sala, recolheu as revistas e catálogos do sofá e do chão e os juntou numa pilha bem-arrumada na mesa de centro. Consultou o relógio. Tirou do alto da pilha um exemplar da *Cape Cod Magazine*, sentou-se no sofá e começou a folheá-la. As duas pareciam estar matando tempo, mas Alice não entendia por quê. Havia alguma coisa errada.

— Onde está o John? — perguntou.

Lydia levantou os olhos da revista, com ar divertido, ou sem jeito, ou ambos. Alice não soube dizer.

— Ele deve chegar a qualquer momento.

— Então, estamos esperando por ele.

— Ahã.

— Onde está a Anne?

— A Anna está em Boston, com o Charlie.

— Não, a Anne, minha irmã, onde está a Anne?

Lydia a fitou sem piscar e toda a descontração lhe desapareceu do rosto.

— Mamãe, a Anne está morta. Morreu num acidente de carro com a sua mãe.

Os olhos de Lydia não deixaram os da mãe. Alice parou de respirar e seu coração se apertou como um punho. A cabeça e os dedos ficaram dormentes e o mundo a seu redor tornou-se escuro e estreito. Ela respirou fundo. O ar encheu-lhe a cabeça e os dedos de oxigênio, e também encheu seu coração de raiva e tristeza. Começou a tremer e a chorar.

— Não, mamãe, isso aconteceu há muito tempo, não se lembra?

Lydia estava falando com ela, mas Alice não conseguia ouvir o que dizia. Só conseguia sentir a raiva e a tristeza que lhe permeavam todas as células, o coração dolorido e as lágrimas quentes, e só conseguia ouvir sua própria voz dentro da cabeça, gritando por Anne e pela mãe.

John parou diante delas, encharcado da chuva.

— Que aconteceu?

— Ela perguntou pela Anne. Acha que elas acabaram de morrer.

John segurou-lhe a cabeça entre as mãos. Estava falando com ela, tentando acalmá-la. "Por que ele também não está nervoso? Já sabia disso há algum tempo, é por isso, e estava escondendo a notícia de mim." Não podia confiar nele.

Agosto de 2004

Sua mãe e sua irmã tinham morrido quando ela estava no primeiro ano da faculdade. Não havia uma única foto das duas nas páginas dos álbuns de família. Não havia sinal delas em sua formatura, seu casamento, nem com ela, John e as crianças em datas festivas, férias ou aniversários. Alice não conseguia imaginar a mãe como uma mulher idosa, o que ela certamente já seria, e Anne não havia passado da adolescência em sua lembrança. Mesmo assim, ela tivera certeza de que as duas iam cruzar a porta de entrada a qualquer momento, não como fantasmas do passado, mas vivas e bem, e chegariam para passar o verão com eles na casa de Chatham. Sentiu um certo medo de vir a ficar confusa a ponto de, sóbria e desperta, esperar sinceramente uma visita da mãe e da irmã, mortas fazia tanto tempo. Ainda mais assustador era o fato de isso só a assustar um pouco.

Alice, John e Lydia estavam sentados à mesa de jardim na varanda, tomando o café da manhã. Lydia falava com os dois sobre os integrantes de seu grupo teatral de verão e sobre os ensaios. Mas estava principalmente conversando com John.

— Fiquei com muito medo antes de chegar aqui, sabe? Também, você tinha que ver os currículos deles. Gente com mestrado em teatro na Universidade de Nova York e no Actor's Studio, com diplomas de Yale e experiência na Broadway...

— Puxa, parece um grupo muito experiente. Qual é a faixa etária? — perguntou John.

— Ah, eu sou de longe a mais nova. A maioria deve estar na casa dos trinta ou quarenta, mas há um homem e uma mulher da idade de vocês dois.

— Velhos assim, é?

— Ah, você entendeu. Enfim, eu não sabia se ia ficar feito um peixe fora d'água, mas a formação que venho recebendo e o trabalho que tenho feito realmente me deram as ferramentas certas. Tenho pleno conhecimento do que estou fazendo.

Alice lembrou-se de haver experimentado a mesma insegurança e tido a mesma percepção em seus primeiros meses como professora de Harvard.

— Decididamente, todos têm mais experiência do que eu, mas nenhum deles estudou a técnica Meisner. Todos estudaram Stanislavsky ou o Método, mas eu realmente acho que Meisner é a abordagem mais rica da espontaneidade verdadeira no teatro. Por isso, mesmo não tendo muita experiência de palco, eu dou uma contribuição única para o grupo.

— Isso é ótimo, querida. Provavelmente, é uma das razões de você ter sido incluída no elenco. O que significa exatamente "espontaneidade no teatro"?

Alice tinha se perguntado a mesma coisa, mas suas palavras, presas na gosma de proteínas amiloides, atrasaram-se em relação às de John, como pareciam vir fazendo com muita frequência nas conversas em tempo real. Assim, ficou ouvindo os dois divagarem sem esforço à sua frente e os observou como atores no palco, de sua cadeira na plateia.

Partiu ao meio um pãozinho de gergelim e deu uma mordida. Não gostou dele puro. Havia diversas opções de recheio na mesa — geleia de mirtilo silvestre do Maine, um pote de pasta de amendoim, um naco de manteiga num prato e outro pote com manteiga branca. Mas aquilo não era chamado de manteiga branca. Como se chamava? Não era maionese. Não, era muito espesso, parecido com manteiga. Como era o nome? Apontou para ele com a faca de manteiga.

— John, você pode me passar aquilo?

John entregou-lhe o pote de manteiga branca. Ela espalhou uma camada grossa numa das metades do pãozinho e ficou olhando. Sabia exatamente que gosto teria, e sabia que gostava daquilo, mas não conseguiria mordê-lo enquanto não pudesse dizer o nome a si mesma. Lydia observou a mãe estudando o pãozinho.

— *Cream cheese*, mamãe.

— Isso. *Cream cheese*. Obrigada, Lydia.

O telefone tocou e John entrou em casa para atender. A primeira ideia que saltou à mente de Alice foi que era sua mãe, telefonando para avisar que estava atrasada. Essa ideia, aparentemente realista e com um toque de familiaridade, pareceu tão sensata quanto esperar que John voltasse à mesa da varanda em poucos minutos. Alice corrigiu a ideia impetuosa, repreendeu-a e a afastou. Sua mãe e sua irmã tinham morrido quando ela era caloura na faculdade. Era enlouquecedor ter que viver relembrando isso a si mesma.

Sozinha com a filha, ao menos momentaneamente, aproveitou a oportunidade para dizer alguma coisa.

— Lydia, o que você acha de fazer faculdade de teatro?

— Mamãe, você não entendeu uma palavra do que acabei de dizer? Não preciso de diploma.

— Ouvi todas as palavras que você disse e compreendi tudo. Eu estava pensando num cenário mais amplo. Tenho certeza de que há aspectos da sua atividade que você ainda não explorou, coisas que poderia aprender, quem sabe até direção, não é? A questão é que o diploma abre mais portas, caso você venha a precisar delas.

— E quais são essas portas?

— Bem, para começar, o diploma lhe daria credibilidade para lecionar, se um dia você quisesse fazer isso.

— Mamãe, eu quero ser atriz, não professora. Essa é você, não eu.

— Sei disso, Lydia, e você já o deixou perfeitamente claro. Não estou necessariamente pensando no magistério numa faculdade ou numa universidade, embora você pudesse fazer isso. Estava pensando que, um dia, talvez você pudesse dirigir cursos e oficinas como esses que tem feito e de que tanto gosta.

— Mamãe, desculpe, mas não vou gastar minha energia pensando no que poderia fazer se não for boa o bastante para vencer como atriz. Não preciso duvidar de mim mesma a esse ponto.

— Não estou duvidando de que você possa fazer carreira como atriz. Mas, e se um dia resolver constituir família e quiser diminuir um pouco o ritmo, mas continuar dentro desse campo? Fazer oficinas, mesmo na sua casa, poderia ser uma boa alternativa de adaptação. Além disso, a questão nem sempre é o que você sabe, mas quem você conhece. As possibilidades que você teria de formar uma rede com colegas, professores e ex-alunos, tenho certeza de que há um círculo interno ao qual você simplesmente não teria acesso sem um diploma, ou sem um conjunto de realizações já comprovado nesse ramo.

Alice fez uma pausa, à espera do "sim, mas" de Lydia, porém a filha não disse nada.

— Apenas pense nisso. A vida vai ficando cada vez mais atribulada. É mais difícil a pessoa se enquadrar quando fica mais velha. De repente, você poderia conversar com umas pessoas do seu grupo e ouvir as opiniões delas sobre como é continuar uma carreira de atriz na casa dos trinta, quarenta anos, ou mais. Está bem?

— Está bem.

Está bem. Era o mais perto que já haviam chegado de um acordo nesse assunto. Alice tentou pensar em mais alguma coisa para dizer, mas não conseguiu. Fazia muito tempo que elas só falavam disso. O silêncio cresceu entre as duas.

— Mamãe, qual é a sensação?

— A sensação de quê?

— De ter Alzheimer. Você sente que tem a doença neste momento?

— Bem, sei que não estou confusa nem me repetindo neste momento, mas, minutos atrás, não consegui me lembrar das palavras *"cream cheese"* e estava tendo dificuldade para participar da conversa com você e seu pai. Sei que é só uma questão de tempo até essas coisas tornarem a acontecer, e o intervalo entre as ocorrências está ficando menor. E as coisas que acontecem estão ficando maiores. Por isso, mesmo quando me sinto completamente normal, sei que não estou. Não acabou, é só um descanso. Não confio em mim mesma.

Assim que acabou de falar, Alice teve medo de haver confessado coisas demais. Não queria assustar a filha. Mas Lydia não se amedrontou e continuou interessada, e ela relaxou.

— Quer dizer que você sabe quando isso acontece?

— Na maioria das vezes.

— Como o que estava acontecendo quando não conseguiu lembrar o nome do *cream cheese*?

— Eu sei o que estou procurando, mas meu cérebro não consegue chegar lá. É como se você resolvesse que queria aquele copo de água, mas sua mão se recusasse a pegá-lo. Você lhe pede com delicadeza, você a ameaça, mas ela não se mexe. Por fim, pode ser que consiga fazê-la se mexer, mas aí ela pega o saleiro, ou derruba o copo e derrama toda a água na mesa. Ou então, quando você consegue fazer a mão segurar o copo e levá-lo à boca, aquela coceirinha na garganta já passou e você não precisa mais da água. O momento da necessidade passou.

— Isso parece uma tortura, mamãe.

— E é.

— Sinto muito que você tenha isso.

— Obrigada.

Lydia estendeu a mão por sobre pratos, copos e anos de distância e segurou a mão da mãe. Alice a apertou e sorriu. Finalmente elas haviam encontrado outro assunto de que falar.

ALICE ACORDOU NO SOFÁ. ANDAVA cochilando muito ultimamente, não raro duas vezes por dia. Embora sua atenção e sua energia se beneficiassem muito desse repouso extra, o recomeço do dia era traumatizante. Olhou para o relógio da parede. Quatro e quinze. Não conseguiu lembrar-se da hora em que havia cochilado. Lembrou-se de ter almoçado. Um sanduíche, algum tipo de sanduíche, com John. Isso tinha sido por volta do meio-dia, provavelmente. A ponta de alguma coisa dura fez pressão em seu quadril. O livro que ela estivera lendo. Devia ter adormecido enquanto lia.

Quatro e vinte. O ensaio de Lydia iria até as sete. Alice ergueu o corpo, sentando-se, e escutou. Ouviu as gaivotas grasnando na praia de Hardings e imaginou sua caçada às sobras, uma correria louca para encontrar e devorar cada migalha largada por aqueles humanos bronzeados e displicentes. Levantou-se e partiu em sua própria caçada, menos frenética que a das gaivotas, por John. Verificou o quarto e o escritório. Olhou a entrada da garagem. O carro não estava lá. Quando já ia xingá-lo por não ter deixado um bilhete, encontrou-o sob um ímã na porta da geladeira.

Ali, saí para dar uma volta de carro, volto logo. John.

Tornou a se sentar no sofá e pegou o livro — *Razão e sentimento*, de Jane Austen —, mas não o abriu. Não queria realmente lê-lo naquele momento. Chegara à metade da leitura de *Moby Dick* e perdera o livro. Ela e John tinham revirado a casa toda, sem sucesso. Tinham até procurado em todos os lugares peculiares em que só uma pessoa demente poria um livro — a geladeira e o freezer, a despensa, as gavetas da cômoda, o armário de roupa de cama, a lareira. Mas nenhum dos dois conseguira encontrá-lo. Era provável que Alice o tivesse deixado na praia. Torcia para tê-lo deixado na praia. Pelo menos, isso era algo que teria feito antes da doença de Alzheimer.

John tinha se oferecido para lhe comprar outro exemplar. Talvez tivesse ido à livraria. Ela esperava que sim. Se aguardasse muito mais, esqueceria o que já lera e teria que recomeçar tudo outra vez. Tanto trabalho! Só de pensar, já ficava cansada. Nesse meio-tempo, havia começado a ler Jane Austen, de quem sempre gostara. Mas aquele texto não estava prendendo sua atenção.

Deu uma volta pelo segundo andar e entrou no quarto de Lydia. De seus três filhos, Lydia era a que menos conhecia. No tampo da penteadeira havia anéis turquesa e prateados, um colar de couro e outro de contas coloridas, esparramado sobre uma caixa de papelão aberta. Ao lado da caixa estavam uma pilha de grampos de cabelo e um porta-incenso. Lydia era meio hippie.

Havia roupas dela espalhadas por todo o chão, umas dobradas, a maioria não. Não deveria haver muita coisa em suas gavetas da cômoda. Ela deixara a cama por fazer. Lydia era meio bagunceira.

Livros de poesia e peças teatrais enchiam as prateleiras da estante — *Boa noite, mãe, Jantar entre amigos, A prova, Equilíbrio delicado*, a *Antologia de Spoon River*, *Agnes de Deus*, *Anjos na América*, *Oleanna*. Lydia era atriz.

Alice pegou várias peças e as folheou. Todas tinham apenas oitenta a noventa páginas, cada uma das quais era esparsamente preenchida pelo texto. "Talvez seja muito mais fácil e agradável ler peças. E eu poderia conversar com a Lydia sobre elas." Ficou com *A prova*.

O diário, o iPod e o exemplar de *Sanford Meisner on Acting* pertencentes a Lydia, ao lado de uma fotografia emoldurada, estavam em sua mesinha de cabeceira. Alice pegou o diário. Hesitou, mas pouco. Não dispunha do luxo do tempo. Sentada na cama, leu página após página dos sonhos e confissões da filha. Leu sobre bloqueios e progressos nas aulas de teatro, os medos e esperanças que cercavam as audições, as decepções e alegrias nas escolhas de elenco. Leu sobre a paixão e a tenacidade de uma jovem mulher.

Leu sobre Malcolm. Enquanto representavam juntos uma cena dramática em aula, Lydia se apaixonara pelo rapaz. Uma vez, tinha achado que estava grávida, mas não estava. Sentira alívio, porque ainda não estava pronta para se casar ou ter filhos. Primeiro queria construir seu caminho na vida.

Alice estudou a foto emoldurada de Lydia e um homem, que presumiu ser Malcolm. Os rostos risonhos se tocavam. Estavam felizes, o homem e a mulher da fotografia. Lydia era uma mulher.

— Ali, onde você está? — chamou John.

— Aqui em cima!

Devolveu o diário e a foto à mesa de cabeceira e desceu depressa.

— Onde você foi? — perguntou ao marido.

— Saí para dar uma volta.

John segurava duas sacolas de plástico brancas, uma em cada mão.

— Você comprou outro exemplar de *Moby Dick* para mim?

— Mais ou menos.

Entregou-lhe uma das sacolas. Estava cheia de DVDs — *Moby Dick*, com Gregory Peck e Orson Welles, *Rei Lear*, com Laurence Olivier, *Casablanca*, *Um estranho no ninho* e o eterno favorito de Alice, *A noviça rebelde*.

— Achei que estes seriam bem mais fáceis para você. E podemos vê-los juntos.

Ela sorriu.

— O que há na outra sacola?

Alice sentia-se zonza feito uma garotinha na manhã de Natal. John tirou da sacola um pacote de pipoca de micro-ondas e uma caixa de caramelos Milk Duds, revestidos de chocolate.

— Podemos ver *A noviça rebelde* primeiro? — perguntou ao marido.

— É claro.

— Eu amo você, John — disse, colocando os braços em volta dele.

— Também amo você, Ali.

Com as mãos no alto das costas de John, Alice comprimiu o rosto em seu peito e aspirou seu cheiro. Teve vontade de lhe dizer algo mais, de falar do que ele significava para ela, mas não conseguiu encontrar as palavras. John abraçou-a um pouco mais apertado. Ele sabia. Os dois passaram muito tempo parados na cozinha, abraçados um ao outro sem dizer palavra.

— Tome, você faz a pipoca, eu ponho o filme no DVD e a gente se encontra no sofá — disse ele.

— O.k.

Alice foi até o micro-ondas, abriu a porta e riu. Teve que rir.

— Achei o *Moby Dick*!

Fazia umas duas horas que estava acordada sozinha. Nessa solidão das primeiras horas da manhã, tomou chá verde, leu um pouco e foi praticar ioga no gramado. Entrou na postura do cachorro olhando para baixo, encheu os pulmões do delicioso ar marinho matinal e sentiu o prazer estranho e quase doloroso do alongamento das panturrilhas e dos glúteos. Pelo canto do olho, observou o tríceps do braço esquerdo, empenhado em sustentar o corpo naquela posição. Firme, esculpido, lindo. Todo o seu corpo parecia forte e belo.

Alice estava na melhor forma física de sua vida. A boa alimentação, somada aos exercícios diários, resultava na força de seus tríceps flexionados, na flexibilidade dos quadris, nas panturrilhas fortes e na respiração fácil durante uma corrida de mais de seis quilômetros. Por outro lado, é claro, havia seu cérebro. Impassível, desobediente, enfraquecendo.

Ela tomava Aricept, Namenda, o misterioso comprimido do ensaio com Amylix, Lipitor, vitaminas C e E e aspirina infantil. Consumia antioxidantes adicionais sob a forma de mirtilos, vinho tinto e chocolate amargo. Tomava chá verde. Havia experimentado ginkgo biloba. Fazia meditação e se exercitava nos jogos matemáticos *Numero*. Escovava os dentes com a mão esquerda, a não dominante. Dormia quando se sentia cansada. Mas nenhum desses esforços parecia dar resultados visíveis e mensuráveis. Talvez suas aptidões cognitivas piorassem visivelmente se ela suspendesse os exercícios, o Aricept ou o mirtilo. Talvez, sem encontrar resistência, sua demência a atacasse furiosamente. Talvez. Mas talvez todas essas coisas não afetassem nada. Alice não tinha como saber, a menos que largasse os medicamentos, cortasse o chocolate e o vinho e passasse o mês seguinte com a bunda numa cadeira. Não era um experimento que estivesse disposta a conduzir.

Entrou na posição do guerreiro. Soltou a respiração, afastou mais as pernas e desceu o quadril, aceitando o desconforto e o desafio adicional para sua concentração e sua energia, decidida a sustentar a pose. Decidida a continuar a ser uma guerreira.

John surgiu da cozinha, com o cabelo amarfanhado e parecendo um zumbi, mas vestido para correr.

— Quer tomar café primeiro? — perguntou Alice.

— Não, vamos indo, eu tomo quando voltarmos.

Eles corriam três quilômetros todas as manhãs, descendo a avenida Central até o centro da cidade e voltando pelo mesmo trajeto. O corpo de John tornara-se visivelmente mais esguio e definido, e agora ele corria essa distância com facilidade, mas não sentia nenhum prazer nisso. Fazia a corrida com Alice, resignado e sem se queixar, mas com o mesmo entusiasmo e satisfação com que pagava as contas ou lavava roupa. E ela o amava por estar fazendo isso.

Foi correndo atrás dele, deixando-o ditar o ritmo, observando e escutando o marido como se ele fosse um esplêndido instrumento musical — o balanço pendular dos cotovelos, as baforadas rítmicas da expiração, a percussão dos tênis na calçada arenosa. Então ele cuspiu, e Alice deu uma risada. John não perguntou por quê.

Estavam no trajeto de volta quando ela passou a correr a seu lado. Num impulso de compaixão, estava prestes a lhe dizer que ele não precisava mais acompanhá-la nas corridas, se não quisesse, que ela conseguiria se arranjar sozinha naquele trajeto. Mas então, depois que ele fez uma curva, ele tomou a direita numa bifurcação para a Mill Road, a caminho de casa, e Alice teria seguido pela esquerda. A doença de Alzheimer não gostava de ser ignorada.

Já em casa, ela lhe agradeceu, beijou-lhe o rosto suado e, antes do banho, foi direto falar com Lydia, que ainda estava de pijama, tomando um café na varanda. Todas as manhãs, ela e a filha discutiam qualquer peça que Alice estivesse lendo, enquanto comiam cereais multigrãos com mirtilo, ou um pãozinho de gergelim com "*cream cheese*", e tomavam café e chá. A intuição de Alice fora certeira. Ela gostava infinitamente mais de ler peças de teatro do que romances ou biografias, e conversar com Lydia sobre o que havia acabado de ler, fosse a primeira cena do primeiro ato, fosse uma peça inteira, revelou-se uma forma gostosa e eficaz de reforçar sua lembrança do texto. Ao analisar cenas, personagens e tramas com Lydia, Alice percebeu a agudeza do intelecto da filha e sua profunda compreensão das necessidades, emoções e lutas humanas. Enxergou Lydia. E a amou.

Nesse dia, as duas discutiram uma cena de *Anjos na América*. As perguntas e respostas foram trocadas com animação numa conversa de mão dupla, de igual para igual, divertida. E, como não tinha de competir com John a lhe completar os pensamentos, Alice podia falar com toda a calma e não ficar de fora.

— Como foi representar essa cena com o Malcolm? — perguntou à filha.

Lydia a encarou como se a pergunta a houvesse atordoado.

— O quê?

— Você e o Malcolm não fizeram juntos essa cena numa aula?

— Você leu o meu diário?

O estômago de Alice deu um nó. Ela achava que Lydia lhe havia falado de Malcolm.

— Meu bem, me desculpe...

— Não acredito que você fez uma coisa dessas! Você não tem esse direito!

Levantou-se da cadeira, arrastando-a com força para trás, e se retirou num rompante, deixando Alice sozinha à mesa, aturdida e nauseada. Minutos depois, ela ouviu a porta da frente bater.

— Não se preocupe, ela vai se acalmar — disse John.

Durante a manhã inteira, Alice tentou fazer outra coisa. Experimentou limpar a casa, mexer no jardim, ler, mas tudo o que conseguiu fazer com eficiência foi afligir-se. Afligiu-se com a ideia de ter feito uma coisa imperdoável. Afligiu-se com a possibilidade de ter perdido o respeito, a confiança e o amor da filha que mal começava a conhecer.

Depois do almoço, ela e John andaram pela praia de Hardings. Alice nadou até ficar com o corpo exausto demais para sentir qualquer outra coisa. Superadas as reviravoltas na boca do estômago, voltou para sua cadeira de praia, deitou-se na posição totalmente reclinada, de olhos fechados, e se pôs a meditar.

Tinha lido que a meditação, praticada com regularidade, era capaz de aumentar a espessura do córtex e retardar o afinamento cortical relacionado à idade. Lydia já vinha meditando todos os dias e, quando a mãe manifestara interesse, ensinara-lhe o processo. Quer aquilo ajudasse a preservar a espessura de seu córtex, quer não, Alice gostava daquele período de concentração serena, do modo como ele de fato silenciava o barulho e a inquietação amontoados em sua cabeça. Meditar lhe trazia, literalmente, paz de espírito.

Passados uns vinte minutos, ela voltou a um estado mais desperto, relaxada, energizada e sentindo calor. Voltou para a água correndo, dessa vez apenas para um mergulho rápido, trocando o suor e o calor pelo sal e pela água fria. De volta à cadeira, entreouviu uma mulher na toalha vizinha à deles falar da peça maravilhosa a que acabara de assistir no teatro Monomoy. Recomeçaram as reviravoltas na boca do estômago.

Nessa noite, John grelhou cheeseburgers e Alice fez uma salada. Lydia não voltou para o jantar.

— Tenho certeza de que foi só o ensaio que se estendeu um pouco mais — disse John.

— Agora ela me odeia.

— Ela não a odeia.

Depois do jantar, Alice bebeu mais duas taças de vinho tinto e John tomou outras três doses de uísque com gelo. Nada ainda de Lydia. Depois de Alice oferecer ao estômago embrulhado sua dose noturna de comprimidos, os dois se sentaram no sofá com uma tigela de pipoca e uma caixa de caramelos achocolatados Milk Duds e assistiram a *Rei Lear*.

John acordou-a no sofá. A televisão estava desligada, a casa, às escuras. Ela devia ter adormecido antes do final do filme. Não se lembrava do fim, de qualquer maneira. Ele a guiou pela escada até o quarto.

Alice parou junto a seu lado da cama, com a mão sobre a boca incrédula e lágrimas nos olhos, expelindo a angústia do estômago e da cabeça. O diário de Lydia estava em seu travesseiro.

— Desculpem o atraso — disse Tom ao entrar.

— Bom, pessoal, agora que o Tom chegou, o Charlie e eu temos uma notícia para dar — declarou Anna. — Estou grávida de cinco semanas, de gêmeos!

Os abraços, beijos e parabéns foram seguidos por perguntas e respostas animadas, interrupções e mais perguntas e respostas. À medida que declinava sua capacidade de acompanhar o que era dito nas conversas complexas, com muitos participantes, aguçava-se a sensibilidade de Alice ao que não era dito, à linguagem corporal e aos sentimentos não verbalizados. Umas duas semanas antes, ela havia explicado esse fenômeno a Lydia, que lhe dissera se tratar de uma aptidão invejável para um ator. Dissera que ela e outros atores tinham de se empenhar numa concentração extrema para se dissociar da linguagem verbal, no esforço de serem sinceramente afetados pelo que os outros atores faziam e sentiam. Alice não entendera muito bem a distinção, mas adorara o fato de Lydia ter considerado sua deficiência uma "aptidão invejável".

John pareceu feliz e empolgado, mas Alice percebeu que ele revelou apenas parte da felicidade e empolgação que de fato sentia, provavelmente na tentativa de respeitar a ressalva de Anna de que "ainda é cedo". Mesmo sem a advertência da filha, ele era supersticioso, como a maioria dos biólogos, e não tenderia a contar abertamente com esses dois pintinhos antes de eles romperem a casca do ovo. No entanto, já mal podia esperar. Ele queria netos.

Logo abaixo da felicidade e empolgação de Charlie, Alice percebeu uma camada grossa de nervosismo, que encobria outra camada mais grossa de pavor. Achou que ambas eram obviamente visíveis, mas Anna pareceu alheia e ninguém mais teceu comentários. Estaria ela vendo simplesmente a inquietação típica de um pai ansioso, de primeira viagem? Estaria Charlie nervoso com a responsabilidade de alimentar duas bocas de uma só vez e de pagar simultaneamente duas universidades? Isso só explicaria a primeira camada. Será que também estava apavorado com a perspectiva de ter dois filhos na faculdade e, ao mesmo tempo, uma mulher com demência?

Lydia e Tom estavam parados lado a lado, conversando com Anna. Suas crianças eram bonitas, pensou Alice, suas crianças que já não eram crianças. Lydia parecia radiante. Estava saboreando a boa notícia, somada ao fato de a família inteira estar presente para vê-la representar.

O sorriso de Tom era sincero, mas Alice notou nele uma apreensão sutil, os olhos e o rosto ligeiramente encovados, o corpo mais magro. Seria a faculdade? Uma namorada? Ele a viu observá-lo.

— Como tem se sentido, mamãe?

— Quase sempre bem.

— É mesmo?

— É, sinceramente. Tenho me sentido ótima.

— Você está parecendo muito calada.

— É gente demais falando ao mesmo tempo, e muito depressa — assinalou Lydia.

O sorriso de Tom desapareceu e ele pareceu prestes a chorar. O BlackBerry na bolsa azul-bebê de Alice vibrou junto a seu quadril, indicando a hora da dose noturna de comprimidos. Ela esperaria alguns minutos. Não queria tomá-los naquele momento, na frente de Tom.

— Lyd, a que horas é a sua apresentação amanhã? — perguntou à filha, segurando o BlackBerry.

— Às oito.

— Mamãe, você não tem que marcar isso no calendário. Estamos todos aqui. Até parece que nos esqueceríamos de levá-la conosco — disse Tom.

— Como é o nome da peça que nós vamos ver? — perguntou Anna.

— *A prova* — respondeu Lydia.

— Você está nervosa? — indagou Tom.

— Um pouco, porque é noite de estreia e vocês todos estarão lá. Mas vou esquecer que vocês existem quando pisar no palco.

— Lydia, a que horas é a sua peça? — repetiu Alice.

— Mamãe, você acabou de perguntar isso. Não se preocupe — disse Tom.

— É às oito horas, mamãe — disse Lydia. — Tom, você não está ajudando.

— Não, é você que não está ajudando. Por que ela precisa se preocupar em lembrar de uma coisa de que não precisa se lembrar?

— Ela não ficará preocupada se anotar no BlackBerry. Deixe-a fazer isso — disse Lydia.

— Bem, ela não devia depender desse aparelho, de qualquer maneira. Devia estar exercitando a memória sempre que possível — interpôs Anna.

— Então, como é que vai ser? Ela deve decorar a hora da minha peça ou vai depender inteiramente de nós? — perguntou Lydia.

— Você devia estar incentivando a mamãe a se concentrar e a prestar atenção de verdade. Ela deveria tentar lembrar a informação sozinha, em vez de ficar com preguiça — disse Anna.

— Ela não está com preguiça — objetou Lydia.

— Você e esse BlackBerry estão deixando que ela fique preguiçosa. Escute, mamãe, a que horas é a peça da Lydia amanhã? — perguntou Anna.

— Não sei, foi por isso que perguntei a ela.

— Ela já lhe deu a resposta duas vezes, mamãe. Será que você pode tentar se lembrar do que ela disse?

— Anna, pare de interrogá-la — interveio Tom.

— Eu ia anotar no meu BlackBerry, mas você me interrompeu.

— Não estou pedindo para você consultar o seu BlackBerry. Estou pedindo que se lembre do horário que ela disse.

— Bem, não procurei me lembrar do horário, porque pretendia digitá-lo na agenda.

— Mamãe, pense um segundo. A que horas é a peça da Lydia amanhã?

Alice não sabia a resposta, mas sabia que a pobre Anna precisava ser posta em seu lugar.

— Lydia, a que horas é a sua peça amanhã? — perguntou à outra filha.

— Oito horas.

— É às oito horas, Anna.

FALTANDO CINCO MINUTOS PARA AS oito, eles se instalaram em suas poltronas, no centro da segunda fileira. O teatro Monomoy era um local íntimo, com apenas cem lugares na plateia e um palco a menos de dois metros da primeira fila.

Alice mal podia esperar pelo apagar das luzes. Tinha lido e conversado longamente sobre essa peça com Lydia. Chegara até a ajudá-la a decorar suas falas. Lydia faria o papel de Catherine, filha de um gênio matemático enlouquecido. Alice não via a hora de ver aqueles personagens ganharem vida bem diante dos seus olhos.

Desde a primeira cena, o trabalho dos atores foi cheio de nuances, sincero e multidimensional, e Alice deixou-se absorver por completo e facilmente pelo mundo imaginário criado por eles. Catherine afirmou ter elaborado uma demonstração matemática inovadora, mas nem o rapaz por quem era apaixonada nem sua irmã distante acreditaram, e ambos questionaram sua estabilidade mental. Ela se torturou com o medo de, tal como o gênio que fora seu pai, estar enlouquecendo. Alice vivenciou junto com ela a dor, o sentimento de traição e o medo. Catherine foi fascinante do começo ao fim.

Terminada a peça, os atores misturaram-se com a plateia. Catherine exibia um sorriso radiante. John lhe deu flores e um enorme abraço apertado.

— Você foi admirável, absolutamente incrível! — disse-lhe.

— Muito obrigada! Não é uma peça fantástica?

Os outros também a abraçaram, beijaram e elogiaram.

— Você foi brilhante, uma beleza de ver — disse Alice.

— Obrigada.

— Vamos vê-la em alguma outra peça neste verão?

A jovem olhou para Alice por um tempo incomodamente longo, antes de responder.

— Não, esse é meu único papel neste verão.

— E você só está aqui para a temporada de verão?

A pergunta pareceu entristecer a moça, enquanto ela a considerava. Seus olhos se encheram de lágrimas.

— Estou. Vou voltar para Los Angeles no fim de agosto, mas estarei por aqui muitas vezes, para visitar minha família.

— Mamãe, esta é a Lydia, sua filha — disse Anna.

O bem-estar de um neurônio depende de sua capacidade de se comunicar com outros. Os estudos têm demonstrado que a estimulação eletroquímica proveniente da ativação de um neurônio e de seus alvos sustenta processos celulares vitais. Os neurônios incapazes de se ligarem efetivamente a outros neurônios atrofiam-se. Sem utilidade, o neurônio abandonado morre.

Setembro de 2004

Embora fosse oficialmente o início do semestre de outono em Harvard, o tempo aderia com firmeza às suas próprias regras. Fazia calorentos 27 graus centígrados naquela manhã estival de setembro quando Alice começou sua caminhada para o parque de Harvard. Nos dias que antecediam e se seguiam ao período de matrícula, ano após ano, ela sempre achava divertido ver os calouros que não eram da Nova Inglaterra. O outono nessa região evocava imagens de folhas vibrantes, colheita de maçãs, jogos de futebol americano e suéteres de lã com cachecóis. Embora não fosse incomum acordar em Cambridge numa manhã do fim de setembro e encontrar uma camada de geada branca nas abóboras, os dias, sobretudo no começo do mês, ainda eram repletos do barulho dos aparelhos de ar-condicionado nas janelas, com seu ronco incansável, e das discussões febris e patologicamente otimistas sobre o time do Red Sox. E, no entanto, ano após ano, lá estavam eles, esses estudantes recém-transplantados, movendo-se com a insegurança de turistas inexperientes pelas calçadas da praça Harvard, sempre sobrecarregados por inúmeras camadas de lã e microfibra e por um excesso de sacolas de compras da Harvard Coop, atulhadas de todo o material escolar necessário e de casacos de moletom com a inscrição HARVARD. Pobres criaturinhas suadas.

Mesmo com sua camiseta de algodão branco sem mangas e a saia preta de raiom até o tornozelo, Alice sentia-se incomodamente úmida quando chegou ao gabinete de Eric Wellman. Imediatamente acima do dela, o escritório de Wellman tinha o mesmo tamanho, os mesmos móveis e a mesma vista do rio Charles e de Boston, mas, por alguma razão, parecia mais notável e imponente. Ela sempre se sentia como uma aluna no gabinete de Wellman, e esse sentimento se fazia especialmente presente nesse dia, já que ele a chamara para "conversar um minuto".

— Como foi o seu verão? — perguntou Eric.

— Muito relaxante. E o seu?

— Foi bom, mas passou muito depressa. Todos sentimos sua falta na conferência de junho.

— Eu sei, também queria ter estado lá.

— Bem, Alice, antes de começarem as aulas eu queria falar com você sobre as avaliações feitas sobre a sua cadeira no semestre passado.

— Ah, ainda nem tive chance de dar uma olhada nelas.

Uma pilha de avaliações da cadeira de Motivação e Emoção, presa por um elástico, encontrava-se fechada em algum lugar do seu escritório. As respostas das avaliações estudantis em Harvard eram inteiramente anônimas, vistas apenas pelo professor que ministrava a disciplina e pelo chefe do departamento. No passado, Alice as lera puramente por vaidade. Sabia que era uma ótima professora, e as avaliações de seus alunos sempre haviam acenado com uma concordância categórica. Mas Eric nunca lhe pedira para que as examinasse com ele. Pela primeira vez em sua carreira, Alice teve medo de não gostar da imagem de si que veria refletida nas respostas.

— Tome, gaste uns minutos para dar uma olhada nelas agora.

Eric entregou-lhe sua cópia da pilha, com a folha de resumo em cima.

Numa escala de 1, discordo inteiramente, a 5, concordo inteira-mente, você acha que o(a) professor(a) exigiu dos alunos um alto nível de desempenho?

Todas as respostas eram 4 e 5.

As discussões em aula favoreceram a compreensão do material?
Notas 4, 3 e 2.

O(a) professor(a) o ajudou a compreender conceitos difíceis e ideias complexas?
De novo, notas 4, 3 e 2.

O(a) professor(a) estimulou perguntas e o exame de pontos de vista diferentes?
Dois alunos lhe deram nota 1.

Numa escala de 1 a 5, sendo 1, fraco, e 5, excelente, faça uma avaliação geral do(a) professor(a).

Na maioria das avaliações, nota 3. Se bem se lembrava, ela nunca havia recebido menos de 4 nessa categoria.

Toda a folha de resumo estava salpicada de notas 3, 2 e 1. Alice não tentou convencer-se de que aquilo representava algo diferente do julgamento preciso e ponderado de seus alunos, sem qualquer má-fé. Aparentemente, seu desempenho como professora havia sofrido mais do que ela percebera. Mesmo assim, ela poderia apostar que estava longe de ser a professora com a pior avaliação no departamento. Podia estar afundando depressa, mas de modo algum se aproximava do fundo do poço.

Levantou os olhos para Eric, pronta para dançar conforme a música, que talvez não fosse sua melodia favorita, mas provavelmente não seria de todo desagradável.

— Se eu não tivesse visto o seu nome, não lhe teria dado maior atenção. É um resumo digno. Não é algo que eu já tenha visto associado a você, mas não chega a ser pavoroso. Os comentários escritos é que são particularmente preocupantes, e achei que devíamos conversar.

Alice não tinha ido além do exame da folha de resumo. Eric consultou suas anotações e leu em voz alta:

"Ela pula seções inteiras do programa da matéria, de modo que nós as pulamos também, mas depois espera que as saibamos na prova."

"Ela não parece conhecer a matéria que está ensinando."

"As aulas foram uma perda de tempo. Eu poderia ter simplesmente lido o livro."

"Tive dificuldade para acompanhar as aulas. Até ela mesma parece ficar perdida. Essa cadeira não foi nem de longe tão boa quanto a de introdução que ela lecionou."

"Uma vez, ela entrou na sala e não deu aula. Apenas passou uns minutos sentada e foi embora. Noutra ocasião, deu exatamente a mesma aula da semana anterior. Eu nunca ousaria desperdiçar o tempo da dra. Howland, mas acho que ela também não deveria desperdiçar o meu."

Foi duro ouvir aquilo. A situação era muito, muito pior do que Alice se dera conta.

— Alice, nós nos conhecemos há muito tempo, não é?

— Sim.

— Vou me arriscar a ser indelicado e muito pessoal. Está tudo bem com a sua família?

— Está.

— E quanto a você, será possível que ande tensa demais, ou deprimida?

— Não, não é isso.

— É meio embaraçoso ter que perguntar isso, mas você acha que poderia estar tendo um problema com a bebida, ou com o uso de alguma substância?

Agora ela já ouvira demais. "Não posso viver com a reputação de ser uma pessoa viciada, tensa e deprimida. Ser acometida pela demência tem que ter um estigma menor do que isso."

— Eric, eu tenho o mal de Alzheimer.

O rosto dele assumiu uma expressão vazia. Eric tinha se preparado para tomar conhecimento de uma infidelidade de John. Preparara-se para recomendar um bom psiquiatra. Preparara-se para orquestrar uma intervenção, ou para fazer com que Alice fosse internada no Hospital McLean para se desintoxicar. Mas não estava preparado para isso.

— Fui diagnosticada em janeiro. Tive muita dificuldade para lecionar no último semestre, mas não me dei conta do quanto isso havia transparecido.

— Sinto muito, Alice.

— Eu também.

— Eu não esperava por isso.

— Nem eu.

— Eu esperava uma coisa temporária, algo que você viesse a superar. Mas o que temos pela frente não é um problema temporário.

— Não, não é.

Alice o observou refletir. Eric era como um pai para todos os integrantes do departamento, protetor e generoso, mas era também rigoroso e pragmático.

— Os pais dos alunos estão pagando quarenta mil dólares por ano. Isso não seria bem aceito por eles.

Não, com certeza não seria. Eles não estavam torrando uma quantidade astronômica de dólares para que os filhos estudassem com uma portadora do mal de Alzheimer. Alice já podia ouvir a gritaria, os decibéis escandalosos do noticiário noturno.

— Além disso, alguns alunos da sua turma estão contestando as notas que receberam. Receio que isso só viria a piorar.

Em vinte e cinco anos de magistério, ninguém jamais havia questionado uma nota atribuída por ela. Nem um único estudante.

— Creio que, provavelmente, você não deveria mais lecionar, mas quero respeitar a sua programação. Você tem algum plano?

— Eu tinha esperança de continuar por mais um ano e tirar minha licença sabática, mas não fazia ideia de como meus sintomas vinham transparecendo e prejudicando minhas aulas. Não quero ser má professora, Eric. Eu não sou assim.

— Sei que não é. Que tal uma licença médica, emendando com o seu ano sabático?

Ele a queria fora dali de imediato. Alice tinha um *corpus* de trabalhos produzidos e um histórico de desempenho exemplares, e, o que era mais importante, era professora titular. Por lei, não poderia ser demitida. Mas não era assim que queria lidar com essa questão. Por mais que não quisesse abrir mão da carreira em Harvard, sua luta era contra a doença de Alzheimer, não contra Eric ou a universidade.

— Não estou preparada para sair, mas concordo com você: por mais que me parta o coração, acho que devo parar de lecionar. Mas eu gostaria de continuar como orientadora do Dan, e também de continuar a participar dos seminários e reuniões.

“Não sou mais professora.”

— Creio que isso pode ser arranjado. Mas eu gostaria que você tivesse uma conversa com o Dan e lhe explicasse o que está acontecendo, e entregasse a decisão a ele. Eu me disporia a ser co-orientador, se isso deixar um ou outro mais à vontade. E também é claro que você não deve aceitar nenhum novo orientando de pós-graduação. O Dan será o último.

"Não sou mais cientista pesquisadora."

— Provavelmente, seria melhor você não aceitar convites para falar em outras universidades ou em conferências. Não seria uma boa ideia representar Harvard nessa função. Notei que você praticamente parou de viajar, de modo que já deve ter reconhecido isso.

— Sim, concordo.

— Como você prefere informar à parte administrativa do corpo docente e ao pessoal do departamento? Mais uma vez, respeitarei o seu cronograma, seja qual for a sua decisão.

Ela ia parar de lecionar, fazer pesquisas, viajar e dar palestras. As pessoas notariam. Especulariam, veiculariam boatos e fariam fofocas. Achariam que ela era uma viciada deprimida e estressada. Talvez alguns já o achassem.

— Eu conto a eles. Isso deve partir de mim.

17 de setembro de 2004

Prezados Amigos e Colegas,

Após uma reflexão criteriosa e com profunda tristeza, decidi desligar-me de minhas responsabilidades letivas, de pesquisa e de viagens em Harvard. Em janeiro deste ano, fui diagnosticada com o mal de Alzheimer de instalação precoce. Embora provavelmente ainda me encontre num estágio de inicial a moderado da doença, tenho experimentado lapsos cognitivos imprevisíveis, que me impossibilitam de atender às exigências deste cargo com os padrões mais elevados a que sempre me ative e que são esperados aqui.

Embora vocês não venham mais a me ver na tribuna dos auditórios de aulas nem atarefada na redação de novas propostas de bolsas para pesquisas, seguirei trabalhando como orientadora da tese de Dan Maloney e comparecendo a reuniões e seminários, nos quais tenho a esperança de continuar a servir como participante ativa e bem-vinda.

Com toda a afeição e respeito,
Alice Howland

NA PRIMEIRA SEMANA DO SEMESTRE de outono, Marty assumiu as responsabilidades letivas de Alice. Quando ela o encontrou para lhe entregar o roteiro e o material das aulas, ele a abraçou e disse o quanto lamentava. Perguntou-lhe como estava passando e se havia alguma coisa em que pudesse ajudar. Alice agradeceu e lhe disse que se sentia muito bem. E, tão logo recebeu tudo de que precisava para a matéria, ele saiu de seu gabinete o mais depressa que pôde.

Basicamente a mesma cena se repetiu com todos os integrantes do departamento.

— Sinto muitíssimo, Alice.

— Simplesmente não consigo acreditar.

— Eu não fazia ideia.

— Há alguma coisa que eu possa fazer?

— Tem certeza? Você não parece nem um pouco diferente.

— Lamento muito.

— Lamento muito.

Depois, todos a deixavam sozinha, o mais rápido possível. Eram educados e gentis quando cruzavam com ela, mas não cruzavam com ela com muita frequência. Isso se devia sobretudo ao fato de terem horários apertados, enquanto os de Alice andavam bastante vazios. Mas havia outra razão, que não era insignificante: eles optavam por não encontrá-la. Enfrentá-la significava ficar cara a cara com sua fragilidade mental e com a ideia inevitável de que, num piscar de olhos, aquilo poderia acontecer com qualquer um. Enfrentá-la era assustador. E assim, na maioria das vezes, a não ser em reuniões e seminários, eles não o faziam.

CHEGOU O DIA DO PRIMEIRO SEMINÁRIO de Almoço de Psicologia do semestre. Leslie, uma das alunas de pós-graduação de Eric, estava compenetrada e pronta à cabeceira da mesa de conferência, com o *slide*-título já projetado na tela. *Em busca de respostas: como a atenção afeta a capacidade de identificação daquilo que vemos.* Alice também se sentia compenetrada e pronta, sentada na primeira cadeira da mesa, em frente a Eric. Começou a comer seu almoço, um *calzone* de berinjela e uma salada verde, enquanto Eric e Leslie expunham o assunto, e a sala foi se enchendo aos poucos.

Passados alguns minutos, Alice notou que todas as cadeiras à mesa estavam ocupadas, exceto a que ficava a seu lado, e que algumas pessoas tinham começado a ficar em pé no fundo da sala. Os lugares à mesa eram altamente cobiçados, não só porque dali era mais fácil ver a apresentação, mas também porque sentar eliminava o incômodo malabarismo a ser feito com o prato, os talheres, a bebida, a caneta e o caderno. Aparentemente, esse malabarismo era menos incômodo do que se sentar a seu lado. Ela olhou para todos os que não a fitavam. Havia umas cinquenta pessoas amontoadas na sala, gente que ela conhecia fazia muitos anos, gente que considerava parte de sua família.

Dan entrou apressado, com o cabelo em desalinho e a camisa para fora das calças, usando óculos em vez das lentes de contato. Parou por um instante, partiu direto para o lugar vago ao lado de Alice e o declarou seu, largando o caderno em cima da mesa.

— Passei a noite inteira escrevendo. Vou pegar alguma coisa para comer, volto já.

A apresentação de Leslie durou a hora inteira. Foi necessária uma enorme dose de energia, mas Alice a acompanhou até o fim. Depois de projetar o último *slide* e deixar a tela em branco, Leslie abriu os debates. Alice foi a primeira a pedir a palavra.

— Pois não, dra. Howland — disse a pós-graduanda.

— Acho que lhe falta um grupo de controle que meça a eficácia real dos seus estímulos distrativos. Você poderia argumentar que alguns, seja por que razão for, simplesmente não são notados, e que sua mera presença não distrai. Poderia testar a capacidade dos sujeitos de notar e atentar simultaneamente para o distrator, ou poderia desenvolver uma série em que trocasse o distrator pelo alvo.

Muitas pessoas à mesa balançaram a cabeça, em sinal de concordância. Dan fez "Ahã", com a boca cheia de *calzone*. Leslie pegou a caneta antes mesmo que Alice terminasse de expor sua ideia e fez várias anotações.

— Sim. Leslie, volte um instante para o *slide* do projeto experimental — disse Eric.

Alice correu os olhos pela sala. Todos tinham os olhos grudados na tela. Ouviram atentamente enquanto Eric se estendia sobre o comentário dela. Muitos continuaram a assentir com a cabeça. Alice sentiu-se vitoriosa e meio convencida. O simples fato de ela ter o mal de Alzheimer não significava que ela já não fosse capaz de pensar analiticamente. O fato de ter Alzheimer não significava que não merecesse sentar-se naquela sala, entre eles. O fato de ter Alzheimer não significava que já não merecesse ser ouvida.

As perguntas e respostas e as demais réplicas e tréplicas prosseguiram por vários minutos. Alice terminou de comer o *calzone* e a salada. Dan levantou-se e voltou, trazendo um segundo prato de comida. Leslie atrapalhou-se um pouco na resposta a uma pergunta discordante, formulada pelo novo pós-doutorando de Marty. Seu *slide* do projeto experimental foi exibido na tela. Alice o leu e levantou a mão.

— Sim, dra. Howland? — fez Leslie.

— Acho que lhe falta um grupo de controle que meça a eficácia real dos seus distratores. É possível que alguns deles simplesmente não sejam notados. Você poderia testar simultaneamente a capacidade que eles têm de distrair, ou trocar o distrator pelo alvo.

Era uma afirmação válida. Na verdade, era a maneira correta de conduzir o experimento, e o artigo de Leslie não seria considerado publicável sem que essa possibilidade fosse verificada. Alice tinha certeza disso. No entanto, ninguém mais pareceu percebê-lo. Ela olhou para todos que não a olhavam. A linguagem corporal deles sugeria constrangimento e pavor. Releu os dados na tela. Aquele experimento precisava de um controle adicional. O fato de ela sofrer de Alzheimer não significava que não pudesse pensar analiticamente. O fato de ter Alzheimer não significava que não soubesse do que estava falando.

— Ah, certo, obrigada — disse Leslie.

Mas não anotou nada nem olhou Alice nos olhos, e não pareceu nem um pouco agradecida.

ELA NÃO TINHA AULAS PARA DAR, propostas de concessão de bolsas para redigir, novas pesquisas para conduzir, conferências a que comparecer nem convites de palestras a proferir. Nunca mais os teria. A sensação era de que a parte maior do seu eu, a parte que ela havia enaltecido e aprimorado regularmente em seu poderoso pedestal, havia morrido. E as outras partes de seu eu, menores e menos admiradas, choraram de tristeza e autocomiseração, perguntando-se como poderiam ter importância sem a parte nobre.

Alice olhou pela enorme janela do escritório e observou as pessoas que faziam *jogging*, percorrendo as margens sinuosas do rio Charles.

— Você terá tempo para uma corrida hoje? — indagou.

— Talvez — disse John.

Ele também estava olhando pela janela, enquanto tomava seu café. Alice pôs-se a pensar no que ele estaria vendo, se tinha os olhos fixos nos mesmos corredores, ou se via algo completamente diferente.

— Eu queria que tivéssemos passado mais tempo juntos — comentou ela.

— Como assim? Acabamos de passar o verão inteiro juntos.

— Não, não o verão, a nossa vida inteira. Tenho pensado nisso e gostaria que tivéssemos passado mais tempo juntos.

— Ali, nós moramos juntos, trabalhamos no mesmo lugar, passamos a vida inteira juntos.

No começo, sim. Levavam a vida juntos, um com o outro. Mas, no correr dos anos, isso se modificara. Eles haviam deixado que se modificasse. Alice pensou nos anos sabáticos em separado, na divisão do trabalho com as crianças, nas viagens, na dedicação singular de ambos ao trabalho. Fazia muito tempo que viviam em paralelo, perto um do outro.

— Acho que abandonamos um ao outro por tempo demais.

— Não me sinto abandonado, Ali. Gosto da nossa vida, acho que temos tido um bom equilíbrio entre a independência de seguirmos nossas paixões e a experiência de uma vida em comum.

Ela pensou em como John se dedicava a sua paixão, suas pesquisas, sempre de um modo mais extremado. Mesmo quando os experimentos falhavam, quando os dados não eram consistentes, quando as hipóteses se revelavam equivocadas, o amor dele por suas pesquisas nunca vacilava. Por mais falho que fosse o seu trabalho, por mais que o deixasse acordado a noite inteira, arrancando os cabelos, ele o amava. O tempo, o cuidado, a atenção e a energia que lhe dedicava sempre haviam inspirado Alice a trabalhar com mais afinco em suas próprias pesquisas. E ela o fizera.

— Você não está abandonada, Ali. Estou bem aqui com você.

John consultou o relógio e engoliu o resto do café.

— Tenho que correr para a aula.

Pegou a maleta, jogou o copo na lata de lixo e se aproximou da mulher. Curvou-se, segurou entre as mãos a cabeça dela, com seu cabelo preto cacheado, e a beijou delicadamente. Alice levantou a cabeça e comprimiu os lábios num sorriso fino, prendendo o choro, só até o marido sair de seu escritório.

Desejou ter sido a paixão dele.

FICOU SENTADA NO ESCRITÓRIO ENQUANTO sua turma de cognição se reunia sem ela, observando o trânsito luminoso rastejar pela alameda Memorial. Bebericou o chá. Tinha o dia inteiro pela frente e nada para fazer. Seu quadril começou a vibrar. Eram oito horas da manhã. Tirou o BlackBerry da bolsinha azul-bebê.

Alice, responda às seguintes perguntas:

1. Em que mês estamos?

2. Onde você mora?

3. Onde fica o seu escritório?

4. Qual é a data de nascimento da Anna?

5. Quantos filhos você tem?

Se tiver dificuldade para responder a qualquer dessas perguntas, procure o arquivo chamado "Borboleta" no seu computador e siga imediatamente as instruções contidas nele.

Setembro

Rua dos Choupos nº 34, Cambridge

Edifício William James, sala 1.002

14 de setembro

Três

Bebericou o chá e ficou observando o trânsito luminoso rastejar pela alameda Memorial.

Outubro de 2004

Alice ergueu o corpo, sentando-se na cama, e se perguntou o que fazer. Estava escuro, ainda era alta madrugada. Ela não estava confusa. Sabia que deveria estar dormindo. John estava deitado a seu lado, de barriga para cima, roncando. Mas ela não conseguia dormir. Nos últimos tempos, vinha tendo muita dificuldade de dormir a noite inteira, provavelmente por tirar muitos cochilos durante o dia. Ou será que estava cochilando muito de dia por não dormir bem à noite? Sentiu-se presa num círculo vicioso, num dilema sem solução, numa atordoante volta no globo da morte do qual não sabia como sair. Talvez, se combatesse a ânsia de cochilar durante o dia, dormiria a noite inteira e romperia esse padrão. Todo dia, no entanto, sentia-se tão exausta no fim da tarde, que sempre sucumbia a um descanso no sofá. E o repouso sempre a seduzia para o sono.

Lembrou-se de ter enfrentado um dilema semelhante quando as crianças tinham cerca de dois anos. Sem um cochilo vespertino, elas ficavam irritadas e pouco cooperativas à noitinha. Com o cochilo, ficavam totalmente despertas, até horas depois do horário habitual de dormir. Alice não conseguiu lembrar-se de qual tinha sido a solução.

"Com todos os comprimidos que eu tomo, seria de se esperar que ao menos um deles me desse sono como efeito colateral. Ah, espere. Tenho aquela receita de comprimidos para dormir."

Levantou-se da cama e desceu ao térreo. Apesar de bastante convencida de que a receita não estava lá, esvaziou primeiro a bolsa azul-bebê. Carteira, BlackBerry, celular, chaves. Abriu a carteira. Cartão de crédito, cartão do banco, carteira de motorista, identidade de Harvard, cartão do seguro de saúde, vinte dólares, um punhado de moedas.

Vasculhou a tigela em forma de cogumelo onde ficava a correspondência. Conta de luz, conta de gás, conta de telefone, extrato da hipoteca, alguma coisa de Harvard, recibos.

Abriu e esvaziou o conteúdo das gavetas da escrivaninha e do armário de arquivos na sala de estudos. Tirou as revistas e catálogos das cestas da sala de estar. Leu algumas páginas da revista *The Week* e marcou uma página da *J Jill* que mostrava um suéter bonitinho. Gostou do tom azul-pálido.

Abriu a gaveta de quinquilharias. Pilhas, uma chave de fenda, fita durex, fita de baixa adesividade, cola, chaves, alguns carregadores, fósforos e muitas outras coisas. Provavelmente, fazia anos que essa gaveta não era arrumada. Alice tirou-a completamente do móvel e derrubou todo o conteúdo na mesa da cozinha.

— Ali, o que está fazendo? — perguntou John.

Assustada, ela olhou para o cabelo desgrenhado e os olhos apertados do marido.

— Estou procurando...

Baixou a cabeça para os artigos misturados à sua frente na mesa. Pilhas, um kit de costura, cola, uma fita métrica, vários carregadores, uma chave de fenda.

— Estou procurando uma coisa.

— Ali, já passa das três. Você está fazendo uma barulheira aqui embaixo. Não dá para procurar isso de manhã?

A voz dele soou impaciente. John não gostava que seu sono fosse interrompido.

— Está bem.

Ela se deitou na cama e tentou lembrar o que estivera procurando. Estava escuro, ainda era alta madrugada. Ela sabia que deveria estar dormindo. John pegou no sono outra vez, sem a menor cerimônia, e já estava roncando. Adormecia depressa. Ela também já fora assim. Mas não conseguia dormir. Vinha tendo muita dificuldade para dormir a noite inteira nos últimos tempos, provavelmente porque cochilava muito durante o dia. Ou será que cochilava muito durante o dia por não dormir bem à noite? Sentiu-se presa num círculo vicioso, num dilema sem solução, numa atordoante volta no globo da morte do qual não sabia como sair.

"Ah, espere. Eu tenho um jeito de pegar no sono. Tenho aqueles comprimidos da dra. Moyer. Onde os coloquei?"

Levantou-se da cama e desceu ao térreo.

Não havia reuniões nem seminários naquele dia. Nenhum dos livros didáticos, periódicos ou correspondência do escritório lhe despertava interesse. Dan não tinha nada pronto para ela ler. Não havia nenhuma mensagem nova na caixa de entrada. O e-mail diário de Lydia só chegaria à tarde. Alice observou o movimento lá fora pela janela. Carros zuniam pelas curvas da alameda Memorial e os corredores de sempre disparavam pelas curvas do rio. As copas dos pinheiros balançavam ao turbulento ar outonal.

Tirou do armário de arquivo todas as pastas da caixa que dizia Publicações de Howland. Era autora de bem mais de cem trabalhos publicados. Segurou nas mãos a pilha de artigos sobre pesquisas, de comentários e resenhas, todas as reflexões e opiniões de sua carreira truncada. Pesava muito. Suas ideias e opiniões tinham peso. Pelo menos, houvera um tempo em que tinha sido assim. Ela sentiu falta de suas pesquisas, de pensar e falar nelas, de suas próprias ideias e percepções, da arte elegante de sua ciência.

Pôs de lado a pilha de pastas e retirou da estante seu livro didático, intitulado *Das moléculas à mente*. Também era pesado. Era a realização escrita de que ela mais se orgulhava, suas palavras e ideias mescladas com as de John, criando juntos algo que era singular nesse universo, informando e influenciando as palavras e ideias de terceiros. Alice havia suposto que eles escreveriam outro livro juntos, um dia. Folheou as páginas sem muito interesse. Também não estava com vontade de ler aquilo.

Consultou o relógio. Ela e John haviam combinado uma corrida no fim do dia. Faltavam horas demais até lá. Decidiu dar uma corrida até sua casa.

A casa ficava a pouco mais de um quilômetro de distância do escritório, e ela chegou lá depressa e com facilidade. E agora? Entrou na cozinha para preparar um chá. Encheu a chaleira com água da bica, colocou-a no fogão e acendeu o fogo na temperatura alta. Foi pegar um saquinho de chá. A lata em que guardava os saquinhos não estava em parte alguma da bancada. Abriu o armário onde guardava as xícaras de café. Em vez delas, contemplou três prateleiras cheias de pratos. Abriu o armário à direita desse, onde esperava ver fileiras de copos, mas ele guardava tigelas e xícaras.

Tirou as tigelas e xícaras do armário e as pôs na bancada. Depois, tirou os pratos e os colocou ao lado delas. Abriu o armário seguinte. Também nesse nada estava no lugar certo. Em pouco tempo, a bancada ficou repleta de pilhas altas de pratos, tigelas, xícaras, copos para suco, copos para água, taças de vinho, panelas, frigideiras, potes de plástico, pegadores de panela, panos de prato e talheres. A cozinha inteira fora virada pelo avesso. "E agora, onde eu guardava tudo isso antes?" A chaleira apitou e Alice não conseguiu raciocinar. Girou o botão do queimador e apagou o fogo.

Ouviu a porta da frente se abrir. "Ah, que bom, o John chegou cedo."

— John, por que você fez isto com a cozinha? — gritou.

— Alice, o que está fazendo?

A voz da mulher assustou-a.

— Nossa, Lauren, você me deu um susto.

Era sua vizinha do outro lado da rua. Que não disse palavra.

— Desculpe. Você não quer se sentar? Eu ia fazer um chá.

— Alice, esta não é a sua cozinha.

"O quê?" Ela correu os olhos pelo cômodo — bancadas de granito preto, armários de bétula, piso de cerâmica branca, janela acima da pia, lava-louças à direita da pia, fogão com forno duplo. Espere, ela não tinha um fogão com forno duplo, tinha? E então, pela primeira vez, notou a geladeira. A prova definitiva. A colagem de fotografias presas à porta com ímãs mostrava Lauren, o marido de Lauren, o gato de Lauren e uns bebês que Alice não reconheceu.

— Ah, Lauren, olhe o que eu fiz com a sua cozinha! Eu a ajudo a guardar tudo.

— Não há problema, Alice. Você está bem?

— Não, na verdade não estou.

Teve vontade de correr para casa, para sua própria cozinha. Será que as duas não poderiam apenas esquecer que aquilo tinha acontecido? Ela teria realmente que entrar no papo do "eu sofro do mal de Alzheimer", nesse exato momento? Detestava o papo do "eu sofro do mal de Alzheimer".

Tentou ler o rosto de Lauren. Ela estava com um ar perplexo e assustado. Seu rosto parecia pensar "a Alice deve estar maluca". Alice fechou os olhos e respirou fundo.

— Eu sofro do mal de Alzheimer.

Abriu os olhos. A expressão do rosto de Lauren não se alterou.

Agora, toda vez que entrava na cozinha, ela verificava a geladeira, só para ter certeza. Nenhuma foto de Lauren. Estava na casa certa. Para o caso de isso não eliminar todas as dúvidas, John havia escrito um bilhete em letras pretas garrafais e o grudara na porta da geladeira:

ALICE,
NÃO SAIA PARA CORRER SEM MIM.

MEU CELULAR: 617-555-1122
ANNA: 617-555-1123
TOM: 617-555-1124

John a fizera prometer que não correria sem ele. Alice tinha jurado com o sinal da cruz que não o faria. Mas, é claro, poderia esquecer.

Certamente seu tornozelo agradeceria uma folga da corrida, afinal. Ela o torcera ao descer de um meio-fio na semana anterior. Sua percepção espacial andava meio atrapalhada. Às vezes os objetos pareciam mais próximos ou mais distantes, ou, de modo geral, em lugares diferentes daqueles em que de fato estavam. Ela fizera um exame de vista. Estava com a visão perfeita. Tinha os olhos de uma moça de vinte anos. O problema não estava nas córneas, nos cristalinos nem nas retinas. O senão estava em algum ponto do processamento das informações visuais, em algum lugar de seu córtex occipital, dissera John. Aparentemente, Alice tinha os olhos de uma universitária e o córtex occipital de uma octogenária.

Não podia correr sem John. Poderia perder-se ou se machucar. Mas, nos últimos tempos, também não andava havendo corridas com John. Ele andava viajando muito e, quando não estava fora, saía cedo de casa para Harvard e trabalhava até tarde. Ao voltar, estava sempre cansado demais. Alice detestava depender dele para fazer sua corrida, especialmente por não poder contar com isso.

Pegou o telefone e discou o número grudado na geladeira.

— Alô?

— Nós vamos sair para correr hoje? — perguntou.

— Não sei, talvez, estou numa reunião. Eu ligo depois — disse John.

— Eu preciso muito dar uma corrida.

— Eu ligo para você mais tarde.

— Quando?

— Quando puder.

— Ótimo.

Desligou o telefone, olhou pela janela, depois baixou os olhos para os tênis de corrida nos pés. Arrancou-os fora e os atirou na parede.

Tentou ser compreensiva. John precisava trabalhar. Mas por que não entendia que ela precisava correr? Se uma coisa tão simples quanto a atividade física regular realmente retardava o avanço da doença, ela deveria correr com a maior frequência possível. Toda vez que o marido lhe dizia "hoje não", talvez ela estivesse perdendo mais neurônios que poderiam ser salvos. Morrendo mais depressa, sem necessidade. John a estava matando.

Tornou a pegar o telefone.

— Sim? — atendeu ele, em voz sussurrada e aborrecida.

— Quero que você me prometa que hoje nós vamos correr.

— Com licença, um instantinho — disse ele, dirigindo-se a outra pessoa. — Por favor, Alice, eu vou ligar para você assim que sair desta reunião.

— Hoje eu preciso correr.

— Ainda não sei a que horas o meu dia vai acabar.

— E daí?

— É por isso que acho que devíamos comprar uma esteira para você.

— Ora, vá se foder! — disse ela, e bateu o telefone.

Calculou que não estava sendo muito compreensiva. Nos últimos tempos, vinha tendo muitas explosões de raiva. Se isso era sintoma do avanço da doença ou uma reação justificada, não saberia dizer. Não queria uma esteira ergométrica. Queria John. Talvez não devesse ser tão teimosa. Talvez também estivesse se matando.

Sempre teria a opção de andar por algum lugar sem ele. É claro que esse lugar teria que ser "seguro". Ela poderia andar até o escritório. Mas não queria ir ao escritório. Sentia-se entediada, ignorada e alienada no escritório. Sentia-se ridícula por lá. Já não fazia parte daquilo. Em toda a vasta grandiosidade de Harvard, não havia espaço para uma professora de psicologia cognitiva com uma psique cognitiva destroçada.

Sentou-se na poltrona da sala e tentou pensar no que fazer. Não lhe ocorreu nada significativo o bastante. Tentou imaginar o dia seguinte, a próxima semana, o inverno vindouro. Não lhe ocorreu nada significativo o bastante. Sentiu-se entediada, ignorada e alienada na poltrona da sala. O sol de fim de tarde lançava sombras estranhas, como num filme de Tim Burton, que deslizavam e ondulavam no chão e subiam pelas paredes. Alice viu as sombras se dissolverem e a sala escurecer. Fechou os olhos e adormeceu.

Estava parada no quarto, vestida apenas com um par de meias soquete e a pulseira do programa Retorno Seguro, lutando e praguejando contra uma peça de vestuário esticada na cabeça. Como num balé de Martha Graham, sua batalha contra o tecido que lhe amortalhava a cabeça parecia uma expressão física e poética da angústia. Ela soltou um grito prolongado.

— O que houve? — perguntou John, irrompendo pelo quarto.

Alice o fitou com um olho em pânico por uma abertura redonda na peça de roupa retorcida.

— Não consigo fazer isso! Não sei como vestir essa merda de sutiã esportivo. Não consigo me lembrar de como vestir um sutiã, John! Não sei vestir meu próprio sutiã!

John se aproximou e lhe examinou a cabeça.

— Isso não é sutiã, Ali, é uma calcinha.

Ela caiu na gargalhada.

— Não tem graça nenhuma — disse John.

Alice riu mais alto.

— Pare com isso, não tem graça. Escute, se você quer correr, tem que andar depressa e se vestir. Não tenho muito tempo.

E saiu do quarto, incapaz de olhá-la parada ali, nua, com a calcinha na cabeça, rindo de sua própria loucura absurda.

ALICE SABIA QUE A JOVEM SENTADA defronte dela era sua filha, mas tinha uma inquietante falta de confiança nesse saber. Sabia que tinha uma filha chamada Lydia, mas, quando olhava para a moça sentada à sua frente, saber que *aquela* era sua filha Lydia mais era um conhecimento teórico do que uma compreensão implícita, um fato com que ela concordasse, uma informação que houvesse recebido e aceito como verdadeira.

Olhou para Tom e Anna, também sentados à mesa, e pôde ligá-los automaticamente às lembranças que tinha da filha primogênita e do filho. Pôde visualizar Anna de vestido de noiva, com as becas de formatura da faculdade de direito, do bacharelado e do curso médio, e com a camisola de Branca de Neve que ela insistia em usar todos os dias, quando tinha três anos. Lembrou-se de Tom de beca e capelo, ou engessado depois de quebrar uma perna esquiando, ou usando aparelho nos dentes, ou com o uniforme da Liga Infantil de Beisebol, e em seu colo quando era bebê.

Também era capaz de visualizar a história de Lydia, mas, por algum motivo, a mulher sentada ali defronte não estava inextricavelmente ligada às suas lembranças da filha caçula. Isso a deixava inquieta e dolorosamente consciente de estar piorando, de ter seu passado desvinculando-se do presente. E como era estranho não ter dificuldade para identificar o homem ao lado de Anna como Charlie, o marido de sua filha mais velha, um homem que só tinha entrado na vida deles uns dois anos antes! Alice imaginou o mal de Alzheimer como um demônio em sua cabeça, um demônio que ia abrindo à força uma trilha irresponsável e ilógica de destruição, arrebentando as conexões entre a "Lydia de hoje" e a "Lydia de antigamente", enquanto deixava intactas todas as ligações com "Charlie".

O restaurante estava lotado e barulhento. Vozes vindas de outras mesas disputavam a atenção de Alice, e a música de fundo entrava e saía do primeiro plano. As vozes de Anna e Lydia lhe pareciam idênticas. Todos usavam pronomes demais. Era uma luta localizar quem estava falando em sua mesa e acompanhar o que era dito.

— Meu amor, você está bem? — perguntou Charlie.

— São os cheiros — respondeu Anna.

— Quer ir lá tomar um pouco de ar?

— Eu vou com ela — interpôs Alice.

Suas costas ficaram tensas no instante em que as duas deixaram o calor aconchegante do restaurante. Ambas haviam esquecido de levar os casacos. Anna segurou a mão de Alice e a conduziu para longe de um círculo de jovens fumantes parados junto à porta.

— Aaah, ar puro! — exclamou, inspirando e expirando magnificamente pelo nariz.

— E silêncio — acrescentou Alice.

— Como você tem passado, mamãe?

— Estou bem.

Anna afagou-lhe o dorso da mão, da mão que ainda estava segurando.

— Já estive melhor — admitiu Alice.

— Eu também. Você ficava enjoada assim quando estava me esperando?

— Sempre.

— E o que você fez?

— A gente apenas segue em frente. Vai passar logo.

— E, num piscar de olhos, os bebês terão chegado.

— Mal posso esperar.

— Eu também.

Mas a voz de Anna não transmitia a mesma exuberância que a de Alice. De repente, seus olhos se encheram de lágrimas.

— Mamãe, eu vivo enjoada o tempo todo, e me sinto exausta, e toda vez que esqueço alguma coisa, acho que estou com os sintomas da doença.

— Ah, meu bem, não está, não, você está apenas cansada.

— Eu sei, eu sei, mas é que quando penso em você não lecionar mais e em tudo que está perdendo...

— Não pense. Esta precisa ser uma fase empolgante para você. Por favor, pense só no que estamos ganhando.

Alice apertou a mão que segurava a sua e pôs a outra delicadamente na barriga de Anna. A filha sorriu, mas as lágrimas continuaram a descer de seus olhos abatidos.

— Só não sei como vou lidar com tudo isso. Meu trabalho, dois filhos pequenos e...

— E o Charlie. Não se esqueça de você e do Charlie. Preserve o que tem com ele. Mantenha tudo em equilíbrio: você e o Charlie, sua carreira, seus filhos, tudo o que você ama. Não negligencie as coisas que você ama na vida, e conseguirá fazer tudo. O Charlie vai ajudá-la.

— É bom mesmo que ajude — ameaçou Anna.

Alice riu. Anna enxugou os olhos várias vezes com os punhos e soltou uma longa bufada pela boca, no estilo "cursinho pré-natal".

— Obrigada, mamãe. Estou me sentindo melhor.

— Ótimo.

DE VOLTA AO INTERIOR DO RESTAURANTE, acomodaram-se em suas cadeiras e jantaram. A moça em frente a Alice, sua filha caçula, Lydia, bateu na taça de vinho vazia com a faca.

— Mamãe, gostaríamos de lhe dar o seu grande presente agora.

Lydia lhe entregou um pequeno pacote retangular, embrulhado em papel dourado. Devia ser grande em termos de significação. Alice tirou o papel de presente. Dentro havia três DVDs — *As crianças Howland*, *Alice e John* e *Alice Howland*.

— É uma biografia em vídeo para você. *As crianças Howland* é uma coleção de entrevistas com Anna, Tom e eu. Gravei-as neste verão. São nossas lembranças de você e da nossa infância e crescimento. O DVD com o papai são as recordações dele de quando a conheceu, do namoro, do casamento, das férias de vocês e de uma porção de outras coisas. Há umas histórias geniais nesse aí, que nenhum de nós três conhecia. O terceiro eu ainda não gravei. É uma entrevista com você, com suas histórias, se você quiser fazê-la.

— É claro que quero, com certeza. Adorei. Muito obrigada. Mal posso esperar para vê-los.

A garçonete serviu-lhes café, chá e um bolo de chocolate com uma vela. Todos cantaram "Parabéns pra você". Alice soprou a vela e fez um pedido.

Novembro de 2004

Os filmes comprados por John no verão acabaram incluídos na mesma infausta categoria dos livros abandonados que tinham vindo substituir. Alice já não conseguia acompanhar a sequência da trama nem se lembrar da importância dos personagens, caso não aparecessem em todas as cenas. Era capaz de apreciar pequenos momentos, mas guardava apenas uma impressão geral do filme depois que os créditos apareciam. "Esse filme foi engraçado." Quando John ou Anna assistiam à exibição com ela, muitas vezes rolavam de rir, pulavam de susto ou recuavam de nojo, numa reação óbvia e visceral a algo que acontecia, e Alice não entendia por quê. Participava, fingindo, na tentativa de protegê-los de saber o quanto estava perdida. Assistir a filmes trazia-lhe uma aguda consciência do quanto estava perdida.

Os DVDs feitos por Lydia chegaram na hora certa. Cada história contada por John e pelos filhos durava apenas alguns minutos, e por isso ela conseguia absorver todas, e não precisava reter ativamente as informações de uma dada história para compreender ou desfrutar das outras. Assistia a todas repetidamente. Não se lembrava de tudo de que eles falavam, mas isso parecia perfeitamente normal, porque nenhum de seus filhos nem John se lembravam de todos os detalhes, tampouco. E, nos casos em que Lydia lhes pedira para contar um mesmo acontecimento, cada um o recordava de uma forma um pouco diferente, omitindo umas partes, exagerando outras, enfatizando suas perspectivas individuais. Até as biografias não dominadas pela doença eram vulneráveis a buracos e distorções.

Ela só aguentou assistir ao vídeo *Alice Howland* uma vez. Nos velhos tempos, ela fora tão eloquente, tão à vontade falando diante de qualquer plateia! Agora, usava demais a palavra "coisa" e se repetia um número constrangedor de vezes. Mas se sentia grata por ter aquilo tudo — suas lembranças, reflexões e conselhos —, registrado e claramente estabelecido, a salvo do quebra-quebra molecular da doença de Alzheimer. Um dia seus netos assistiriam ao vídeo e diriam: "Essa é a vovó quando ainda sabia falar e se lembrar das coisas."

Havia acabado de assistir a *Alice e John*. Continuou no sofá, com um cobertor sobre as pernas, depois que a tela da televisão escureceu, escutando. O silêncio a agradava. Respirou e passou vários minutos sem pensar em nada além do tique-taque do relógio no console da lareira. E então, de repente, o tique-taque ganhou sentido e os olhos dela se abriram.

Olhou para os ponteiros. Dez para as dez. "Ah, meu Deus, o que é que ainda estou fazendo aqui?" Jogou o cobertor no chão, enfiou os pés nos sapatos, correu para a sala de estudos e fechou a bolsa do laptop. "Onde está minha bolsinha azul?" Não estava na cadeira nem na escrivaninha, nem nas gavetas da escrivaninha nem na bolsa do laptop. Deu uma corrida até o quarto. Não estava na cama, na mesinha de cabeceira, na penteadeira, no *closet* nem na secretária. Alice estava parada no corredor, re-situando seu paradeiro na mente confusa, quando a viu, pendurada na maçaneta da porta do banheiro.

Abriu o zíper. Celular, BlackBerry, nada de chaves. Sempre as colocava ali. Bem, isso não era inteiramente verdade. Sempre tencionava colocá-las ali. Às vezes as punha na gaveta da escrivaninha, na gaveta dos talheres, na gaveta da roupa de baixo, no porta-joias, na caixa do correio e numa infinidade de bolsos. Às vezes, simplesmente as deixava na fechadura. Detestava pensar em quantos minutos gastava, todos os dias, procurando as coisas que largava fora do lugar.

Tornou a descer correndo para a sala. Nada de chaves, mas encontrou o casaco na poltrona. Vestiu-o e pôs as mãos nos bolsos. As chaves!

Correu para o vestíbulo, mas parou antes de chegar à porta. Uma coisa estranhíssima. Havia um grande buraco no chão, bem diante da porta. Tomava toda a largura do vestíbulo e tinha uns dois metros e meio de comprimento, sem nada além do porão escuro por baixo. Era intransponível. As tábuas do piso do vestíbulo andavam empenadas e rangentes, e fazia pouco tempo que ela e John haviam falado em substituí-las. Teria John contratado alguém para fazer a reforma? Alguém teria estado lá nesse dia? Não conseguiu se lembrar. Qualquer que fosse a razão, não haveria como usar a porta da frente até que se consertasse o buraco.

A caminho da porta dos fundos, o telefone tocou.

— Oi, mãe, vou chegar por volta das sete e levarei a comida.

— Está bem — disse Alice, elevando ligeiramente a entonação.

— É a Anna.

— Eu sei.

— O papai volta de Nova York amanhã, lembra? Vou dormir aí hoje. Mas não posso sair do trabalho antes das seis e meia, então me espere para jantar. Talvez seja melhor você escrever isso no quadro de anotações da geladeira.

Alice olhou para o quadro. NÃO SAIA PARA CORRER SEM MIM. Sentindo-se provocada, teve vontade de gritar ao telefone que não precisava de babá e podia arranjar-se muito bem sozinha em sua própria casa. Em vez disso, respirou fundo.

— Está bem, até mais tarde.

Desligou o telefone e se cumprimentou por ainda ter controle suficiente para podar suas emoções mais cruas. Logo, logo, não o teria. Seria bom estar com Anna, e seria bom não ficar sozinha.

Tinha vestido o casaco e estava com o laptop e a bolsinha azul-bebê pendurados no ombro. Olhou pela janela da cozinha. Dia ventoso, úmido, cinzento. Seria de manhã, talvez? Não estava com vontade de sair nem com vontade de ficar sentada no escritório. Sentia-se entediada, ignorada e alienada no escritório. Sentia-se ridícula por lá. Já não fazia parte daquele lugar.

Tirou as bolsas e o casaco e se dirigiu à sala de estudos, mas um tinido e um baque súbitos a levaram a refazer o trajeto para o vestíbulo. A correspondência acabara de ser entregue pela abertura da porta e estava em cima do buraco, pairando sobre ele, de algum modo. Tinha que estar equilibrada numa viga subjacente, ou numa tábua do piso que ela não conseguia enxergar. "Correspondência flutuante. Meu cérebro está frito!" Recuou para a sala de estudos e procurou esquecer o buraco que desafiava a gravidade no vestíbulo. Foi surpreendentemente difícil.

SENTOU-SE NA SALA, ABRAÇANDO os joelhos, olhando pela janela para o dia escurecido, à espera de que Anna chegasse com o jantar, à espera de que John voltasse de Nova York, para poder dar uma corrida. Ficou sentada, esperando. Sentada e esperando piorar. Estava farta de apenas ficar sentada e esperar.

Era a única pessoa que conhecia em Harvard com a doença de Alzheimer de instalação precoce. Era a única pessoa que conhecia, em qualquer lugar, com Alzheimer de instalação precoce. Certamente não era a única em todas as partes do mundo. Precisava conhecer seus novos companheiros. Precisava habitar esse novo mundo em que se encontrava, o mundo da demência.

Digitou no Google as palavras "doença de Alzheimer de instalação precoce." A busca mostrou uma porção de dados e estatísticas.

Estima-se que haja nos Estados Unidos quinhentas mil pessoas com o mal de Alzheimer de instalação precoce.

A instalação precoce é definida como o surgimento do mal de Alzheimer antes dos 65 anos de idade.

Os sintomas podem desenvolver-se na casa dos trinta ou quarenta anos.

A ferramenta de busca mostrou sites com listas de sintomas, fatores genéticos de risco, causas e tratamentos. Mostrou artigos sobre pesquisas e descobertas de medicamentos. Alice já vira aquilo tudo.

Acrescentou a palavra "apoio" à sua busca no Google e bateu na tecla "enter".

Encontrou grupos de discussão, links, indicações, fóruns e salas de bate-papo. Para cuidadores. Os temas de apoio aos cuidadores incluíam visitas a clínicas, perguntas sobre remédios, alívio do estresse, maneiras de lidar com delírios, de lidar com as perambulações noturnas, de enfrentar a negação e a depressão. Os cuidadores enviavam perguntas e respostas, solidarizavam-se e discutiam a solução de problemas relativos as suas mães de 81 anos, seus maridos de 74 anos e suas avós de 85 anos que sofriam do mal de Alzheimer.

"E o apoio às pessoas que *têm* a doença de Alzheimer? Onde estão as outras pessoas de 51 anos com demência? Onde estão as outras pessoas que estavam no auge de suas carreiras quando esse diagnóstico lhes arrancou a vida, como um tapete puxado de baixo dos pés?" Alice não negava que era trágico ter Alzheimer em qualquer idade. Não negava que os cuidadores precisavam de apoio. Não negava o sofrimento deles. Sabia que John sofria. "Mas, e eu?"

Lembrou-se do cartão de visita da assistente social do Hospital Geral de Massachusetts. Encontrou-o e discou o número.

— Denise Daddario.

— Olá, Denise, aqui é a Alice Howland. Sou paciente do dr. Davis e ele me deu o seu cartão. Tenho 51 anos e fui diagnosticada com doença de Alzheimer de instalação precoce, quase um ano atrás. Eu gostaria de saber se o hospital tem algum tipo de grupo de apoio para as pessoas que sofrem de Alzheimer.

— Não, infelizmente, não. Temos um grupo de apoio, mas é apenas para os cuidadores. A maioria dos nossos pacientes com mal de Alzheimer não seria capaz de participar desse tipo de grupo.

— Mas alguns seriam.

— Sim, mas receio que não tenhamos quórum para justificar os recursos necessários para formar e manter em funcionamento esse tipo de grupo.

— Que tipo de recursos?

— Bem, no nosso grupo de apoio aos cuidadores, umas doze a quinze pessoas se encontram toda semana por cerca de duas horas. Temos uma sala reservada, café, salgadinhos, duas pessoas da equipe que funcionam como mediadores e um orador convidado, uma vez por mês.

— Que tal apenas uma sala vazia em que as pessoas com demência pré-senil possam se reunir e falar do que estão vivenciando?

"Posso levar o café e as rosquinhas com geleia, pelo amor de Deus."

— Precisaríamos de um membro da equipe hospitalar para fazer a supervisão e, infelizmente, neste momento não temos ninguém disponível.

"Que tal um dos dois mediadores do seu grupo de apoio aos cuidadores?"

— Você poderia me passar os contatos dos pacientes que você conhece com Alzheimer de instalação precoce, para que eu mesma possa tentar organizar alguma coisa?

— Receio que eu não possa fornecer essas informações. Você gostaria de marcar um horário para vir conversar comigo? Tenho uma hora disponível às dez da manhã, na sexta-feira, 17 de dezembro.

— Não, obrigada.

Um ruído na porta da frente despertou-a do cochilo no sofá. A casa estava fria e escura. A porta de entrada rangeu ao abrir.

— Desculpe o atraso!

Alice levantou-se e foi até a entrada. Lá estava Anna, com um enorme saco de papel pardo numa das mãos e uma pilha de cartas bagunçadas na outra. Parada em cima do buraco!

— Mamãe, todas as luzes estão apagadas. Você estava dormindo? Não devia cochilar a essa hora, ou não conseguirá dormir nada à noite.

Alice aproximou-se dela e se abaixou. Pôs a mão no buraco. Mas o que sentiu não foi um espaço vazio. Passou os dedos pelas laçadas de lã de um tapete preto. Seu tapete preto do vestíbulo. Fazia anos que estava ali. Deu-lhe um tapa tão forte com a mão espalmada, que chegou a produzir um eco.

— Mamãe, o que está fazendo?

Sua mão latejava, ela estava cansada demais para suportar a humilhação de responder à pergunta de Anna, e o cheiro penetrante de amendoim que vinha do saco de papel a deixou enjoada.

— Me deixe em paz!

— Está tudo bem, mamãe. Vamos jantar na cozinha.

Anna largou a correspondência e estendeu a mão para Alice, para a mão que latejava. A mãe afastou-a com força e soltou um grito.

— Me deixe em paz! Saia da minha casa! Odeio você! Não quero você aqui!

Suas palavras atingiram o rosto de Anna com mais força do que um tapa na cara. Por entre as lágrimas que rolavam, a expressão da filha crispou-se numa determinação serena.

— Eu trouxe o jantar, estou morrendo de fome e vou ficar aqui. Vou para a cozinha comer, e depois vou me deitar.

Alice ficou sozinha no vestíbulo, com a fúria e o desejo de brigar correndo feito loucos por suas veias. Abriu a porta e começou a puxar o tapete. Deu-lhe um puxão com todas as suas forças e caiu. Levantou-se, puxou, torceu e lutou com ele, até deixá-lo inteiro do lado de fora. Depois, chutou-o e gritou com ele feito louca, até o tapete escorregar pelos degraus da entrada, troncho, e cair morto na calçada.

Alice, responda às seguintes perguntas:

1. Em que mês estamos?

2. Onde você mora?

3. Onde fica o seu escritório?

4. Qual é a data de nascimento da Anna?

5. Quantos filhos você tem?

Se tiver dificuldade para responder a qualquer dessas perguntas, procure o arquivo chamado "Borboleta" no seu computador e siga imediatamente as instruções contidas nele.

Novembro
Cambridge
Harvard
Setembro
Três

Dezembro de 2004

A tese de Dan somou 142 páginas, sem incluir a bibliografia. Fazia muito tempo que Alice não lia nada tão longo assim. Sentou-se no sofá com as palavras de Dan no colo, uma caneta vermelha equilibrada na orelha direita e um marcador cor-de-rosa fluorescente na mão direita. Usava a caneta vermelha para fazer correções e o marcador rosa para acompanhar o que já tinha lido. Assinalava tudo que lhe parecia importante, para que, quando precisasse voltar atrás, pudesse restringir a releitura às palavras destacadas.

Empacou de forma desanimadora na página 26, que estava saturada de cor-de-rosa. Seu cérebro ficou sobrecarregado, implorando por um repouso. Ela imaginou as palavras cor-de-rosa da página transformando-se em algodão-doce rosado e pegajoso dentro de sua cabeça. Quanto mais lia, mais precisava destacar trechos, para compreender e recordar o que lera. Quanto mais destacava, mais sua cabeça se enchia de açúcar lanoso e rosado, entupindo e abafando os circuitos cerebrais necessários para compreender e recordar o que estava lendo. Ao chegar à página 26, já não entendia nada.

Bip, bip.

Jogou a tese de Dan na mesinha de centro e foi até o computador da sala de estudos. Encontrou um novo e-mail na caixa de entrada, enviado por Denise Daddario.

Cara Alice,

Compartilhei sua ideia sobre um grupo de apoio a portadores de demência pré-senil com os outros pacientes nesse estado aqui

na nossa unidade, e também com o pessoal do Hospital Brigham
e do Hospital da Mulher. Tive retorno de três pessoas aqui da
cidade, que ficaram muito interessadas nessa ideia. Deram-me
permissão para lhe fornecer seus nomes e informações para contato
(veja o anexo).

Você também poderia entrar em contato com a Mass Alzheimer
Association. É possível que eles saibam de outras pessoas que quei-
ram se reunir com você.

Mantenha-me informada sobre o andamento das coisas e me avise
se eu puder fornecer-lhe alguma outra informação ou orientação.
Lamento não termos podido fazer mais por você aqui, em termos
formais.

Boa sorte!

Denise Daddario

Abriu o anexo.

Mary Johnson, 57 anos, demência do lobo frontotemporal.
Cathy Roberts, 48 anos, doença de Alzheimer de instalação
precoce.
Dan Sullivan, 53 anos, doença de Alzheimer de instalação precoce.

Ali estavam eles, seus novos companheiros. Alice releu os nomes, vez após outra. "Mary, Cathy e Dan. Mary, Cathy e Dan." Come-çou a sentir a empolgação maravilhosa, mesclada com um pavor mal reprimido, que havia experimentado nas semanas anterio-res a seu primeiro dia no jardim de infância, na faculdade e na pós-graduação. Como seriam eles? Será que ainda trabalhavam? Quanto tempo fazia que conviviam com a doença? Seus sinto-mas seriam iguais, mais brandos ou piores? Será que eles tinham alguma semelhança com ela? "E se eu estiver num estágio muito mais avançado que eles?"

Prezados Mary, Cathy e Dan,

Meu nome é Alice Howland, tenho 51 anos e fui diagnosticada no ano passado com a doença de Alzheimer de instalação precoce. Fui professora titular de psicologia na Universidade Harvard durante vinte e cinco anos, mas, essencialmente, deixei meu cargo por incapacidade em setembro último, em função dos meus sintomas.

Agora fico em casa e me sinto realmente sozinha nesta luta. Telefonei para a Denise Daddario, no HGM, para pedir informações sobre grupos de apoio para pacientes com demência pré-senil. Eles só têm um grupo para familiares responsáveis, nada para nós. Mas ela me deu seus nomes.

Eu gostaria de convidá-los todos a minha casa para um chá, um café e um bate-papo neste domingo, 5 de dezembro, às 14 horas. Seus cuidadores serão bem-vindos e poderão participar, se vocês quiserem. Envio em anexo meu endereço e instruções sobre como chegar aqui.

Estou ansiosa por conhecê-los,
Alice

"Mary, Cathy e Dan. Mary, Cathy e Dan. Dan. A tese do Dan. Ele está esperando minhas correções." Voltou ao sofá da sala e abriu a tese de Dan na página 26. O cor-de-rosa invadiu-lhe a cabeça. A cabeça doeu. Ela se perguntou se alguém já teria respondido ao e-mail. Largou a coisa de Dan, antes mesmo de concluir o pensamento.

Clicou na caixa de entrada. Nenhuma mensagem nova.

Bip, bip.

Atendeu o telefone.

— Alô?

Sinal de discagem. Havia torcido para que fosse Mary, Cathy ou Dan. "Dan. A tese de Dan."

De volta ao sofá, parecia aprumada e ativa com o marcador na mão, mas seus olhos não estavam concentrados nas letras da página. Em vez disso, Alice devaneava.

Será que Mary, Cathy e Dan ainda liam vinte e seis páginas, e compreendiam e recordavam tudo o que tinham lido? "E se eu for a única que acha que o tapete do vestíbulo pode ser um buraco?" E se fosse a única que estivesse piorando? Podia se sentir piorando. Podia se sentir escorregando para aquele buraco demente. Sozinha.

— Estou sozinha, estou sozinha, estou sozinha — gemeu, afundando ainda mais na realidade de seu buraco solitário, a cada vez que ouvia a própria voz enunciar as palavras.

Bip, bip.

A campainha a arrancou do devaneio. Seriam eles? Ela os havia convidado para virem nesse dia?

— Só um minuto!

Enxugou os olhos com as mangas da blusa, passou os dedos pelo cabelo despenteado enquanto ia andando, respirou fundo e abriu a porta. Não havia ninguém.

As alucinações visuais e auditivas eram uma realidade para aproximadamente metade das pessoas que sofriam da doença de Alzheimer, mas, até então, Alice não havia experimentado nenhuma. Ou talvez houvesse. Quando ficava só, não havia maneira clara de saber se o que vivenciava era a realidade ou sua realidade com o mal de Alzheimer. Suas desorientações, confabulações, delírios e todas as outras coisas demenciais não eram destacados em cor-de-rosa fluorescente, inequivocamente distinguíveis do que era normal, real e correto. Por sua perspectiva, ela simplesmente não sabia a diferença. O tapete era um buraco. Aquele barulho era a campainha.

Tornou a verificar a caixa de entrada. Um e-mail novo.

Oi, mamãe,

Como vai? Foi ao seminário de almoço de ontem? Fez a sua corrida? Minha aula foi ótima, como sempre. Hoje fiz outro teste, para um comercial de um banco. Vamos ver. Como vai o papai? Está em casa esta semana? Sei que o mês passado foi difícil. Aguente firme. Logo estarei em casa!

Com muito amor,

Lydia

Bip, bip.

Atendeu o telefone.

— Alô?

Sinal de discagem. Abriu a primeira gaveta do arquivo, jogou o telefone lá dentro, ouviu-o bater no fundo de metal, embaixo das centenas de publicações penduradas, e deslizou a gaveta até fechá-la. "Espere, talvez seja o meu celular."

— Celular, celular, celular — repetiu em voz alta como um refrão, enquanto circulava pela casa, tentando manter presente o objetivo da busca.

Olhou em todo canto, mas não conseguiu encontrá-lo. Então, calculou que precisava era procurar a bolsa azul-clara. Mudou o refrão.

— Bolsa azul, bolsa azul, bolsa azul.

Encontrou-a na bancada da cozinha, com o telefone celular dentro, mas desligado. Talvez o barulho fosse o alarme de algum carro, travando ou destravando lá fora. Retomou sua posição no sofá e abriu a tese de Dan na página 26.

— Olá — disse uma voz masculina.

Alice levantou a cabeça, olhos arregalados, e escutou, como se tivesse acabado de ser chamada por um fantasma.

— Alice? — perguntou a voz sem corpo.

— Sim?

— Alice, você está pronta para sair?

John apareceu na soleira da porta, com ar de expectativa. Ela se sentiu aliviada, mas precisava de mais informações.

— Nós vamos jantar com o Bob e a Sarah e já estamos meio atrasados.

Jantar. Só então percebeu que estava faminta. Não se lembrava de ter comido nada o dia inteiro. Talvez fosse por isso que não conseguia ler a tese de Dan. Talvez só precisasse comer um pouco. Mas a ideia do jantar e da conversa num restaurante barulhento esgotou-a ainda mais.

— Não quero jantar fora. Estou tendo um dia difícil.

— O meu dia também foi difícil. Vamos sair para um bom jantar juntos.

— Vá você. Só quero ficar em casa.

— Venha, vai ser divertido. Não fomos à festa do Eric. Sair será bom para você, e sei que eles gostariam de vê-la.

"Não, não gostariam. Ficarão aliviados por eu não estar presente. Sou um elefante de algodão-doce cor-de-rosa no recinto. Deixo todo mundo constrangido. Transformo o jantar num número maluco de circo, e ficam todos equilibrando a comiseração nervosa e os sorrisos forçados em malabarismos com os copos de bebida, os garfos e as facas."

— Não quero ir. Diga a eles que sinto muito, mas não estava com disposição de sair.

Bip, bip.

Viu que John também ouvira o barulho e foi atrás dele na cozinha. O marido abriu a porta do micro-ondas e tirou uma caneca de dentro.

— Isso aqui está gelado. Quer que eu o reaqueça?

Ela devia ter feito o chá pela manhã e se esquecido de tomá-lo. Depois, devia tê-lo posto no micro-ondas para reaquecer e o deixara lá.

— Não, obrigada.

— Bom, é provável que o Bob e a Sarah já estejam esperando. Tem certeza de que não quer ir?

— Tenho.

— Não vou demorar.

Deu-lhe um beijo e saiu sem ela. Alice passou muito tempo na cozinha, onde John a deixara, segurando a caneca de chá frio.

ESTAVA INDO DORMIR E JOHN AINDA não voltara do jantar. A luz azul do computador, brilhando na sala de estudos, chamou-lhe a atenção, antes que ela se virasse para subir. Entrou e verificou a caixa de entrada, mais por hábito do que por uma curiosidade sincera.

Lá estavam eles.

Cara Alice,

Meu nome é Mary Johnson. Tenho 57 anos e fui diagnosticada com demência do lobo frontotemporal há cinco anos. Moro na North Shore, o que não é muito longe de você. Sua ideia é maravilhosa. Eu adoraria ir. Meu marido, Barry, vai me levar de carro. Não sei ao certo se ele vai querer ficar. Ambos antecipamos a aposentadoria e passamos o tempo todo em casa. Acho que ele gostaria de uma folga de mim. Até breve,

Mary

Oi, Alice,

Meu nome é Dan Sullivan, 53 anos, diagnosticado com DAIP três anos atrás. A doença é de família. Minha mãe, dois tios e uma de minhas tias a tiveram, e quatro dos meus primos a têm. Portanto, eu sabia que ela ia chegar e tenho convivido com isso na família desde pequeno. O engraçado é que isso não tornou mais fácil o diagnóstico nem o convívio com a doença agora. Minha mulher sabe onde você mora. Não é longe do HGM. Perto de Harvard. Minha filha estudou em Harvard. Rezo todos os dias para que ela não tenha isso.

Dan

Oi, Alice,

Obrigada por seu e-mail e pelo convite. Fui diagnosticada com DAIP há um ano, como você. Foi quase um alívio. Pensei que estivesse enlouquecendo. Eu me perdia nas conversas, tinha dificuldade para terminar minhas frases, esquecia o caminho de casa, não conseguia mais entender o talão de cheques e errava os horários das crianças (tenho uma filha de 15 anos e um filho de 13). Eu só tinha 46 anos quando os sintomas começaram, e por isso, é claro, ninguém jamais imaginou que pudesse ser o mal de Alzheimer.

Acho que os remédios ajudam muito. Eu tomo Aricept e Namenda. Tenho dias bons e ruins. Nos bons, as pessoas e até minha família usam isso como pretexto para achar que estou perfeitamente bem, até inventando a doença! Mas não estou tão desesperada assim por atenção! Aí, vem um dia ruim e não consigo pensar nas palavras nem me concentrar, e não consigo fazer várias tarefas ao mesmo tempo, de jeito nenhum. Também me sinto sozinha. Mal posso esperar para conhecê-la.

Cathy Roberts

P.S. Você conhece a Rede Internacional de Apoio e Defesa da Demência? Veja o site deles na internet: www.dasninternational. org. É um site maravilhoso para pessoas como nós, nos primeiros estágios e com a forma de instalação precoce, um site onde podemos conversar, desabafar, dar apoio uns aos outros e compartilhar informações.

Lá estavam eles. E viriam à sua casa.

MARY, CATHY E DAN TIRARAM OS CASACOS e se sentaram na sala de estar. Seus cônjuges continuaram de casaco, despediram-se com relutância e saíram com John para tomar um café no Jerri's. Mary tinha o cabelo louro, cortado na altura do queixo, e olhos redondos, castanho-chocolate, por trás dos óculos de armação escura. Cathy tinha um rosto inteligente e agradável, e olhos que sorriam antes da boca. Alice gostou dela de imediato. Dan tinha um bigode grosso, calva incipiente e compleição robusta. Quem os visse poderia achar que eram professores visitantes de fora da cidade, integrantes de um clube de leitura ou velhos amigos.

— Alguém gostaria de pensar alguma coisa? — perguntou Alice.

Os três a fitaram e se entreolharam, pouco inclinados a responder. Seriam todos tímidos ou educados demais para que alguém fosse o primeiro a se manifestar?

— Alice, você quis dizer "tomar"? — perguntou Cathy.

— Foi, e o que eu disse?

— Você disse "pensar".

O rosto dela enrubesceu. Trocar palavras não era a primeira impressão que havia pretendido causar.

— Na verdade, eu gostaria de uma xícara de pensamentos. A minha anda quase vazia há dias e uma reposição me faria bem — disse Dan.

Todos riram e a ligação se estabeleceu instantaneamente no grupo. Alice buscou o café e o chá, enquanto Mary foi contando sua história.

— Fui corretora imobiliária por vinte e dois anos. De repente, comecei a esquecer compromissos, reuniões de trabalho e exposições de imóveis abertos à visitação. Aparecia nas casas sem a chave. Eu me perdi no caminho quando ia mostrar um imóvel num bairro que tinha conhecido a vida inteira, com a cliente no carro. Passei quarenta e cinco minutos rodando, quando o trajeto deveria ter levado menos de dez. Imagino o que ela deve ter pensado.

"Comecei a me irritar com facilidade e a estourar com os outros corretores do escritório. Eu sempre fora tranquila e querida por todos e, de uma hora para outra, comecei a ficar conhecida por meu pavio curto. Estava estragando minha reputação. E minha reputação era tudo. Meu médico me fez tomar um antidepressivo. E, como não funcionou, ele me fez tomar outro, e mais outro."

— Durante muito tempo — disse Cathy —, achei que eu só estava cansada demais e fazendo muitas coisas ao mesmo tempo. Trabalhava meio expediente como farmacêutica, criava dois filhos, cuidava da casa e vivia correndo de uma coisa para outra, feito uma galinha sem cabeça. Só tinha 46 anos, por isso nunca me ocorreu que eu pudesse ter demência. E então, um dia, no trabalho, não consegui decifrar os nomes das drogas farmacêuticas e fiquei sem saber como medir dez mililitros. Na mesma hora, percebi que seria capaz de dar a quantidade errada de medicamento a uma pessoa, ou até o remédio errado. Basicamente, eu poderia matar alguém por acidente. Assim, tirei o jaleco, fui para casa mais cedo e nunca mais voltei. Fiquei arrasada. Pensei que estivesse enlouquecendo.

— E você, Dan? Quais foram os primeiros sintomas que você notou?

— Eu era muito jeitoso em casa. E aí, um belo dia, não consegui descobrir como consertar coisas que sempre soubera consertar. Sempre mantive minha oficina arrumada, com tudo no lugar. Mas ela ficou numa bagunça completa. Acusava meus amigos de pegarem ferramentas emprestadas, desarrumarem tudo e não as devolverem, quando eu não conseguia achá-las. Mas era eu mesmo, na verdade. Eu era do corpo de bombeiros. Comecei a esquecer os nomes dos colegas da corporação. Não conseguia terminar as frases. Esqueci como se fazia uma xícara de café. Eu tinha visto essas mesmas coisas na mamãe quando era adolescente. Ela também teve Alzheimer de instalação precoce.

O grupo compartilhou histórias sobre seus primeiros sintomas, sua luta para chegar ao diagnóstico correto, suas estratégias para enfrentar e conviver com a demência. Todos assentiram com a cabeça, riram e choraram com as histórias de chaves perdidas, ideias perdidas e sonhos de vida perdidos. Alice sentiu-se livre e verdadeiramente ouvida. Sentiu-se normal.

— Alice, o seu marido ainda trabalha? — perguntou Mary.

— Trabalha. Está mergulhado em pesquisas e lecionando neste semestre. Tem viajado muito. Está sendo difícil. Mas nós dois teremos uma licença sabática no ano que vem. Por isso, só tenho que aguentar firme e aguardar o fim do próximo semestre, e então poderemos passar um ano inteiro juntos em casa.

— Você vai conseguir, já está quase lá — disse Cathy.

Só mais alguns meses.

ANNA MANDOU LYDIA À COZINHA para fazer o pudim de pão e chocolate branco. Já visivelmente grávida e sem náuseas, ela parecia comer o tempo todo, como se estivesse numa missão destinada a compensar as calorias perdidas nos meses anteriores de enjoo matinal.

— Tenho uma novidade — disse John. — Ofereceram-me o cargo de diretor do Programa de Biologia e Genética do Câncer no Centro Sloan-Kettering.

— Onde é isso? — perguntou Anna, com a boca cheia de mirtilos com cobertura de chocolate.

— Em Nova York.

Ninguém disse palavra. Dean Martin cantava *Marshmallow World* no aparelho de som, em volume alto.

— Bem, você não está mesmo considerando a ideia de aceitar, está? — perguntou Anna.

— Estou. Fui lá várias vezes neste outono e o cargo é perfeito para mim.

— Mas, e a mamãe?

— Ela não está mais trabalhando e raramente vai ao campus.

— Mas ela precisa ficar aqui.

— Não, não precisa. Ela estará comigo.

— Ora, papai, francamente! Eu venho para cá à noite para você poder trabalhar até tarde, e durmo aqui sempre que você está viajando, e o Tom vem nos fins de semana, quando pode. Não ficamos aqui o tempo todo, mas...

— Isso mesmo, vocês não ficam aqui o tempo todo. Não veem como a doença está piorando. Ela finge saber muito mais do que sabe. Você acha que ela será capaz de reconhecer que estamos em Cambridge, daqui a um ano? Não reconhece onde está agora, quando ficamos a três quarteirões daqui! Poderíamos muito bem estar em Nova York, e eu lhe diria que era a praça Harvard e ela não saberia a diferença.

— Saberia, sim, papai — interpôs Tom. — Não diga isso.

— Bem, só nos mudaríamos em setembro. Ainda está muito longe.

— Não importa quando será isso, ela precisa ficar aqui. Vai afundar num instante se vocês se mudarem — disse Anna.

— Concordo — ecoou Tom.

Conversavam sobre Alice como se ela não estivesse sentada na poltrona, a poucos metros de distância. Falavam dela, em sua presença, como se ela fosse surda. Falavam dela, na sua frente, sem incluí-la, como se ela sofresse de mal de Alzheimer.

— É provável que esse cargo nunca mais fique vago pelo resto da minha vida, e eles querem a mim.

— Eu quero que ela possa conhecer os gêmeos — disse Anna.

— Nova York não é tão longe assim. E não há nenhuma garantia de que vocês todos permaneçam em Boston.

— Talvez eu esteja lá — comentou Lydia. Estava parada na porta da sala para a cozinha. Alice não a tinha visto até ela falar, e sua súbita presença periférica a assustou. — Eu me candidatei à NYU, à Brandeis, à Brown e a Yale. Se entrar na NYU e você e a mamãe estiverem em Nova York, eu poderia morar na sua casa e ajudar. E, se vocês ficarem aqui e eu entrar na Brandeis ou na Brown, também posso ficar por perto.

Alice teve vontade de dizer a Lydia que aquelas eram excelentes universidades. Teve vontade de lhe perguntar sobre os cursos que mais lhe interessavam. Teve vontade de dizer que se orgulhava dela. Mas, nesse dia, seus pensamentos moviam-se muito devagar do cérebro até a boca, como se tivessem que nadar quilômetros no lodo escuro de um rio antes de chegarem à tona para se fazerem ouvir, e a maioria se afogava em algum ponto do trajeto.

— Seria ótimo, Lydia — disse Tom.

— Então, é assim que vai ser? Vocês vão simplesmente continuar a levar a vida como se a mamãe não sofresse de Alzheimer, e nós não podemos dar nenhum palpite? — perguntou Anna.

— Tenho feito muitos sacrifícios — respondeu John.

O marido sempre a amara, mas Alice havia facilitado as coisas. Agora, ela vinha encarando o tempo que lhes restava juntos como algo precioso. Não sabia até quando ainda poderia ser ela mesma, mas tinha se convencido de que conseguiria chegar ao ano sabático. Um último ano sabático a dois. Não trocaria isso por nada no mundo.

Aparentemente, John trocaria. Como podia fazer uma coisa dessas? A pergunta campeou furiosamente e sem resposta pelo lodo escuro do rio de sua cabeça. Como é que ele podia? A resposta encontrada deu-lhe um chute atrás dos olhos e sufocou seu coração. Um dos dois teria de sacrificar tudo.

Alice, responda às seguintes perguntas:

1. Em que mês estamos?
2. Onde você mora?
3. Onde fica o seu escritório?
4. Qual é a data de nascimento da Anna?
5. Quantos filhos você tem?

Se tiver dificuldade para responder a qualquer dessas perguntas, procure o arquivo chamado "Borboleta" no seu computador e siga imediatamente as instruções contidas nele.

Dezembro
Praça Harvard
Harvard
Abril
Três

Janeiro de 2005

— Mamãe, acorde. Há quanto tempo ela está dormindo?

— Já faz umas dezoito horas.

— Isso já aconteceu antes?

— Umas duas ou três vezes.

— Papai, estou preocupada. E se ela tiver tomado comprimidos demais ontem?

— Não, eu verifiquei os vidros de remédio e o porta-comprimidos.

Alice os ouvia falar e compreendia o que estavam dizendo, mas tinha apenas um leve interesse. Era como bisbilhotar uma conversa entre estranhos sobre uma mulher que não conhecia. E não tinha nenhum desejo de acordar. Não tinha consciência de estar dormindo.

— Ali, você está me ouvindo? — perguntou John.

— Mamãe, sou eu, a Lydia, você pode acordar?

A mulher chamada Lydia falou que queria chamar um médico. O homem chamado papai falou em deixar a mulher chamada Ali dormir mais um pouco. Falaram sobre pedir comida mexicana e jantar em casa. Talvez o cheiro de comida na casa acordasse a mulher chamada Ali. Depois, as vozes cessaram. Tudo voltou a ficar escuro e silencioso.

ELA DESCEU UMA TRILHA DE AREIA que levava a uma mata densa. Subiu por uma série de estradinhas em zigue-zague, saindo da floresta e chegando a um rochedo íngreme e exposto. Andou até a borda e olhou em volta. O mar lá embaixo estava congelado, a praia sepultada sob camadas espessas de neve. O panorama à sua frente parecia morto, incolor, incrivelmente parado e silencioso. Ela gritou por John, mas não houve som em sua voz. Virou-se para voltar, mas a trilha e a floresta haviam desaparecido. Baixou os olhos para seus tornozelos pálidos e ossudos e para os pés descalços. Sem outra alternativa, preparou-se para saltar do penhasco.

Sentou-se numa cadeira de praia, enterrando e desenterrando os pés da areia morna e fina. Ficou vendo Christina, sua melhor amiga do jardim de infância e ainda com apenas cinco anos, soltar uma pipa em forma de borboleta. As margaridas cor-de-rosa e amarelas do maiô de Christina, as asas azuis e roxas da pipa-borboleta, o azul do céu, o sol amarelo, o esmalte vermelho nas unhas de seus próprios pés, todas as cores diante dela, na verdade, eram mais brilhantes e belas do que tudo que ela já tinha visto. Observando Christina, sentiu-se inundar de alegria e amor, não tanto pela amiga de infância, mas pelas cores ousadas e deslumbrantes de seu maiô e de sua pipa.

A irmã dela, Anne, e Lydia, ambas com mais ou menos dezesseis anos, deitaram-se lado a lado em toalhas de praia com listras vermelhas, brancas e azuis. Seus corpos luzidios e bronzeados, de biquínis iguais em tom de rosa-chiclete, cintilavam ao sol. Também elas estavam brilhantes, coloridas feito desenho animado, e fascinantes.

— Está pronta? — perguntou John.

— Estou com um pouco de medo.

— É agora ou nunca.

Alice levantou-se e ele a vestiu com uma cadeirinha de tiras, presa a um paraquedas laranja-tangerina. Foi fechando e ajustando as fivelas até ela se sentir firme e segura. Segurou-a pelos ombros, lutando contra a força intensa e invisível que queria levá-la para o alto.

— Pronta?

— Sim.

Ele a soltou e Alice alçou voo com uma velocidade exultante em direção à paleta azul do céu. Os ventos em que viajou eram rodopios deslumbrantes de azul-esverdeado, azul-pervinca, lilás e fúcsia. Embaixo, o oceano era um caleidoscópio ondulante de azul-turquesa, verde-mar e violeta.

A pipa-borboleta de Christina ganhou liberdade e voejou por perto. Era a coisa mais linda que Alice já vira, e ela a queria mais do que qualquer outra coisa que já tivesse desejado. Estendeu a mão para segurar a linha, mas uma mudança repentina e forte na corrente de ar a fez girar. Ela olhou para trás, mas a pipa foi ofuscada pelo laranja pôr de sol luminoso de seu paraquedas ascendente. Pela primeira vez deu-se conta de que não podia controlar a direção. Olhou para a terra lá embaixo, para os pontos vibrantes que eram seus familiares. Perguntou a si mesma se os ventos lindos e vigorosos algum dia a levariam de volta para eles.

LYDIA ESTAVA ENROSCADA A SEU LADO, em cima das cobertas da cama de Alice. Cortinas fechadas, o quarto inundado pela luz suave e esmaecida do dia.

— Estou sonhando? — perguntou Alice.

— Não, você está acordada.

— Por quanto tempo dormi?

— Já faz uns dois dias.

— Ah, não, me desculpe.

— Está tudo bem, mamãe. É bom ouvir a sua voz. Você acha que tomou comprimidos demais?

— Não me lembro. Pode ser. Não era minha intenção.

— Estou preocupada com você.

Alice olhou para Lydia por partes, vendo instantâneos em *close* de suas feições. Reconheceu cada uma delas, tal como as pessoas reconhecem a casa em que cresceram, a voz de um dos pais ou as linhas das próprias mãos, instintivamente, sem esforço nem consideração consciente. Mas, coisa estranha, teve dificuldade para identificá-la como um todo.

— Você é muito bonita — disse-lhe. — Tenho muito medo de olhá-la e não saber quem você é.

— Acho que, mesmo que um dia não saiba quem eu sou, você ainda saberá que eu a amo.

— E se eu a vir e não souber que você é minha filha, e não souber que você me ama?

— Nesse caso, eu lhe direi que a amo, e você acreditará em mim.

Alice gostou disso. "Mas, será que eu sempre a amarei? O meu amor por ela está na minha cabeça ou no meu coração?" Seu lado cientista acreditava que as emoções resultavam de complexos circuitos límbicos cerebrais, circuitos que, nesse exato momento, estavam aprisionados nas trincheiras de uma batalha em que não haveria sobreviventes. Seu lado mãe acreditava que o amor que nutria pela filha estava a salvo do caos de seu cérebro, porque vivia em seu coração.

— Como você está, mamãe?

— Não muito bem. Esse semestre foi difícil, sem o meu trabalho, sem Harvard, e com essa doença avançando e seu pai quase nunca em casa. Foi quase difícil demais.

— Sinto muito. Eu gostaria de passar mais tempo aqui. No próximo outono vou ficar mais perto. Pensei em me mudar agora para cá, mas acabei de ser incluída no elenco de uma peça genial. É um papel pequeno, mas...

— Não faz mal. Eu também gostaria de vê-la mais vezes, mas nunca permitiria que você deixasse de viver sua vida por minha causa.

Alice pensou em John.

— Seu pai quer se mudar para Nova York. Recebeu uma oferta do Centro Sloan-Kettering.

— Eu sei. Eu estava lá quando ele falou disso.

— Não quero ir.

— Eu não imaginava que quisesse.

— Não posso sair daqui. Os gêmeos vão nascer em abril.

— Mal posso esperar para ver esses nenéns.

— Eu também.

Alice imaginou segurá-los no colo, imaginou seus corpinhos quentes, os dedinhos minúsculos dobrados, os pés gorduchos e ainda sem uso, os olhos redondos e inchados. Ficou pensando se eles se pareceriam com ela ou com John. E o cheirinho. Mal podia esperar para sentir o cheiro de seus netos deliciosos.

A maioria dos avós se comprazia em imaginar a vida dos netos, a perspectiva de comparecer a recitais e a festas de aniversário, formaturas e casamentos. Alice sabia que não estaria presente em recitais, festas de aniversário, formaturas e casamentos. Mas estaria presente para segurá-los no colo e sentir seu perfume, e ao diabo que ia ficar sentada sozinha em algum lugar de Nova York, em vez disso.

— Como vai o Malcolm?

— Bem. Acabamos de participar da Caminhada pela Memória, da Associação de Alzheimer, em Los Angeles.

— Como ele é?

O sorriso de Lydia alargou-se antes da sua resposta.

— É muito alto, gosta da vida ao ar livre, é meio tímido.

— E como é com você?

— É muito meigo. Adora o fato de eu ser inteligente, orgulha-se muito do meu trabalho de atriz e se gaba de mim o tempo todo, chega a ser constrangedor. Você gostaria dele.

— Como é você com ele?

Lydia passou alguns minutos pensando, como se nunca houvesse considerado a ideia.

— Eu mesma.

— Ótimo.

Alice sorriu e apertou a mão da filha. Pensou em lhe perguntar o que isso significava para ela, em pedir que se descrevesse, para lembrar como era, mas a ideia evaporou depressa demais para que pudesse ser enunciada.

— Do que estávamos falando agora há pouco? — perguntou.

— Do Malcolm, da Caminhada pela Memória? De Nova York? — indagou Lydia, oferecendo lembretes.

— Eu saio para andar por aqui e me sinto segura. Mesmo que fique meio perdida, acabo vendo alguma coisa que parece familiar, e muita gente das lojas me conhece e me aponta a direção certa. A moça do Jerri's sempre olha onde eu pus a carteira e as chaves. E aqui eu tenho os meus amigos do grupo de apoio. Preciso deles. Eu não teria condição de aprender a conhecer Nova York agora. Perderia a pouca independência que ainda tenho. Um emprego novo. Seu pai ficaria trabalhando o tempo todo. Eu o perderia também.

— Mamãe, você precisa dizer isso tudo ao papai.

Lydia tinha razão. Mas era muito mais fácil dizer a ela.

— Lydia, eu estou muito orgulhosa de você.

— Obrigada.

— Caso eu me esqueça, fique sabendo que eu a amo.

— Também amo você, mamãe.

— Não quero me mudar para Nova York — disse Alice.

— Até lá ainda falta muito, não precisamos decidir isso agora — retrucou John.

— Quero tomar a decisão *agora*. Estou decidindo agora. Quero deixar isso claro enquanto ainda posso. Não quero me mudar para Nova York.

— E se a Lydia estiver morando lá?

— E se não estiver? Você deveria ter discutido isso comigo em particular, antes de comunicar às crianças.

— Eu discuti.

— Não, não discutiu.

— Discuti, sim, várias vezes.

— Ah, quer dizer que eu não me lembro? Que conveniente!

Respirou fundo, inspirando pelo nariz, expirando pela boca, deixando que um momento de calma a arrancasse da briga de jardim de infância em que os dois estavam prestes a entrar.

— John, eu sabia que você vinha se reunindo com o pessoal do Sloan-Kettering, mas nunca entendi que eles o estivessem cortejando para assumir um cargo no ano que vem. Eu teria me manifestado, se soubesse.

— Eu lhe disse por que estava indo lá.

— Certo. Eles se disporiam a deixar você tirar seu ano sabático e começar um ano depois, a contar de setembro?

— Não, eles precisam de alguém agora. Já foi difícil negociar a espera até setembro, mas preciso de tempo para terminar umas coisas aqui no laboratório.

— Eles não poderiam contratar alguém temporariamente, para você tirar o ano sabático comigo e depois começar lá?

— Não.

— Você chegou a perguntar?

— Escute, esse campo é muito competitivo e tudo anda muito depressa. Estamos prestes a fazer descobertas importantíssimas, quero dizer, estamos batendo às portas da cura do câncer. As empresas farmacêuticas andam interessadas. E todas as aulas e a baboseira administrativa de Harvard só estão me fazendo ir mais devagar. Se eu não aceitar essa oferta, talvez estrague minha única chance de descobrir algo realmente importante.

— Não é a sua única chance. Você é brilhante e não sofre de Alzheimer. Terá muitas oportunidades.

John a olhou sem dizer nada.

— O ano que vem é a *minha* única chance, John, não a sua. O ano que vem é minha última chance de viver minha vida e saber o que ela significa para mim. Não sei se tenho muito mais tempo para ser eu mesma, de verdade, e quero passar esse tempo com você, e não consigo acreditar que você não queira que o passemos juntos.

— Eu quero. Nós estaríamos juntos.

— Isso é balela e você sabe. Nossa vida é aqui. O Tom, a Anna e os bebês, a Mary, a Cathy e o Dan e, quem sabe, a Lydia. Se você aceitar esse cargo, vai trabalhar o tempo todo, você sabe que vai, e eu ficarei lá inteiramente sozinha. Essa decisão não tem nada a ver com querer estar comigo e ela retira tudo o que me resta. Eu não vou.

— Não vou trabalhar o tempo todo, eu juro. E se a Lydia estiver morando em Nova York? E se você passar uma semana por mês com a Anna e o Charlie? Podemos elaborar um jeito de você não ficar sozinha.

— E se a Lydia não estiver em Nova York? E se ela entrar na Brandeis?

— É por isso que acho que devemos esperar para tomar a decisão mais tarde, quando tivermos mais informações.

— Quero que você tire a licença sabática de um ano.

— Alice, para mim a escolha não é entre aceitar o cargo no Sloan ou tirar um ano sabático. É entre aceitar o cargo no Sloan ou continuar aqui em Harvard. Simplesmente não posso tirar uma licença no ano que vem.

John foi virando um borrão, à medida que o corpo de Alice começou a tremer e seus olhos arderam com lágrimas furiosas.

— Não aguento mais isso! Por favor! Não posso continuar segurando esta barra sem você! Você pode tirar um ano de licença. Poderia, se quisesse. Eu preciso que o faça.

— E se eu recusar a oferta, tirar uma licença no ano que vem, e você nem me reconhecer mais?

— E se eu o reconhecer, mas deixar de reconhecer depois do ano que vem? Como é que você pode pensar em gastar o tempo que nos resta enfurnado naquela porra de laboratório? Eu nunca faria isso com você.

— Eu nunca lhe pediria que fizesse.

— Não precisaria pedir.

— Acho que não posso fazer isso, Alice. Sinto muito, mas acho que não aguento ficar em casa um ano inteiro, parado, vendo o que essa doença está roubando de você. Não suporto ver você não saber se vestir e não saber como ligar a televisão. Quando estou no laboratório, não tenho que vê-la colando bilhetes em todos os armários e portas. Não consigo simplesmente ficar em casa e vê-la piorar. Isso me mata.

— Não, John, é a *mim* que isso está matando, não a você. Eu estou piorando, esteja você em casa olhando para mim ou escondido no seu laboratório. Você está me perdendo. Eu estou me perdendo. Mas, se você não tirar o próximo ano de licença comigo, bem, nesse caso, teremos perdido você primeiro. Eu tenho Alzheimer. Qual é a sua desculpa, porra?

* * *

ELA PEGOU LATAS E CAIXAS E GARRAFAS, copos, pratos e tigelas, panelas e frigideiras. Empilhou tudo na mesa da cozinha e, quando não tinha mais espaço no tampo, usou o chão.

Tirou todos os casacos do armário do vestíbulo, abriu o zíper e desvirou todos os bolsos. Achou dinheiro, canhotos de ingressos, lenços de papel, e nada. A cada revista completa, ia descartando os inocentes casacos no chão.

Virou as almofadas de sofás e poltronas. Esvaziou as gavetas da escrivaninha e do arquivo. Derrubou o conteúdo da mochila de livros, da maleta do laptop e da bolsa azul-bebê. Vasculhou as pilhas, apalpando cada objeto para gravar seu nome na cabeça. Nada.

A busca não exigia que ela se lembrasse onde já havia procurado. Os montes de coisas desenfurnadas evidenciavam seus sítios de escavação anteriores. Pelo visto, ela havia percorrido todo o térreo. Estava suada, maníaca. Não ia desistir. Subiu a escada correndo.

Esquadrinhou o cesto de roupa suja, as mesas de cabeceira, as gavetas da cômoda, os armários do quarto, a caixa de joias, o armário de roupas de cama, o armário de remédios. "O banheiro do térreo." Desceu a escada correndo, suada, maníaca.

John estava parado no vestíbulo, com os pés enfiados em casacos até os tornozelos.

— Que diabo aconteceu aqui?

— Estou procurando uma coisa.

— O quê?

Alice não soube dizer o que era, mas confiava em que, em algum lugar da cabeça, lembrava-se e sabia.

— Saberei quando o encontrar.

— Isto aqui está um caos completo. Parece que fomos assaltados.

Ela não havia pensado nisso. Talvez explicasse por que não conseguia encontrar.

— Ah, meu Deus, talvez alguém o tenha roubado.

— Não fomos roubados. Você desmontou a casa toda.

Alice avistou uma cesta de revistas intocada, perto do sofá da sala. Deixou John e a teoria do assalto no vestíbulo, levantou a cesta pesada, jogou as revistas no chão, folheou-as rapidamente e se afastou. John a seguiu.

— Pare com isso, Alice, você nem sabe o que está procurando.

— Sei, sim.

— Então, o que é?

— Não sei dizer.

— Que aparência tem, serve para quê?

— Não sei, eu já lhe disse, saberei quando o encontrar. Tenho que encontrá-lo, senão eu morro.

Pensou no que havia acabado de dizer.

— Onde estão os meus remédios?

Os dois entraram na cozinha, atravessando um mar de caixas de cereal e latas de sopa e de atum. John achou os vários vidros de remédios e vitaminas no chão e o porta-comprimidos com os dias da semana numa tigela na mesa da cozinha.

— Estão aqui.

A ânsia, a questão de vida ou morte, não se dissipou.

— Não, não é isso.

— Isso é loucura. Você tem que parar com isso. A casa está um lixo.

"Lixo."

Ela abriu o compactador de lixo, puxou o saco plástico e virou tudo no chão.

— Alice!

Apalpou cascas de abacate, gordura pegajosa de galinha, lenços e guardanapos de papel embolados, caixas, embalagens e outros trecos lixentos. Achou o DVD *Alice Howland*. Segurou a caixa úmida e a examinou. "Hum, eu não pretendia jogar isso fora."

— Pronto, deve ser isso — disse John. — Que bom que você o encontrou.

— Não, também não é isso.

— Alice, por favor, tem lixo por todo o chão. Pare agora, vá se sentar e relaxe. Você está descontrolada. Quem sabe, se parar e relaxar, a lembrança volte.

— Está bem.

Talvez, se ficasse sentada quietinha, ela se lembrasse do que era e de onde o havia colocado. Ou talvez até se esquecesse de que estava procurando alguma coisa.

A NEVE QUE COMEÇARA A CAIR na véspera e se acumulara numa camada de uns sessenta centímetros, em boa parte da Nova Inglaterra, tinha acabado de parar. Talvez Alice nem tivesse notado, não fosse o som estridente dos limpadores que oscilavam para lá e para cá no para-brisa agora seco. John os desligou. A neve tinha sido removida da rua, mas o carro deles era o único lá fora. Alice sempre havia gostado da quietude serena e do silêncio que se seguiam às nevascas violentas, mas nesse dia eles a irritaram.

John entrou com o carro no terreno do cemitério Mount Auburn. Um espaço modesto fora desobstruído no estacionamento, mas o cemitério em si, as alamedas e as lápides continuavam cobertos de neve.

— Eu tinha medo de que ainda estivesse assim. Teremos que voltar outro dia — disse ele.

— Não, espere. Deixe-me só dar uma olhada um minutinho.

As árvores ancestrais, de tronco escuro, com seus galhos nodosos e varicosos recobertos de branco, dominavam aquele reino encantado hibernal. Alice viu parte do que seriam os topos cinzentos das lápides altíssimas e requintadas dos que um dia tinham sido ricos e proeminentes, projetando-se acima da superfície da neve, mas foi só. Todo o resto estava sepultado. Corpos em decomposição dentro de caixões enterrados sob terra e pedra, terra e pedra sepultadas sob a neve. Tudo preto, branco, gelado e morto.

— John?

— O que foi?

Ela dissera seu nome alto demais, rompendo o silêncio de forma muito repentina e assustando-o.

— Nada. Podemos ir. Não quero ficar aqui.

— Podemos tentar ir de novo, mais para o fim da semana, se você quiser — disse John.

— Ir de novo aonde? — perguntou Alice.

— Ao cemitério.

— Ah.

Estava sentada à mesa da cozinha. John serviu vinho tinto em duas taças e lhe deu uma. Alice a girou, por hábito. Andava esquecendo sistematicamente o nome da filha, a que era atriz, mas se lembrava de girar a taça de vinho e de gostar disso. Doença maluca. Agradava-lhe o movimento estonteante do vinho na taça, sua cor vermelho-sangue, seus sabores intensos de uva, carvalho e terra, e o calorzinho que sentia quando ele chegava a seu estômago.

John parou diante da porta aberta da geladeira e tirou um pedaço de queijo, um limão, uma coisa líquida picante e uns dois legumes vermelhos.

— Que tal umas *enchiladas* de frango? — perguntou.

— Ótimo.

Ele abriu o freezer e o vasculhou.

— Tem frango aqui em casa?

Ela não respondeu.

— Ah, meu Deus, Alice.

Virou-se para lhe mostrar algo que tinha nas mãos. Não era frango.

— É o seu BlackBerry. Estava no freezer.

John apertou os botões, sacudiu e esfregou o aparelho.

— Parece que entrou água. Vamos ver depois que descongelar, mas acho que está destruído — comentou.

Alice prorrompeu em lágrimas instantâneas e desoladas.

— Não tem problema. Se estiver quebrado, compramos outro para você.

"Que coisa ridícula, por que estou tão perturbada por causa de uma agenda eletrônica quebrada?" Talvez estivesse chorando, na verdade, pela morte da mãe, da irmã e do pai. Talvez isso houvesse desencadeado uma emoção que ela previra antes, mas não tinha podido expressar direito no cemitério. Fazia mais sentido. Mas não era isso. Talvez a morte da agenda simbolizasse a morte de seu cargo em Harvard e ela estivesse chorando a perda recente da carreira. Isso também fazia sentido. Mas o que sentia mesmo era uma tristeza inconsolável pela morte do próprio BlackBerry.

Fevereiro de 2005

Desabou na cadeira ao lado de John, de frente para o dr. Davis, emocionalmente cansada e intelectualmente vazia. Fizera vários exames neuropsicológicos naquela salinha com aquela mulher, a mulher que aplicava os testes neuropsicológicos na salinha, durante um tempo torturantemente longo. As palavras, as informações, o significado das perguntas da mulher e das suas próprias respostas pareciam bolhas de sabão, como as que as crianças sopravam naqueles tubinhos plásticos nos dias de vento. Vagavam depressa para longe dela, em direções vertiginosas, e exigiam um enorme esforço e concentração para serem acompanhadas. E, mesmo quando ela efetivamente conseguia reter algumas no campo visual por um tempo promissor, invariavelmente, POC!, lá se iam elas, estourando no vazio sem causa aparente, como se nunca tivessem existido. E agora era a vez do dr. Davis com o tubinho.

— Muito bem, Alice, você pode soletrar a palavra "mundo" de trás para frente? — perguntou ele.

Seis meses antes, ela teria achado a pergunta banal e até ofensiva, mas agora era uma pergunta séria, a ser enfrentada com um esforço sério. Alice sentiu apenas uma leve preocupação e humilhação com isso, nem de longe tão grandes quanto teria sentido seis meses antes. Vivenciava cada vez mais um distanciamento crescente de sua autoconsciência. Sua sensação do que era Alice — do que ela sabia e compreendia, do que gostava e não gostava, do que sentia e percebia — também parecia uma bolha de sabão, subindo mais e mais alto no céu e difícil de identificar, sem nada além de uma finíssima membrana de lipídios para impedi-la de se desfazer num ar ainda mais rarefeito.

Primeiro Alice soletrou "mundo" para si mesma, da frente para trás, esticando os cinco dedos da mão esquerda ao fazê-lo, um para cada letra.

— O — e dobrou o dedo mindinho. Tornou a soletrar a palavra consigo mesma da frente para trás, parou no dedo anular e o dobrou. — D — disse. Repetiu o mesmo processo. — N — e apontou o indicador e o polegar como um revólver. Murmurou para si mesma o "M" e o "U". — U, M.

Sorriu, com a mão esquerda levantada, o punho cerrado em sinal de vitória, e olhou para John. Ele girou a aliança no dedo e deu um sorriso desanimado.

— Muito bem — disse o dr. Davis. Abriu um sorriso largo e pareceu impressionado. Alice gostava dele. — Agora, eu quero que você aponte para a janela, depois de tocar com a mão esquerda na bochecha direita.

Alice levou a mão esquerda ao rosto. Poc!

— Desculpe, pode repetir as instruções? — pediu, com a mão ainda levantada na frente do rosto.

— É claro — atendeu-a o dr. Davis, com ar sagaz, como um pai que deixasse um filho sair impune de espiar a carta no alto do baralho durante um jogo de cartas, ou de ultrapassar a linha de largada em alguns centímetros antes de gritar "já".

— Aponte para a janela, depois de tocar com a mão esquerda na bochecha direita.

Com a mão esquerda na bochecha direita, antes que ele acabasse de falar, Alice espichou o braço direito para a janela o mais depressa que pôde e soltou uma enorme bufadela.

— Muito bom, Alice — disse o dr. Davis, voltando a sorrir.

John não fez nenhum elogio, não deu sinal de prazer nem de orgulho.

— Certo, agora eu quero que você me diga o nome e o endereço que eu lhe pedi antes para decorar.

O nome e o endereço. Tinha uma vaga ideia deles, como a sensação de acordar de manhã e saber que tivera um sonho, talvez até saber que tinha sido sobre determinada coisa, porém, por mais que se esforçasse para pensar, os detalhes do sonho escapavam. Perdidos para sempre.

— É John alguma coisa. Sabe, toda vez você me pergunta isso, e nunca consegui lembrar onde esse sujeito mora.

— Certo, dê um palpite. Era John Black, John White, John Jones ou John Smith?

Alice não fazia ideia, mas não se importou em entrar na brincadeira.

— Smith.

— Ele mora na rua Leste, rua Oeste, rua Norte ou rua Sul?

— Rua Sul.

— A cidade era Arlington, Cambridge, Brighton ou Brookline?

— Brookline.

— Certo, Alice, última pergunta: onde está a minha nota de vinte dólares?

— Na sua carteira?

— Não. Eu escondi mais cedo uma nota de vinte dólares em algum lugar do consultório. Você se lembra onde a coloquei?

— Você fez isso enquanto eu estava aqui?

— Fiz. Alguma ideia lhe vem à cabeça? Deixo você ficar com a nota, se a encontrar.

— Bem, se eu soubesse disso antes, com certeza teria dado um jeito de me lembrar.

— Estou certo de que teria. Alguma ideia de onde ela pode estar?

Alice viu o foco do olhar do médico desviar-se para a direita, logo acima de seu ombro, por um momento brevíssimo, antes de pousar novamente nela. Virou-se para trás. Às suas costas havia um quadro de anotações na parede, com três palavras rabiscadas em hidrocor vermelho. *Glutamato. LTP. Apoptose.* O hidrocor vermelho estava numa bandeja mais abaixo, bem ao lado de uma nota dobrada de vinte dólares. Radiante, Alice aproximou-se do quadro e apanhou seu prêmio. O dr. Davis riu.

— Se todos os meus pacientes fossem inteligentes como você, eu iria à falência.

— Alice, você não pode ficar com a nota, você o viu olhar para onde ela estava — disse John.

— Eu a ganhei.

— Está tudo bem, ela a achou — disse o dr. Davis.

— Era para ela estar assim, depois de apenas um ano e tomando a medicação? — perguntou John.

— Bem, é provável que estejam acontecendo algumas coisas. Provavelmente, a doença começou muito antes do diagnóstico que ela teve em janeiro do ano passado. É provável que ela, você, os seus familiares e os colegas dela tenham descartado um sem-número de sintomas como acasos ou coisas normais, ou que os tenham atribuído à tensão, à falta de sono, ao excesso de bebida e por aí vai. Isso pode facilmente ter acontecido por um ou dois anos, ou até mais.

"E ela é de uma inteligência incrível. Se a pessoa média tem, digamos, para simplificar, dez sinapses que levam a uma informação, a Alice pode facilmente ter cinquenta. Quando a pessoa média perde essas dez sinapses, a informação fica inacessível, esquecida. Mas a Alice pode perder essas dez e ainda ter outras quarenta maneiras de chegar ao alvo. Por isso, suas perdas anatômicas não são tão profundas e funcionalmente notáveis, a princípio."

— Mas agora ela já perdeu muito mais que dez — falou John.

— É, receio que sim. Agora a memória recente está caindo para a base dos 3% daqueles que conseguem concluir os testes, o processamento da linguagem sofreu uma degradação considerável, e ela vem perdendo a autoconsciência, tudo como havíamos esperado, infelizmente.

"Mas ela também é de uma engenhosidade incrível — acrescentou ainda. — Hoje ela usou diversas estratégias criativas para dar respostas certas a perguntas de que, na verdade, não conseguiu lembrar-se corretamente."

— Mas, mesmo assim, houve muitas perguntas que ela não soube responder corretamente — retrucou John.

— Sim, é verdade.

— É que ela está piorando muito, e muito depressa. Podemos aumentar a dose do Aricept ou do Namenda?

— Não, ela já está tomando a dose máxima dos dois. Infelizmente, essa é uma doença degenerativa e progressiva que não tem cura. Ela piora, a despeito de qualquer medicação que tenhamos atualmente.

— E é evidente que, ou ela está tomando o placebo, ou esse medicamento, o Amylix, não funciona — disse John.

O dr. Davis fez uma pausa, como se considerasse a possibilidade de concordar ou discordar.

— Sei que você está desanimado. Mas muitas vezes já vi períodos inesperados de estabilidade, como um platô em que a doença parece se deter, e isso pode durar algum tempo.

Alice fechou os olhos e se imaginou firmemente plantada no meio de um platô. Uma linda chapada. Chegou a vê-la, e valia a pena esperar por ela. Será que John a via? Será que ainda tinha alguma esperança em sua mulher, ou já havia desistido? Ou, pior ainda, será que na verdade torcia por seu declínio rápido, para poder levá-la para Nova York no outono, vazia e complacente? Escolheria ficar a seu lado no platô ou a empurraria morro abaixo?

Ela cruzou os braços, descruzou as pernas e plantou os pés no chão.

— Alice, você ainda está fazendo suas corridas? — perguntou o dr. Davis.

— Não, parei há algum tempo. Com os horários do John e a minha falta de coordenação... pareço incapaz de enxergar o meio-fio ou os desníveis da rua, e avalio mal as distâncias. Levei uns tombos feios. Até em casa, vivo esquecendo aquela coisa elevada em todas as portas, e tropeço em todos os cômodos em que entro. Estou com um monte de hematomas.

— Muito bem, John, eu mandaria retirar as coisas das portas, ou pintá-los de uma cor contrastante, viva, ou revesti-los de uma fita gomada de cor chamativa, para que a Alice possa notá-los. Caso contrário, eles simplesmente se confundem com o piso.

— Está bem.

— Alice, me fale do seu grupo de apoio — pediu o dr. Davis.

— Nós somos quatro. Reunimo-nos uma vez por semana, durante algumas horas, nas casas uns dos outros, e trocamos e-mails todos os dias. É maravilhoso, conversamos sobre tudo.

O dr. Davis e aquela mulher da salinha tinham lhe feito uma porção de perguntas nesse dia, perguntas que serviam para medir o nível exato de destruição dentro de sua cabeça, mas ninguém entendia melhor o que ainda estava vivo na cabeça dela do que Mary, Cathy e Dan.

— Quero lhe agradecer por ter tomado essa iniciativa e preenchido uma lacuna óbvia do nosso sistema de apoio daqui. Se eu receber algum paciente novo em estágio inicial, ou com Alzheimer de instalação precoce, posso lhe dizer como entrar em contato com você?

— Sim, faça isso, por favor. Fale com eles sobre a DASNI também. É a sigla da Rede Internacional de Apoio e Defesa da Demência. É um fórum on-line de pessoas com demência. Conheci mais de dez pessoas lá, de todos os cantos do país e também do Canadá, do Reino Unido e da Austrália. Bem, nunca as encontrei pessoalmente, na verdade, é tudo on-line, mas sinto que as conheço e que elas me conhecem mais intimamente do que muitas pessoas que conheci a vida inteira. Nós não perdemos tempo, não o temos de sobra. Falamos das coisas que importam.

John se remexeu na cadeira e balançou a perna.

— Obrigado, Alice, vou acrescentar esse site ao nosso pacote padrão de informações. E você, John? Já conversou com nossa assistente social, ou foi a alguma reunião dos grupos de apoio aos familiares?

— Não, ainda não. Tomei café algumas vezes com os cônjuges do pessoal do grupo de apoio da Alice, mas, afora isso, não.

— Talvez você também deva pensar em procurar apoio. Não é você o doente, mas também convive com a doença, vivendo com a Alice, e é um processo difícil para os parentes. Eu vejo diariamente como isso é pesado para os familiares que vêm aqui. Nós temos a Denise Daddario, a assistente social, e temos o Grupo de Apoio aos Cuidadores do HGM, e sei que a Associação de Alzheimer de

Massachusetts tem muitos grupos locais. Os recursos estão à sua disposição, portanto, não hesite, se precisar deles.

— Está bem.

— Por falar na Associação de Alzheimer, Alice, acabei de receber a programação deles para a Conferência Anual de Atendimento à Demência, e vi que você vai fazer a conferência plenária de abertura.

A Conferência Anual de Atendimento à Demência era um encontro nacional para profissionais envolvidos no tratamento de pessoas com demência e seus familiares. Neurologistas, clínicos gerais, geriatras, neuropsicólogos, neuropsiquiatras, enfermeiros e assistentes sociais, todos se reuniam num local para trocar informações ou abordagens do diagnóstico, do tratamento e do atendimento aos pacientes. Parecia semelhante ao grupo de apoio de Alice e à DASNI, porém era maior e destinado aos que não sofriam do mal de Alzheimer. O encontro desse ano se realizaria em Boston, no mês seguinte.

— Sim — disse ela. — Eu estava querendo lhe perguntar: você vai?

— Vou, e com certeza estarei na primeira fila. Sabe, nunca me pediram para fazer uma conferência plenária. Você é uma mulher valente e admirável, Alice.

O elogio do médico, sincero e sem condescendência, foi exatamente a injeção de ânimo de que seu ego precisava, depois de ser tão implacavelmente bombardeado por todos os testes desse dia. John girou a aliança no dedo. Olhou para a mulher com lágrimas nos olhos e um sorriso tenso, que a deixou confusa.

Março de 2005

Alice posicionou-se na tribuna, segurando o discurso digitado, e contemplou as pessoas sentadas no grande salão de baile do hotel. No passado, costumara ser capaz de fitar uma plateia e calcular, com exatidão quase mediúnica, o número de pessoas presentes. Era uma habilidade que já não possuía. Havia muita gente. A organizadora da conferência, fosse qual fosse o seu nome, dissera que mais de setecentas pessoas haviam se inscrito nesse encontro. Alice já tinha feito muitas palestras para plateias desse tamanho e até maiores. Entre os integrantes de suas antigas plateias incluíam-se professores ilustres de universidades da Ivy League, ganhadores do Prêmio Nobel e os principais pensadores mundiais da psicologia e das ciências da linguagem.

Nesse dia, John estava sentado na primeira fila. Olhava o tempo todo para trás e enrolava repetidamente o programa do encontro num tubo apertado. Até esse momento, Alice não tinha notado que ele estava usando sua camiseta cinza da sorte. Costumava reservá-la apenas para os dias de resultados mais cruciais no laboratório. Ela sorriu diante desse gesto supersticioso.

Anna, Charlie e Tom sentavam-se ao lado dele, conversando entre si. Algumas poltronas atrás estavam Mary, Cathy e Dan, com seus respectivos cônjuges. Posicionado na frente e no centro, o dr. Davis estava pronto, de caneta e caderno de notas em punho. Mais além, havia um mar de profissionais de saúde que se dedicavam a cuidar de pessoas com demência. Podia não ser a plateia maior ou mais prestigiosa de Alice, mas, dentre todas as palestras que já fizera na vida, ela esperava que essa fosse a de impacto mais marcante.

Deslizou os dedos de um lado para o outro pelas asas lisas, de contas de pasta de vidro, do colar de borboleta, apoiado na ponta ossuda de seu esterno como se o inseto houvesse pousado ali. Pigarreou. Bebeu um gole d'água. Tocou mais uma vez nas asas da borboleta, para dar sorte. "Hoje é um dia especial, mamãe."

— Bom dia. Sou a dra. Alice Howland, mas não trabalho com neurologia nem com clínica geral. Meu doutorado é em psicologia. Fui professora da Universidade Harvard por vinte e cinco anos. Lecionei cadeiras de psicologia cognitiva, conduzi pesquisas no campo da linguística e dei aulas e palestras no mundo inteiro.

"Mas hoje não estou aqui para lhes falar como especialista em psicologia nem em linguagem. Estou aqui hoje para lhes falar como especialista na doença de Alzheimer. Não trato de pacientes, não dirijo ensaios clínicos, não estudo mutações de DNA nem oriento pacientes e seus familiares. Sou especialista nesse assunto porque, há pouco mais de um ano, fui diagnosticada com a doença de Alzheimer de instalação precoce.

"Sinto-me honrada por ter esta oportunidade de lhes dirigir a palavra hoje, na esperança de proporcionar alguma compreensão sobre o que é viver com a demência. Dentro em breve, mesmo que ainda saiba como é isso, não serei capaz de expressá-lo a vocês. E, logo depois, já nem saberei que tenho demência. Portanto, o que tenho a dizer hoje vem na hora certa.

"Nós, nos primeiros estágios da doença de Alzheimer, ainda não somos completamente incompetentes. Não somos desprovidos de linguagem nem de opiniões importantes, nem de períodos extensos de lucidez. Mas já não temos competência suficiente para que nos sejam confiadas muitas demandas e responsabilidades de nossa vida anterior. Temos a sensação de não estar nem cá nem lá, como um personagem doido do Dr. Seuss numa terra bizarra. É um lugar muito solitário e frustrante para se estar.

"Já não trabalho em Harvard. Já não leio nem escrevo artigos nem livros sobre pesquisas. Minha realidade é totalmente diferente do que era, não faz muito tempo. E é distorcida. As vias neurais que utilizo para compreender o que vocês dizem, o que penso e o que acontece à minha volta estão obstruídas por amiloides aderentes. Luto para encontrar as palavras que quero dizer e muitas vezes me ouço dizer as palavras erradas. Não posso confiar na minha avaliação das distâncias espaciais, o que significa que derrubo coisas, levo muitos tombos e sou capaz de me perder a dois quarteirões de casa. E minha memória de curto prazo está por um fio, um fio esgarçado.

"Estou perdendo meus 'ontens'. Se vocês me perguntassem o que fiz ontem, o que aconteceu, o que vi, senti e ouvi, eu teria muita dificuldade para fornecer detalhes. Talvez acertasse alguns palpites. Sou excelente em matéria de palpites. Mas a realidade é que não sei. Não me lembro de ontem nem do ontem antes dele.

"E não tenho nenhum controle sobre os 'ontens' que conservo e os que são apagados. Não há como negociar com esta doença. Não posso oferecer a ela os nomes dos presidentes dos Estados Unidos em troca dos nomes dos meus filhos. Não posso lhe dar os nomes das capitais dos estados e conservar as lembranças de meu marido.

"Temo com frequência o amanhã. E se eu acordar e não souber quem é o meu marido? E se não souber onde estou nem me reconhecer no espelho? Quando deixarei de ser eu mesma? Será que a parte do meu cérebro que responde por minha personalidade é vulnerável a esta doença? Ou será que minha identidade é algo que transcende neurônios, proteínas e moléculas de DNA defeituosas? Estarão minha alma e meu espírito imunes à devastação da doença de Alzheimer? Acredito que sim.

"Ser diagnosticada com esta enfermidade é como ser marcada com um A escarlate. Agora eu sou isto: uma pessoa com demência. Por algum tempo, foi assim que me defini, e é assim que os outros continuam a me definir. Mas não sou aquilo que digo ou faço, ou aquilo de que me lembro. Fundamentalmente, sou mais do que isso.

"Sou esposa, mãe e amiga, e logo serei avó. Ainda sinto, compreendo e sou digna do amor e da alegria dessas relações. Ainda sou uma participante ativa da sociedade. Meu cérebro já não funciona bem, mas uso meus ouvidos para uma escuta incondicional, meus ombros para que outros chorem neles, e meus braços para abraçar outras pessoas com demência. Por meio de um grupo de apoio para doentes em estágio inicial, por meio da Rede Internacional de Apoio e Defesa da Demência, e falando com vocês aqui, hoje, estou ajudando outros pacientes com demência a conviverem melhor com ela. Não sou uma pessoa moribunda. Sou alguém que vive com a doença de Alzheimer. E quero fazê-lo tão bem quanto me for possível.

"Eu gostaria de incentivar o diagnóstico precoce, para que os médicos não presumam que as pessoas que têm problemas de memória e cognição na casa dos quarenta ou cinquenta anos estão deprimidas, estressadas ou na menopausa. Quanto mais cedo formos corretamente diagnosticados, mais cedo poderemos iniciar a medicação, na esperança de retardar o avanço da doença e de nos mantermos num patamar estável por tempo suficiente para colher os benefícios de um tratamento melhor, ou de uma cura próxima. Ainda tenho uma esperança de cura, para mim, para meus amigos com demência, para minha filha que tem o mesmo gene mutado. Talvez eu jamais consiga recuperar o que já perdi, mas possa conservar o que tenho. E ainda tenho muito.

"Por favor, não olhem para o nosso A escarlate e nos descartem. Olhem-nos nos olhos, falem diretamente conosco. Não entrem em pânico nem encarem nossos erros como uma ofensa pessoal, porque nós erraremos. Vamos nos repetir, pôr coisas nos lugares errados e nos perder. Esqueceremos o seu nome e o que vocês disseram há dois minutos. E também tentaremos ao máximo compensar e superar nossas perdas cognitivas.

"Eu os incentivo a nos capacitarem, não a nos limitarem. Quando alguém tem uma lesão na medula espinhal, quando alguém perde um membro ou tem uma deficiência funcional por causa de um derrame, as famílias e os profissionais de saúde se empenham arduamente em reabilitar essa pessoa, em descobrir modos de ajudá-la a enfrentar e a superar os problemas, apesar de suas perdas. Colaborem conosco. Ajudem-nos a desenvolver instrumentos para funcionar, contornando nossas perdas de memória, linguagem e cognição. Estimulem a participação em grupos de apoio. Podemos ajudar uns aos outros, tanto os pacientes com demência quanto os que cuidam deles, a navegar por essa terra do nem lá nem cá do Dr. Seuss.

"Meus ontens estão desaparecendo e meus amanhãs são incertos. Então, para que eu vivo? Vivo para cada dia. Vivo o presente. Num amanhã próximo, esquecerei que estive aqui diante de vocês e que fiz este discurso. Mas o simples fato de eu vir a esquecê-lo num amanhã qualquer não significa que hoje eu não tenha vivido cada segundo dele. Esquecerei o hoje, mas isso não significa que o hoje não tem importância.

"Já não me pedem para dar palestras sobre a linguagem em universidades nem em conferências de psicologia pelo mundo afora. Mas hoje estou aqui, diante de vocês, fazendo o que espero ser a palestra mais importante da minha vida. E eu tenho a doença de Alzheimer.

"Obrigada."

Pela primeira vez Alice ergueu os olhos do discurso, desde que começara a falar. Não se atrevera a romper o contato visual com as palavras nas páginas até terminar, por medo de se perder. Para sua sincera surpresa, todo o salão estava de pé, aplaudindo. Era mais do que ela havia esperado. Tinha esperado duas coisas simples: não perder a capacidade de ler durante a palestra e chegar até o fim do discurso sem fazer papel de idiota.

Olhou para os rostos conhecidos na primeira fila e soube, sem sombra de dúvida, que havia ultrapassado em muito essas expectativas modestas. Cathy, Dan e o dr. Davis exibiam sorrisos radiantes. Mary enxugava os olhos com um punhado de lenços de papel cor-de-rosa. Anna batia palmas e sorria, sem parar um minuto para enxugar as lágrimas que lhe desciam pelas faces. Tom batia palmas, gritava vivas e parecia mal conseguir se impedir de correr para abraçá-la e lhe dar os parabéns. Alice também mal podia esperar para abraçá-lo.

John estava despudoradamente empertigado com sua camiseta cinza da sorte, aplaudindo-a com um amor inconfundível nos olhos e alegria no sorriso.

Abril de 2005

A energia exigida para escrever o discurso, apresentá-lo adequadamente, trocar apertos de mão e manter uma conversa desenvolta com o que pareciam ser centenas de participantes entusiásticos da Conferência Anual de Atendimento à Demência teria sido imensa para uma pessoa não portadora da doença de Alzheimer. Para alguém com Alzheimer, era mais do que imensa. Alice conseguiu funcionar por algum tempo depois do discurso com base na descarga de adrenalina, na lembrança dos aplausos e numa confiança renovada em seu status interno. Ela era Alice Howland, uma heroína valente e notável.

Mas a descarga adrenérgica não foi duradoura e a memória voltou a falhar. Ela perdeu um pouco da autoconfiança e do status ao escovar os dentes com creme hidratante. Perdeu um pouco mais quando passou a manhã inteira tentando telefonar para John pelo controle remoto da televisão. E perdeu o pouco que restava quando o cheiro desagradável de seu corpo lhe informou que fazia dias que ela não tomava banho, mas não conseguia reunir a coragem nem o conhecimento necessário para entrar na banheira. Ela era Alice Howland, vítima da doença de Alzheimer.

Sua energia esgotou-se, sem que houvesse qualquer reserva a que recorrer; sua euforia murchou e, uma vez roubadas a lembrança da vitória e sua confiança, ela arcou com uma sensação de peso esmagadora e exaustiva. Dormia tarde e ficava na cama durante horas ao acordar. Sentava-se no sofá e chorava sem nenhum motivo específico. E não havia sono nem choro que a recompusessem.

John acordou-a de um sono mortificante e a vestiu. Ela deixou. O marido não lhe disse para escovar o cabelo nem os dentes. Ela não se importou. Ele a enfiou às pressas no carro. Ela encostou a testa na janela fria. Lá fora, o mundo parecia cinza-azulado. Ela não sabia aonde estavam indo. Sentiu-se indiferente demais para perguntar.

John parou num estacionamento. Os dois desceram e entraram num prédio por uma porta na garagem. A iluminação branca fluorescente incomodou-lhe os olhos. Os corredores largos, os elevadores, as placas nas paredes: RADIOLOGIA, CIRURGIA, OBSTETRÍCIA, NEUROLOGIA. "Neurologia."

Entraram num cômodo. Em vez da sala de espera que imaginava ver, ela viu uma mulher dormindo numa cama. Tinha os olhos inchados e fechados, e tubos de medicação presos na mão com esparadrapo.

— O que aconteceu com ela? — sussurrou Alice.

— Nada, ela só está cansada — disse John.

— Está com uma aparência horrorosa.

— Psssiu, você não vai querer que ela escute isso.

O cômodo não parecia um quarto de hospital. Tinha outra cama, menor e desfeita, ao lado da ocupada pela mulher adormecida, um televisor grande num canto, um lindo vaso de flores amarelas e cor-de-rosa numa mesa, e piso de tábua corrida. Talvez não fosse um hospital. Podia ser um hotel. Mas, então, por que a mulher tinha aquele tubo preso na mão?

Um rapaz bonito entrou com uma bandeja de café. "Talvez ele seja o médico." Usava um boné dos Red Sox, calças jeans e camiseta de Yale. "Vai ver que ele é do serviço de copa."

— Meus parabéns — murmurou John.

— Obrigado. O Tom acabou de sair. Ele volta hoje à tarde. Tome, eu trouxe café para todos e um chá para a Alice. Vou buscar os bebês.

O rapaz sabia o nome dela.

Voltou empurrando um carro com rodinhas que continha duas banheiras retangulares de plástico transparente. Cada banheira continha um bebê pequenininho, com o corpo todo envolto em cobertores brancos e com o alto da cabeça coberto por uma touca branca, de modo que só o rosto aparecia.

— Vou acordá-la, ela não ia querer estar dormindo na hora de vocês os conhecerem — disse o rapaz. — Acorde, meu bem, nós temos visitas.

A mulher acordou com relutância, mas, ao ver Alice e John, uma animação penetrou em seus olhos cansados e lhes deu vida. Ela sorriu, e seu rosto pareceu entrar nos eixos. "Ah, meu Deus, essa é a Anna!"

— Parabéns, minha menina — disse John. — Eles são lindos — e se debruçou sobre ela e a beijou na testa.

— Obrigada, papai.

— Você parece ótima. Como está se sentindo, tudo bem? — perguntou ele.

— Estou bem, obrigada, apenas exausta. Estão prontos? Aqui estão eles. Esta é a Allison Anne, e este rapazinho é o Charles Thomas.

O rapaz entregou um dos bebês a John. Pegou o outro bebê, o que tinha uma fita cor-de-rosa amarrada no chapéu, e o apresentou a Alice.

— Quer segurá-la? — perguntou.

Alice fez que sim.

Segurou a nenenzinha adormecida, a cabeça apoiada na dobra do cotovelo, o bumbum em sua mão, o corpo encostado em seu peito, a orelha apoiada em seu coração. A pequena neném adormecida produzia pequenas inspirações e expirações por pequenas narinas redondas. Alice beijou instintivamente sua bochecha gorducha, rosada e cheia de manchinhas.

— Anna, você teve os bebês — disse.

— Sim, mamãe, você está segurando a sua neta, Allison Anne.

— Ela é perfeita. Eu a amo.

"Minha neta." Olhou para o bebê de lacinho azul no colo de John. "Meu neto."

— E eles não terão Alzheimer como eu?

— Não, mamãe, não terão.

Alice respirou fundo, inalando o perfume adorável de sua linda neta, o que a encheu de uma sensação de alívio e paz que não havia experimentado durante muito tempo.

— Mamãe, fui aceita na Universidade de Nova York e na Brandeis.

— Ah, que coisa boa! Eu me lembro de quando entrei na faculdade. O que você vai estudar?

— Teatro.

— Que maravilha! Eu fui para Harvard. Adorava estudar lá. Para que faculdade você disse que vai?

— Ainda não sei. Fui aceita na NYU e na Brandeis.

— Para qual você quer ir?

— Não tenho certeza. Conversei com o papai e ele quer muito que eu vá para a NYU.

— Mas você quer ir para a NYU?

— Não sei. É a mais renomada, mas acho a Brandeis melhor para mim. Eu ficaria perto da Anna e do Charlie e dos bebês, e também do Tom, e de você e papai, se vocês ficarem.

— Se eu ficar onde? — perguntou Alice.

— Aqui em Cambridge.

— E para onde mais eu iria?

— Nova York.

— Não vou para Nova York.

Estavam sentadas lado a lado num sofá, dobrando roupas de bebê, separando as cor-de-rosa das azuis. A televisão exibia imagens sem som.

— É que, se eu ficar na Brandeis e você e papai se mudarem para Nova York, vou me sentir como se estivesse no lugar errado, como se houvesse tomado a decisão errada.

Alice parou de dobrar as roupas e olhou para a mulher. Era jovem, magra, bonita. Também estava cansada e não sabia o que devia fazer.

— Quantos anos você tem? — perguntou-lhe.

— Vinte e quatro.

— Vinte e quatro. Adorei ter vinte e quatro anos. Você tem a vida inteira pela frente. Tudo é possível. Você é casada?

A mulher bonita que não sabia o que fazer parou de dobrar as roupas e encarou Alice. Fixou os olhos nos dela. A mulher bonita que não sabia o que fazer tinha olhos penetrantes, francos, de uma cor castanha como creme de amendoim.

— Não, não sou casada.

— Tem filhos?

— Não.

— Então, você deve fazer exatamente o que quer fazer.

— Mas, e se o papai resolver aceitar o emprego em Nova York?

— Você não pode tomar esse tipo de decisão com base no que outras pessoas podem fazer ou deixar de fazer. Essa decisão é sua, é a sua educação. Você é uma mulher adulta, não tem que fazer o que o seu pai quer. Decida com base no que for bom para a sua vida.

— Está bem, farei isso. Obrigada.

A mulher bonita, de olhos encantadores de creme de amendoim, soltou uma risada divertida, um suspiro, e recomeçou a dobrar as roupas.

— Nós fizemos um longo percurso, mamãe.

Alice não entendeu o que ela queria dizer.

— Sabe, você me lembra os meus alunos. Fui orientadora estudantil. Era muito boa nisso.

— Sim, era mesmo. Ainda é.

— Como é o nome da universidade para a qual você quer ir?

— Brandeis.

— Onde fica?

— Em Waltham, a poucos minutos daqui.

— E o que você vai estudar?

— Teatro.

— Maravilhoso. Você vai encenar peças?

— Sim.

— Shakespeare?

— Sim.

— Adoro Shakespeare, especialmente as tragédias.

— Eu também.

A mulher bonita aproximou-se e abraçou Alice. Tinha um perfume fresco e limpo, feito sabonete. Seu abraço penetrou em Alice tal como tinham feito seus olhos de pasta de amendoim. Alice sentiu-se feliz e próxima dela.

— Mamãe, por favor, não vá para Nova York.

— Nova York? Não seja boba. Eu moro aqui. Por que me mudaria para Nova York?

— Não sei como você consegue — comentou a atriz. — Passei a noite quase toda em claro com ela e estou me sentindo um trapo. Fiz ovos mexidos com torrada e chá para ela às três horas da manhã.

— Eu estava acordada nessa hora. Se você conseguisse produzir leite, poderia me ajudar a amamentar um desses dois aqui — disse a mãe dos bebês.

A mãe estava sentada no sofá ao lado da atriz, dando de mamar ao bebê de azul. Alice segurava o bebê cor-de-rosa. John entrou, de banho tomado e vestido, com uma caneca de café numa das mãos e um jornal na outra. As mulheres estavam de pijama.

— Lyd, obrigado por ter ficado com a sua mãe esta noite. Eu realmente precisava dormir — disse ele.

— Papai, como é que você acha que pode ir para Nova York e fazer isso sem a nossa ajuda? — perguntou a mãe.

— Vou contratar uma enfermeira. Aliás, estou tentando encontrar alguém que possa começar já.

— Não quero estranhos cuidando dela. Eles não vão abraçá-la nem amá-la como nós — disse a atriz.

— E uma pessoa estranha não conhecerá a história nem as lembranças dela como nós. Às vezes conseguimos preencher as lacunas dela e ler sua linguagem corporal, e isso é porque nós a conhecemos — acrescentou a mãe.

— Não estou dizendo que não continuaremos a cuidar dela, só estou sendo realista e prático. Não temos de carregar tudo isso nas costas sozinhos. Você vai voltar a trabalhar daqui a alguns meses e vai chegar em casa toda noite para cuidar de dois bebês que não a viram o dia inteiro.

"E você vai começar a faculdade. Vive falando de como a carga horária é pesada. O Tom está operando um paciente neste momento. Todos vocês estão prestes a ficar mais atarefados do que nunca, e sua mãe seria a última pessoa a querer que comprometessem sua qualidade de vida por causa dela. Ela nunca admitiria ser um fardo para vocês."

— Ela não é um fardo, é nossa mãe — disse a mãe.

Estavam falando depressa demais e usando um excesso de pronomes. E o bebê de cor-de-rosa tinha começado a se agitar e chorar, distraindo-a. Alice não conseguiu entender de que ou de quem eles estavam falando. Mas percebeu por suas expressões faciais e por seu tom de voz que era uma discussão séria. E as mulheres de pijama estavam do mesmo lado.

— Talvez seja mais sensato eu tirar uma licença-maternidade mais longa. Ando me sentindo meio pressionada, e o Charlie concorda em que eu tire mais um tempo, e faz sentido, para que eu esteja disponível para a mamãe.

— Papai, esta é a nossa última chance de passar um tempo com ela. Você não pode ir para Nova York, não pode tirar isso da gente.

— Escute, se você tivesse escolhido a NYU em vez da Brandeis, poderia passar todo o tempo que quisesse com ela. Você fez a sua escolha, eu estou fazendo a minha.

— Por que a mamãe não pode participar dessa escolha? — perguntou a mãe.

— Ela não quer morar em Nova York — disse a atriz.

— Você não sabe o que ela quer — retrucou John.

— Ela disse que não quer ir. Vamos, pergunte a ela. O fato de ela ter Alzheimer não significa que ela não saiba o que quer e o que não quer. Às três horas da madrugada, ela queria ovos mexidos com torradas, não queria cereal nem bacon. E, decididamente, não queria voltar para a cama. Você escolheu desconsiderar o que ela quer porque ela sofre de Alzheimer — insistiu a atriz.

"Ah, eles estão falando de mim."

— Não estou desconsiderando o que ela quer. Estou fazendo o melhor que posso para escolher o que é bom para nós dois. Se ela conseguisse tudo o que quer, unilateralmente, nem estaríamos tendo esta conversa.

— Que diabo significa isso? — indagou a mãe.

— Nada.

— É como se você não entendesse que ela ainda não acabou, como se achasse que o tempo que resta para ela não tem mais importância. Você está agindo como uma criança egoísta — disse a mãe.

A essa altura, a mãe estava chorando, mas parecia zangada. Parecia e falava como Anne, a irmã de Alice. Mas não podia ser a Anne. Isso era impossível. A Anne não tinha filhos.

— Como é que você sabe que ela acha isso importante? Escute, não sou só eu. A antiga Alice, anterior a isso, não iria querer que eu abrisse mão dessa oportunidade. Não iria querer ficar aqui assim — disse John.

— O que isso quer dizer? — perguntou a mulher chorosa, que parecia e falava como Anne.

— Nada. Olhe, eu entendo e valorizo tudo que vocês estão dizendo. Mas estou tentando tomar uma decisão racional, não sentimental.

— Por quê? Qual é o problema de ser sentimental nessa hora? Por que isso é uma coisa negativa? Por que a decisão afetiva não seria a decisão certa? — perguntou a mulher que não estava chorando.

— Ainda não cheguei a uma decisão final, e vocês duas não vão me intimidar para que eu a tome agora. Vocês não sabem de tudo.

— Então nos diga, papai, conte o que nós não sabemos — fez a mulher que chorava, com a voz trêmula e ameaçadora.

A ameaça o fez calar-se por um momento.

— Não tenho tempo para isso agora, tenho uma reunião.

Levantou-se e abandonou a discussão, deixando as mulheres e os bebês sozinhos. Bateu com força a porta da frente ao sair, assustando o bebê de azul, que acabara de adormecer no colo da mãe. Ele chorou. Como se fosse contagioso, a outra mulher começou a chorar também. Talvez apenas se sentisse excluída. A essa altura, todos choravam — o bebê rosa, o bebê azul, a mãe e a mulher ao lado da mãe. Todos, menos Alice. Ela não estava triste nem zangada, nem derrotada ou com medo. Estava com fome.

— O que vamos jantar?

Maio de 2005

Chegaram ao balcão depois de esperar muito tempo numa fila imensa.

— Certo, Alice, o que você vai querer? — perguntou John.

— Eu tomo o que você tomar.

— Vou pedir baunilha.

— Está ótimo, eu vou tomar esse.

— Você não gosta de baunilha, vai querer alguma coisa de chocolate.

— Então, está bem, eu tomo uma coisa de chocolate.

Para ela, aquilo pareceu bastante simples e sem nenhum problema, mas ele ficou visivelmente irritado com o diálogo.

— Quero uma casquinha de baunilha, e ela quer uma de *brownie* com calda de chocolate, os dois grandes.

Longe das lojas e das filas apinhadas, sentaram-se num banco todo pichado à beira de um rio e tomaram seus sorvetes. Vários gansos bicavam a grama a poucos metros. Mantinham a cabeça baixa, absortos na tarefa de bicar, completamente alheios à presença de Alice e John. Alice riu, perguntando a si mesma se os gansos pensariam a mesma coisa sobre eles.

— Alice, você sabe em que mês estamos?

Tinha chovido antes, mas agora o céu estava limpo e o calor do sol e do banco seco lhe aquecia os ossos. Era muito bom sentir-se aquecida. Muitos botões brancos e cor-de-rosa da macieira-silvestre ali perto espalhavam-se pelo chão feito confete.

— É primavera.

— Que mês da primavera?

Ela lambeu seu sorvete de chocolate-e-alguma-coisa e ponderou cuidadosamente sobre a pergunta. Não conseguiu lembrar-se da última vez que tinha olhado para um calendário. Parecia fazer muito tempo desde a época em que precisava estar num certo lugar a uma certa hora. Ou, quando precisava estar em algum lugar num certo dia, a uma certa hora, John sabia disso por ela e cuidava para que chegasse onde devia estar. Alice não usava uma máquina de anotar compromissos e já não usava relógio de pulso.

"Bem, vamos ver. Os meses do ano."

— Não sei, qual é?

— Maio.

— Ah.

— Você sabe o dia do aniversário da Anna?

— É em maio?

— Não.

— Bem, acho que o aniversário da Anne é na primavera.

— Não, não da Anne, da Anna.

Um caminhão amarelo roncou alto ao cruzar a ponte perto deles e assustou Alice. Um dos gansos abriu as asas e grasnou para o caminhão para defender o bando. Ela se perguntou se seria corajoso ou um esquentadinho procurando briga. Deu um risinho, pensando no ganso brigão.

Lambeu o sorvete de chocolate-e-alguma-coisa e estudou a arquitetura do prédio de tijolos vermelhos do outro lado do rio. Tinha muitas janelas e um relógio de números antiquados, em cima de uma cúpula dourada no alto. Parecia importante e familiar.

— Que prédio é aquele? — perguntou.

— É a Faculdade de Administração. Faz parte de Harvard.

— Ah. Eu lecionei naquele prédio?

— Não, você lecionava num outro prédio, do lado de cá do rio.

— Ah.

— Alice, onde é o seu escritório?

— Meu escritório? Em Harvard.

— Sim, mas onde em Harvard?

— Num prédio do lado de cá do rio.

— Qual prédio?

— Fica num edifício universitário, eu acho. Sabe, eu não vou mais lá.

— Eu sei.

— Então, não tem muita importância onde ele fica, não é? Por que não nos concentramos nas coisas realmente importantes?

— Estou tentando.

John segurou sua mão. A dele era mais quente que a dela. Era muito gostoso ficar com sua mão na dele. Dois gansos saíram pela água. Não havia gente nadando no rio. Provavelmente, estava frio demais para as pessoas nadarem.

— Alice, você ainda quer ficar aqui?

As sobrancelhas dele assumiram uma curvatura séria e as rugas junto dos olhos se aprofundaram. Essa pergunta era importante para ele. Alice sorriu, contente consigo mesma por finalmente ter uma resposta confiante para dar.

— Quero. Gosto de ficar sentada aqui com você. E ainda não acabei.

Levantou o sorvete de chocolate-e-alguma-coisa para mostrar. Ele havia começado a derreter e a escorrer pelos lados da casquinha em sua mão.

— Por quê? Você quer ir embora agora? — perguntou ela.

— Não. Não precisa ter pressa.

Junho de 2005

Alice sentou-se diante do computador, esperando a tela acender. Cathy havia acabado de telefonar, preocupada, para saber se estava tudo bem. Dissera que fazia algum tempo que Alice não respondia a seus e-mails, fazia semanas que não entrava na sala de bate-papo sobre demência, e tinha tornado a faltar à reunião do grupo de apoio na véspera. Só depois de ela falar em grupo de apoio é que Alice havia reconhecido quem era a Cathy em questão ao telefone. Cathy dissera que duas pessoas novas tinham entrado no grupo, que lhes fora recomendado por pessoas que tinham ido à Conferência Anual de Atendimento à Demência e assistido ao discurso de Alice. Alice lhe dissera que essa era uma notícia maravilhosa. Desculpara-se com Cathy por tê-la deixado preocupada e lhe pedira para informar a todos que estava bem.

Mas a verdade é que estava muito longe de se sentir bem. Ainda conseguia ler e compreender textos curtos, mas o teclado do computador se tornara uma mixórdia indecifrável de letras. Na verdade, ela havia perdido a capacidade de compor palavras com as letras do alfabeto no teclado. Sua capacidade de usar a linguagem, aquela coisa que mais distinguia os seres humanos dos animais, a estava abandonando, e Alice sentia-se cada vez menos humana à medida que ela partia. Fazia algum tempo que dera um adeus choroso ao sentir-se bem.

Clicou na caixa de entrada. Setenta e três mensagens novas. Acabrunhada e impotente para responder, fechou o programa de e-mail sem ler mensagem alguma. Contemplou a tela diante da qual passara uma parte tão grande de sua vida profissional. Havia três pastas na área de trabalho, dispostas numa coluna vertical: Disco Rígido, Alice, Borboleta. Clicou na pasta Alice.

Dentro havia outras pastas com títulos diferentes: Resumos, Assuntos Administrativos, Aulas, Conferências, Dados Numéricos, Propostas de Financiamento de Bolsas, Casa, John, Crianças, Seminários de Almoço, Das Moléculas à Mente, Artigos, Apresentações, Alunos. Toda a sua vida organizada em pequenos ícones arrumados. Não suportou ver o que havia dentro deles, por medo de não se lembrar de sua vida inteira, ou não compreendê-la. Clicou na pasta Borboleta.

Querida Alice,

Você escreveu esta carta para si mesma quando estava em seu juízo perfeito. Se estiver lendo isto e não conseguir responder a uma ou mais das seguintes perguntas, é porque já não está em seu juízo perfeito.

Em que mês estamos?
Onde você mora?
Onde fica o seu escritório?
Qual é a data de nascimento da Anna?
Quantos filhos você tem?

Você sofre da doença de Alzheimer. Perdeu muito de si mesma, muito daquilo que ama, e não está levando a vida que gostaria de levar. Não existe um desfecho satisfatório para essa doença, mas você escolheu um desfecho que é o mais digno, justo e respeitoso para com você mesma e sua família. Já não pode confiar no seu próprio julgamento, mas pode confiar no meu, o seu eu anterior, de antes que a doença de Alzheimer lhe tirasse coisas demais.

Você viveu uma vida extraordinária e gratificante. Você e seu marido, John, têm três filhos saudáveis e maravilhosos, todos muito amados e bem-encaminhados na vida, e você teve uma carreira notável em Harvard, cheia de desafios, criatividade, paixão e realização.

Esta última parte da sua vida, a parte com o mal de Alzheimer, e esse fim que você escolheu criteriosamente são trágicos, mas sua vida não foi trágica. Eu a amo e me orgulho de você, do modo como viveu e de tudo o que fez enquanto lhe foi possível.

Agora, vá para o seu quarto. Vá até a mesa preta ao lado da cama, aquela que tem o abajur azul em cima. Abra a gaveta dessa mesa. No fundo da gaveta há um vidro de comprimidos. O vidro tem um rótulo branco que diz PARA ALICE em letras pretas. Há uma porção de comprimidos nesse vidro. Tome todos eles com um copo grande de água. Certifique-se de engolir todos. Depois, deite-se na cama e vá dormir.

Vá agora, antes que você esqueça. E não diga a ninguém o que está fazendo. Por favor, confie em mim.

Com amor,

Alice Howland

Releu o texto. Não se lembrava de tê-lo escrito. Não sabia a resposta de nenhuma das perguntas, exceto a que indagava quantos filhos tinha. Mas, afinal, provavelmente sabia disso porque já dera a resposta na carta. Não tinha certeza dos nomes deles. Anna e Charlie, talvez. Não conseguiu se lembrar do outro.

Tornou a ler, dessa vez mais devagar, se é que isso era possível. Ler na tela do computador era difícil, mais difícil do que ler no papel, onde ela podia usar caneta e marcador fluorescente. E no papel, poderia levar a carta consigo para o quarto e lê-la quando estivesse lá. Quis imprimir o texto, mas não conseguiu descobrir como fazer isso. Desejou que seu eu anterior, o eu de antes que a doença de Alzheimer tirasse muito dela, tivesse pensado em incluir instruções sobre como imprimir a carta.

Leu mais uma vez. Era fascinante e surreal, como ler um diário que lhe houvesse pertencido na adolescência: palavras secretas e sinceras, escritas por uma garota de quem ela só tinha uma vaga lembrança. Desejou que ela houvesse escrito mais. Suas palavras a deixavam triste e orgulhosa, com um sentimento de força e alívio. Respirou fundo, soltou o ar e subiu.

Chegou ao alto da escada e se esqueceu do que fora fazer lá. Era algo como uma sensação de importância e urgência, porém nada mais. Desceu de novo e procurou indícios de onde acabara de estar. Encontrou o computador com uma carta dirigida a ela, exibida na tela. Leu-a e tornou a subir.

Abriu a gaveta da mesa ao lado da cama. Tirou pacotes de lenços de papel, canetas, uma pilha de papel pegajoso, um vidro de loção, umas duas pastilhas para tosse, fio dental e umas moedas. Espalhou tudo na cama e pegou todos os itens, um por um. Lenços de papel, caneta, caneta, caneta, papel pegajoso, moedas, pastilha, pastilha, fio dental, loção.

— Alice?

— Que é?

Virou-se. John estava parado à porta.

— O que está fazendo aqui? — perguntou ele.

Alice olhou para os objetos em cima da cama.

— Procurando uma coisa.

— Tenho que voltar correndo ao escritório para buscar um artigo que esqueci. Vou de carro, de modo que só vou demorar alguns minutos.

— Está bem.

— Olhe, está na hora, tome isto antes que eu me esqueça.

Entregou-lhe um copo d'água e um punhado de comprimidos. Ela engoliu todos.

— Obrigada — disse.

— Por nada. Eu volto já.

John tirou dela o copo vazio e saiu do quarto. Alice deitou-se na cama, ao lado do conteúdo da gaveta, e fechou os olhos, sentindo-se triste e orgulhosa, forte e aliviada enquanto esperava.

— ALICE, POR FAVOR, PONHA A TOGA, o capelo e a borla, precisamos ir embora.

— Aonde vamos?

— À Formatura de Harvard.

Ela tornou a examinar a roupa. Continuou sem entender.

— O que significa "formatura"?

— É o dia da colação de grau em Harvard. É quando o curso termina e os alunos recebem os seus diplomas. Isso simboliza o início de uma nova fase em suas vidas.

Formatura em Harvard. Uma nova fase. Ela revirou a palavra na cabeça. A colação de grau em Harvard marcava um novo começo, o início da idade adulta, o início da vida profissional, o início da vida depois de Harvard. Formatura. Gostou da palavra e quis lembrar-se dela.

Foram andando por uma calçada movimentada, com seus trajes rosa-escuro e seus chapéus pretos de pelúcia. Nos primeiros minutos da caminhada, Alice sentiu-se visivelmente ridícula e totalmente desconfiada da decisão de John sobre a escolha das roupas. Depois, de repente, viu-as por toda parte. Uma massa de pessoas de togas e chapéus semelhantes, mas numa variedade de cores, afunilou-se na calçada com eles, vinda de todas as direções, e em pouco tempo todos andavam num desfile de fantasias que lembrava o arco-íris.

Entraram num pátio relvado, à sombra de árvores grandes e antigas e cercado por prédios grandes e antigos, ao som lento e cerimonial de gaitas de foles. Alice arrepiou-se e estremeceu. "Já fiz isso antes." A procissão os conduziu a uma fila de cadeiras onde os dois se sentaram.

— Esta é a graduação em Harvard — comentou ela.

— É — disse John.

— Formatura.

— Isso.

Após algum tempo, vieram os oradores. No passado, as cerimônias de colação de grau em Harvard haviam contado com a presença de muitas pessoas famosas e poderosas, em sua maioria líderes políticos.

— Houve um ano em que o rei da Espanha discursou aqui — disse Alice.

— É — confirmou John. Riu um pouco, achando divertido.

— Quem é aquele homem? — perguntou ela, referindo-se ao homem na tribuna.

— É um ator.

Dessa vez foi Alice quem riu, achando divertido.

— Acho que não conseguiram arranjar um rei este ano — comentou.

— Sabe, a sua filha é atriz. Quem sabe um dia ela esteja lá em cima? — disse John.

Alice ouviu o ator. Era um orador fluente e dinâmico. Ficou falando em epopeia.

— O que é epopeia? — perguntou Alice.

— É uma narrativa longa que exalta as aventuras de um herói e o que ele aprendeu ao longo de sua jornada.

O ator falou da aventura de sua vida. Contou que estava ali naquele dia para transmitir a todos — às turmas de formandos, às pessoas prestes a iniciar suas próprias aventuras — as lições que havia aprendido no caminho. Deu-lhes cinco: sejam criativos, sejam úteis, sejam práticos, sejam generosos e acabem em grande estilo.

"Já fui todas essas coisas, eu acho. Só que ainda não acabei. Não acabei em grande estilo."

— É um bom conselho — comentou Alice.

— É, sim — concordou John.

Ficaram sentados, ouviram e bateram palmas, e ouviram e bateram palmas por mais tempo do que agradava a Alice. Depois, todos se levantaram e saíram devagar, num desfile menos ordeiro. Alice, John e alguns outros entraram num prédio próximo. A entrada magnífica, a altura estonteante, o teto de madeira escura e a gigantesca parede de vitrais iluminados pelo sol deixaram-na assombrada. Lustres imensos e antigos, de aparência pesada, pairavam sobre eles.

— Que lugar é este?

— É o Salão Memorial, faz parte de Harvard.

Para decepção dela, não se demoraram nada no magnífico vestíbulo e passaram imediatamente para um auditório de teatro, menor e relativamente sem expressão, onde se sentaram.

— O que está acontecendo agora?

— Os alunos da Escola de Pós-Graduação de Artes e Ciências estão recebendo o grau de doutor. Estamos aqui para assistir à formatura do Dan. Ele é seu aluno.

Alice correu os olhos pelo auditório, examinando os rostos das pessoas de roupa rosa-escuro. Não soube qual delas era Dan. Na verdade, não reconheceu nenhum rosto, mas reconheceu a emoção e a energia presentes no salão. Eles estavam felizes e esperançosos, orgulhosos e aliviados. Prontos e ansiosos por novos desafios, ansiosos por descobrir, criar e ensinar, por serem os heróis de suas próprias aventuras.

O que viu neles Alice reconheceu em si mesma. Aquilo era algo que conhecia, aquele lugar, aquela empolgação e prontidão, aquele começo. Também tinha sido esse o começo de sua aventura e, embora ela não conseguisse recordar os detalhes, tinha plena consciência de que ela fora rica e valiosa.

— Lá está ele, no palco — informou John.

— Quem?

— O Dan, seu aluno.

— Qual deles?

— O louro.

— Daniel Maloney — alguém anunciou.

Dan deu um passo à frente e apertou a mão do homem do palco, recebendo em troca uma pasta vermelha. Levantou bem alto a pasta vermelha e sorriu, em gloriosa vitória. Por sua alegria, por tudo o que ele certamente havia realizado para estar ali, pela aventura em que ele embarcaria, Alice o aplaudiu, a esse seu aluno de quem não tinha nenhuma lembrança.

ALICE E JOHN ESTAVAM DO LADO de fora, sob uma grande tenda branca, em meio aos estudantes de roupa rosa-escuro e às pessoas que estavam felizes por eles e que os aguardavam. Um rapaz jovem e louro aproximou-se dela com um sorriso largo. Sem hesitar, abraçou-a e a beijou no rosto.

— Sou o Dan Maloney, seu aluno.

— Parabéns, Dan, estou muito feliz por você — disse Alice.

— Muito, muito obrigado. Estou muito contente por você ter vindo assistir à minha formatura. Tive uma sorte imensa por ser seu aluno. Quero que saiba que você foi a razão de eu escolher a linguística como campo de estudo. Sua paixão por compreender como funciona a linguagem, sua abordagem rigorosa e cooperativa nas pesquisas, seu amor pelo magistério, você foi uma inspiração para mim, de inúmeras maneiras. Obrigado por toda a sua orientação e sabedoria, por ter elevado o padrão muito acima do que eu me supunha capaz de alcançar, e por ter me dado amplo espaço para desenvolver minhas próprias ideias. Você foi a melhor professora que eu já tive. Se eu conseguir na vida uma pequena parte do que você realizou na sua, considerarei minha vida um sucesso.

— Não há de quê. Obrigada por ter dito isso. Sabe, ultimamente eu não me lembro muito bem. Fico feliz em saber que você se lembrará dessas coisas sobre mim.

Dan entregou-lhe um envelope branco.

— Tome, escrevi tudo para você, tudo o que acabei de dizer, para que você possa ler quando quiser e saber o que me proporcionou, mesmo que não consiga se lembrar.

— Obrigada.

Cada qual ficou segurando seu envelope, o dela branco, o dele vermelho, com profundo orgulho e reverência.

Uma versão mais velha e mais rechonchuda de Dan, acompanhada por duas mulheres, uma muito mais velha que a outra, aproximou-se deles. A versão mais velha e rechonchuda de Dan carregava uma bandeja com vinho branco borbulhante em taças magrinhas. A mulher jovem entregou uma taça a cada um.

— Um brinde ao Dan — disse a versão mais velha e rechonchuda do rapaz, erguendo sua taça.

— Ao Dan — disseram todos, batendo as taças magrinhas e bebendo um gole.

— Aos começos auspiciosos — acrescentou Alice — e aos finais em grande estilo.

Começaram a se afastar das tendas, dos antigos prédios de tijolos e das pessoas de fantasia e chapéu, em direção a um local menos apinhado e barulhento. Alguém de roupa preta gritou e correu até John, que parou e soltou a mão de Alice para apertar a da pessoa que gritara. Em pleno impulso para adiante, Alice continuou andando.

Por um segundo prolongado, deteve-se e travou contato visual com uma mulher. Tinha certeza de que não a conhecia, mas houve um significado naquela interação. A mulher tinha cabelo louro, um telefone no ouvido e óculos sobre os grandes olhos azuis assustados. Estava dirigindo um carro.

Depois, de repente, o capelo de Alice apertou-lhe a garganta e, com um safanão, ela foi puxada para trás. Caiu de costas com força, desavisadamente, e bateu com a cabeça no chão. Sua roupa e o chapéu de pelúcia ofereceram pouca proteção contra o asfalto.

— Meu Deus, Ali, você está bem? — perguntou um homem de toga rosa-escuro, ajoelhado ao lado dela.

— Não — respondeu ela, sentando-se e apalpando a parte de trás da cabeça. Esperou ver sangue na mão, mas não viu.

— Sinto muito, você entrou no meio da rua. Aquele carro quase a atropelou.

— Ela está bem?

Era a mulher do carro, com os olhos ainda arregalados e assustados.

— Acho que sim — fez o homem.

— Ai, meu Deus, eu podia tê-la matado! Se você não a puxasse para fora da rua, eu podia tê-la matado.

— Está tudo bem, você não a matou, acho que ela está bem.

O homem ajudou Alice a se levantar. Apalpou e examinou sua cabeça.

— Acho que está tudo bem com você. É provável que fique muito dolorida. Você consegue andar?

— Sim.

— Vocês querem uma carona para algum lugar? — perguntou a mulher.

— Não, não, está tudo certo, estamos bem — respondeu o homem.

Pôs o braço em volta da cintura de Alice e a mão sob seu cotovelo, e ela retornou a pé para casa com aquele estranho bondoso que lhe salvara a vida.

Verão de 2005

Alice estava sentada numa poltrona grande, branca e confortável, intrigada com o relógio na parede. Era do tipo que tinha ponteiros e números, muito mais difícil de ler do que aquele que tinha apenas números. "Cinco, talvez?"

— Que horas são? — perguntou ao homem sentado na outra grande poltrona branca.

Ele olhou para o pulso.

— Quase três e meia.

— Acho que está na hora de eu ir para casa.

— Você está em casa. Esta é a sua casa de Cape Cod.

Alice correu os olhos pela sala — móveis brancos, quadros de faróis e praias nas paredes, janelas gigantescas, as arvorezinhas altas e finas do lado de fora.

— Não, esta não é minha casa. Não moro aqui. Quero ir para casa agora.

— Voltaremos a Cambridge daqui a umas duas semanas. Estamos aqui em férias. Você gosta daqui.

O homem da poltrona continuou a ler seu livro e a tomar seu drinque. O livro era grosso e o drinque era castanho-amarelado, como a cor dos olhos dela, e tinha gelo dentro. O homem estava apreciando o livro e o drinque, absorto neles.

Os móveis brancos, os quadros de faróis e praias nas paredes, as janelas gigantescas e as arvorezinhas finas e altas lá fora não lhe pareciam nada familiares. Os sons dali também não lhe eram familiares. Ela ouvia pássaros do tipo que vive no mar, o som do gelo rodopiando e tilintando no copo, quando o homem da poltrona tomava seu drinque, o som do homem respirando pelo nariz ao ler seu livro, e o tique-taque do relógio.

— Acho que já fiquei o bastante aqui. Agora eu quero ir para casa.

— Você está em casa. Esta é a nossa casa de veraneio. É para onde costumamos vir para descansar e relaxar.

Esse lugar não se parecia com sua casa nem soava como sua casa, e ela não estava relaxada. O homem que lia e bebia na grande poltrona branca não sabia do que estava falando. Talvez estivesse bêbado.

Ele respirou, leu e bebeu, e o relógio bateu. Alice ficou sentada na grande poltrona branca e escutou o tempo passar, desejando que alguém a levasse para casa.

Estava sentada numa das cadeiras de madeira branca num deque, tomando chá gelado e escutando a linha cruzada estridente de sapos invisíveis e insetos do anoitecer.

— Ei, Alice, achei o seu colar de borboleta — disse o homem que era dono da casa.

Balançou diante dela uma joia em forma de borboleta, pendurada numa corrente de prata.

— Esse colar não é meu, é da minha mãe. E é especial, por isso é melhor você guardá-lo de novo no lugar, não devemos brincar com ele.

— Conversei com a sua mãe e ela disse que você podia ficar com ele. Está dando o colar a você.

Ela examinou os olhos, a boca e a linguagem corporal do homem, buscando algum sinal que deixasse transparecer sua motivação. Mas, antes que pudesse fazer uma leitura apropriada de sua sinceridade, a beleza da cintilante borboleta azul a seduziu, suplantando suas preocupações com a obediência às normas.

— Ela disse que posso ficar com ele?

— Ahã.

O homem curvou-se atrás dela e pendurou o colar em seu pescoço. Ela passou a mão pelas pedras azuis das asas, pelo corpo prateado e pelas antenas cravejadas de diamantes. Sentiu um frêmito de presunção perpassar-lhe o corpo. "A Anne vai morrer de ciúme."

Sentou-se no chão, de frente para o espelho de corpo inteiro do quarto em que dormia, e examinou seu reflexo. A menina do espelho tinha círculos fundos e escuros embaixo dos olhos. A pele parecia flácida e cheia de manchinhas, e enrugada nos cantos dos olhos e na testa. As sobrancelhas grossas e malcuidadas precisavam de depilação. O cabelo ondulado era quase todo preto, mas já estava ficando grisalho. A menina do espelho era velha e feia.

Passou os dedos pelo rosto e pela testa, sentindo os dedos no rosto e o rosto nos dedos. "Essa aí não pode ser eu. O que aconteceu com meu rosto?" A menina do espelho lhe dava náuseas.

Encontrou o banheiro e acendeu a luz. E se deparou com a mesma imagem no espelho acima da pia. Lá estavam os olhos castanho-dourados, o nariz sério, os lábios em forma de coração, mas todo o resto, a composição em torno de suas feições, estava grotescamente errado. Passou os dedos pelo espelho liso e frio. "Qual é o problema desses espelhos?"

O banheiro também não cheirava bem. Havia duas escadinhas brancas dobráveis, um pincel e um balde sobre umas folhas de jornal no chão, atrás dela. Ela se abaixou e respirou fundo com seu nariz sério. Espiou por baixo da tampa do balde, mergulhou o pincel e viu a tinta branca e cremosa pingar.

Começou pelos que sabia que estavam com defeito, o do banheiro e o do quarto em que dormia. Achou mais quatro antes de terminar, e pintou todos de branco.

Sentou-se numa grande poltrona branca e o homem que era dono da casa sentou-se na outra. O dono da casa estava lendo um livro e tomando um drinque. O livro era grosso e o drinque era castanho-amarelado, com gelo dentro.

Ela apanhou na mesinha de centro um livro ainda mais grosso do que o que o homem estava lendo e o folheou. Seus olhos pousaram em diagramas de palavras e letras, ligados a outras palavras e letras por setas, traços e pirulitinhos. Ela parou em palavras isoladas, ao passar pelas páginas — desinibição, fosforilação, genes, acetilcolina, aparelhamento, transitoriedade, demônios, morfemas, fonológico.

— Acho que já li este livro — comentou.

O homem olhou para o livro que ela segurava e, em seguida, para ela.

— Você fez mais do que isso. Você o escreveu. Nós dois escrevemos esse livro juntos.

Hesitando em aceitar a palavra dele, fechou o livro e leu a capa azul brilhosa. *Das moléculas à mente*, de John Howland, Ph.D., e Alice Howland, Ph.D. Olhou para o homem da poltrona. "Ele é o John." Folheou as primeiras páginas.

— Sumário. Estado de humor e emoção, Motivação, Excitação e atenção, Memória, Linguagem.

"Linguagem."

Abriu o livro num ponto próximo do fim. "Uma possibilidade infinita de expressão, aprendida mas instintiva, com semanticidade, sintaxe, gramática de casos, verbos irregulares, sem esforço e automática, universal." As palavras que leu pareceram abrir caminho, afastando as ervas daninhas e o lodo sufocante de seu cérebro, para um lugar impecável e ainda intacto, que se mantinha firme.

— John — disse ela.

— Sim.

Ele baixou o livro e se sentou empertigado na beirada da grande poltrona branca.

— Eu escrevi este livro com você.

— Sim.

— Eu me lembro. Lembro-me de você. Lembro que eu era muito inteligente.

— Sim, você era, você era a pessoa mais inteligente que eu conheci em toda a minha vida.

Aquele livro grosso, de capa azul brilhosa, representava muito do que ela já fora. "Eu sabia como o cérebro lida com a linguagem e era capaz de transmitir o que sabia. Era uma pessoa que sabia muitas coisas. Agora ninguém mais pede minha opinião nem minha orientação. Sinto falta disso. Eu era curiosa, independente e confiante. Sinto falta de ter certeza das coisas. Não se tem sossego ficando insegura com tudo o tempo todo. Sinto falta de fazer tudo com facilidade. Sinto falta de fazer parte do que acontece. Sinto falta de me sentir desejada. Tenho saudade da minha vida e da minha família. Eu adorava minha vida e minha família."

Teve vontade de dizer a ele tudo o que pensava e de que se lembrava, mas não conseguiu fazer todas as lembranças e pensamentos, compostos de tantas palavras, expressões e frases, passarem pelas ervas daninhas e pelo lodo sufocantes e se transformarem num som audível. Resumiu tudo e investiu todo o seu esforço no que era mais essencial. O resto teria que ficar no lugar intacto, aguentando firme.

— Sinto saudade de mim.

— Também sinto saudade de você, Ali. Muita.

— Nunca planejei ficar assim.

— Eu sei.

Setembro de 2005

John sentou-se à cabeceira de uma mesa comprida e bebeu um gole grande de café preto. O sabor era extremamente forte e amargo, mas ele não se importou. Não o bebia pelo sabor. Beberia mais depressa, se pudesse, mas o café estava pelando. E precisaria de mais duas ou três xícaras grandes para ficar plenamente alerta e disposto.

A maioria das pessoas entrava, comprava sua cafeína para viagem e seguia seu caminho, apressada. John só teria uma reunião no laboratório dali a uma hora e, nesse dia, não estava sob a pressão imperiosa de chegar cedo ao escritório. Contentou-se em ir com calma, comer seu pãozinho com canela, tomar o café e ler o *New York Times*.

Abriu primeiro o caderno de Saúde, como já vinha fazendo, havia mais de um ano, com todos os jornais que lia — um hábito que tinha substituído há muito tempo a maior parte da esperança que originalmente o inspirara. Leu a primeira matéria da página e desatou num choro sem disfarces, enquanto o café esfriava.

FRACASSA O ENSAIO COM AMYLIX

De acordo com os resultados da Fase III do estudo da Synapson, os pacientes com doença de Alzheimer branda a moderada que tomaram Amylix durante os quinze meses do ensaio não demonstraram uma estabilização significativa dos sintomas da demência, comparados aos pacientes que tomaram o placebo.

O Amylix é um agente redutor seletivo do peptídeo beta- -amiloide. Ligando-se ao Abeta-42 solúvel, o objetivo dessa droga experimental é deter o avanço da doença, e ela difere das drogas atualmente oferecidas aos portadores do mal de Alzheimer, as quais, na melhor das hipóteses, conseguem apenas retardar o curso final da doença.

O medicamento foi bem tolerado e passou com sucesso pelas fases I e II, com grandes promessas clínicas e muita expectativa em Wall Street. Entretanto, após pouco mais de um ano de utilização, o funcionamento cognitivo dos pacientes que receberam até mesmo a dose mais alta de Amylix não manifestou melhora nem estabilização, conforme a Escala de Avaliação da Doença de Alzheimer e os escores obtidos nas Atividades da Vida Cotidiana, e esses pacientes declinaram numa velocidade significativa e já esperada.

Epílogo

Alice sentou-se num banco com a mulher que se sentava com ela e observou as crianças que passavam. Não eram exatamente crianças. Não eram do tipo de criança pequena que fica em casa com a mãe. O que eram? Crianças tamanho médio.

Examinou o rosto das crianças tamanho médio enquanto passavam. Sérias, atarefadas. De cabeça baixa. Decididas no seu caminho para algum lugar. Havia outros bancos por perto, mas nenhuma criança tamanho médio parou para se sentar. Todas andavam, ocupadas a caminho do lugar para onde tinham que ir.

Ela não precisava ir a lugar nenhum. Achava que isso era uma sorte. Ela e a mulher com quem se sentava ficaram ouvindo a moça de cabelo muito comprido tocar sua música e cantar. A moça tinha a voz linda e dentes grandes e felizes, e uma saia volumosa, cheia de flores, que Alice admirou.

Cantarolou, acompanhando a melodia. Gostou do som da sua voz misturado ao canto da moça.

— Então, Alice, a Lydia vai chegar em casa a qualquer momento. Você quer pagar à Sonya antes de irmos embora? — perguntou a mulher.

Estava de pé, sorrindo e segurando o dinheiro. Alice sentiu-se convidada a se juntar a ela. Levantou-se, e a mulher lhe entregou o dinheiro. Alice o jogou no chapéu preto no chão de tijolos, perto dos pés da moça que cantava. A moça que cantava continuou a tocar sua música, mas parou de cantar por um instante para falar com elas.

— Obrigada, Alice, obrigada, Carole, até logo!

Quando Alice saiu andando com a mulher por entre as crianças tamanho médio, a música ficou mais baixa atrás delas. Alice não queria realmente ir embora, mas a mulher estava indo e ela sabia que devia ir junto. A mulher era alegre e gentil e sempre sabia o que fazer, o que Alice apreciava, porque muitas vezes ela não sabia.

Depois de andar algum tempo, Alice avistou o pequeno carro vermelho e o carro grande cor de esmalte de unha, estacionados na entrada.

— As duas estão aqui — disse a mulher, ao ver os mesmos carros.

Alice ficou animada e entrou depressa na casa. A mãe estava no vestíbulo.

— Minha reunião terminou mais cedo do que eu imaginava, e por isso voltei. Obrigada por ter ficado no meu lugar — disse a mãe.

— Não tem problema. Tirei os lençóis, mas não deu para refazer a cama dela. Ainda está tudo na secadora — contou a mulher.

— Tudo bem, obrigada, eu pego.

— Ela teve outro dia dos bons.

— Sem perambular?

— Nada. Agora ela é a minha sombra. Minha comparsa. Não é, Alice?

A mulher sorriu, balançando entusiasticamente a cabeça. Alice sorriu e também balançou a cabeça. Não tinha ideia do que era aquilo com que estava concordando, mas provavelmente estava bom assim, se era o que a mulher achava.

A mulher começou a recolher livros e sacolas perto da porta de entrada.

— O John vem amanhã? — perguntou.

Um bebê em algum lugar fora de seu campo de visão começou a chorar, e a mãe desapareceu num outro cômodo.

— Não, mas já acertamos tudo — respondeu lá de dentro.

A mãe voltou carregando um bebê vestido de azul e beijando-o repetidamente no pescoço. O bebê continuou a chorar, mas já não chorava de verdade. Os beijos rápidos da mãe estavam funcionando. Ela pôs uma coisa de sugar na boca do bebê.

— Está tudo bem com você, seu bobinho. Obrigada, Carole, muito mesmo. Você é uma dádiva dos céus. Tenha um ótimo fim de semana, a gente se vê na segunda.

— Até segunda. Tchau, Lydia! — gritou a mulher.

— Tchau, obrigada, Carole! — gritou uma voz de algum lugar da casa.

Os grandes olhos redondos do bebê encontraram os de Alice e ele sorriu, reconhecendo-a por trás da coisa de sugar. Alice retribuiu o sorriso e o bebê reagiu com uma grande gargalhada. A coisa de sugar caiu no chão. A mãe se agachou para pegá-la.

— Mamãe, quer segurá-lo para mim?

A mãe entregou o bebê a Alice, e ele escorregou comodamente para seu colo e se apoiou em seu quadril. Começou a dar tapinhas no rosto dela com uma das mãos molhadas. Gostava de fazer isso, e Alice gostava de deixar que o fizesse. Ele agarrou seu lábio inferior. Ela fingiu que o mordia e comia, fazendo barulhos de bicho selvagem. O bebê riu e passou para o nariz. Ela fungou e fungou e fingiu espirrar. Ele passou para os olhos. Ela os espremeu, para que o bebê não os cutucasse, e tentou fazer cócegas na mão dele com os cílios. Ele deslocou a mãozinha para cima, chegando à testa e ao cabelo, fechou o punho e puxou. Ela abriu gentilmente a mão do bebê e trocou o cabelo por seu dedo indicador. Ele descobriu o colar.

— Viu que borboleta bonita?

— Não o deixe pôr isso na boca! — veio a voz da mãe, que estava em outro cômodo, mas ouvia a conversa.

Alice não ia deixar o bebê pôr seu colar na boca e se sentiu injustamente acusada. Entrou no cômodo em que estava a mãe. Era um lugar atulhado de todo tipo de coisas para bebês sentarem, com cor de festa de aniversário, que apitavam e zumbiam e falavam quando os bebês batiam nelas. Alice tinha esquecido que esse era o cômodo com todos os assentos barulhentos. Quis sair antes que a mãe lhe sugerisse pôr o bebê num deles. Mas a atriz também estava lá dentro, e Alice queria ficar na companhia delas.

— O papai vem este fim de semana? — perguntou a atriz.

— Não, ele não pode, disse que chega na semana que vem. Posso deixá-los com você e a mamãe um pouquinho? Preciso dar um pulo no mercado. A Allison precisa dormir mais uma hora.

— É claro.

— Eu vou rápido. Você precisa de alguma coisa? — perguntou a mãe, já saindo do quarto.

— Mais sorvete, qualquer coisa com chocolate! — gritou a atriz.

Alice achou um brinquedo sem botões barulhentos e se sentou, enquanto o bebê o explorava em seu colo. Cheirou o alto daquela cabecinha quase careca e viu a atriz lendo. A atriz levantou os olhos para ela.

— Ei, mamãe, você quer ouvir um monólogo em que estou trabalhando para a aula e me dizer sobre o que acha que ele fala? Não me refiro à história, ela é meio comprida. Você não precisa se lembrar das palavras, só me diga o que acha que é, em termos afetivos. Quando eu acabar, você me diz o que sentiu, está bem?

Ela fez que sim e a atriz começou. Alice olhou e escutou, e se concentrou além das palavras ditas pela atriz. Viu seus olhos se desesperarem, buscarem, implorarem a verdade. Viu-os pousarem nela, mansos e agradecidos. No começo, a voz dela pareceu hesitante e assustada. Aos poucos, e sem se elevar, tornou-se mais confiante, depois alegre, às vezes soando como uma melodia. As sobrancelhas, os ombros e as mãos relaxaram e se abriram, pedindo aceitação e oferecendo perdão. Sua voz e seu corpo criaram uma energia que invadiu Alice e a levou às lágrimas. Ela estreitou o lindo bebê em seu colo e beijou sua cabecinha de cheiro adocicado.

A atriz parou e voltou a ser ela mesma. Olhou para Alice e esperou.

— E então, o que você está sentindo?

— Estou sentindo amor. É sobre o amor.

A atriz sorriu, correu para Alice, deu-lhe um beijo, e cada parte de seu rosto parecia radiante.

— Acertei? — perguntou Alice.

— Acertou, mamãe. Você acertou em cheio.

Pós-escrito

O Amylix, descrito num ensaio clínico neste livro, é fictício. Entretanto, é parecido com fármacos reais que vêm sendo desenvolvidos e que visam reduzir seletivamente os níveis do beta-amiloide 42. Ao contrário das drogas atualmente disponíveis, que só conseguem retardar a progressão final da doença, espera-se que esses medicamentos detenham o avanço do mal de Alzheimer.

Todos os outros medicamentos mencionados são reais, e sua descrição, em termos de uso e eficácia no tratamento da doença de Alzheimer, é exata, no momento da redação deste romance.

Para maiores informações sobre a doença de Alzheimer e os ensaios clínicos, consulte o site:

<http://www.alz.org/alzheimers_disease_clinical_studies.asp>

Este livro foi composto com Sabon LT, Lucian BT e
Kristi, e impresso na gráfica Santa Marta sobre papel de
miolo pólen soft 80g/m².